DOUBLE JEU

DANS LA MÊME SÉRIE

1. *Double jeu*
2. *La Disparue de Las Vegas*

MAX ALLAN COLLINS

DOUBLE JEU

Fleuve Noir

Crime Scene Investigation™

Titre original :
CSI : Crime Scene Investigation
Double Dealer

Traduit de l'anglais
par Jean-Claude Poyet

ISBN : 2-265-07421-7

Faire parler les morts
par Martin Winckler

Le roman que vous allez lire est ce qu'on nomme en Amérique un *tie-in* : il a été rédigé pour accompagner le succès d'une série télévisée et le prolonger sous forme romanesque auprès des lecteurs. Ce phénomène n'est certes pas nouveau. Romans et bandes dessinées retraçant les aventures de héros de séries ont fleuri en Amérique dès les années 50 ou 60, et les collectionneurs s'arrachent aujourd'hui les adaptations des *Mystères de l'Ouest* ou de *Mission : Impossible*. Plus près de nous, *X-Files, Buffy contre les Vampires, Angela, 15 ans* et la constellation *Star Trek* ont elles aussi suscité des romans, parfois nombreux. Toutes les séries transposées n'ont certes pas le même intérêt. Mais ce serait une erreur de présumer – comme on le fait parfois en France – que ces romans sont des produits fabriqués à la va-vite, par des tâcherons de l'édition et des écrivains de seconde catégorie. Des auteurs de science-fiction réputés ont contribué à cette « bibliothèque de Babel » qu'est l'univers *Star Trek*. Parfois, des comédiens ont eu, eux aussi, envie de contribuer à la mythologie propre de la série qu'ils interprétaient. J'ai eu moi-même ainsi l'occasion de traduire il y a quelques années deux romans mettant en scène John Steed et Emma Peel, les héros de *Chapeau melon et bottes de cuir*, et rédigés par Patrick Macnee en personne[1] ! Autant dire que les romans inspirés par les meilleures séries bénéficient souvent des meilleurs auteurs. Car, contrairement aux « novelisations » des films à succès, les romans inspirés par des séries sont le plus souvent des histoires originales, qui reprennent les personnages, les éléments saillants et caractéristiques de la série, et visent à restituer leur atmosphère au plus près. Le roman que vous allez lire est un exemple de ce qu'on fait de meilleur dans le genre : son auteur est un écrivain américain de talent, Max Allan Collins. Auteur de nombreux romans policiers historiques dont le personnage central est le détective Nathan Heller, Collins est également connu et réputé par les lecteurs de *comic-books*, puisqu'on lui doit un grand nombre de scénarios pour des personnages aussi célèbres que Batman ou Dick Tracy et a créé un personnage d'enquêteur féminin malheureusement encore inconnu en France mais extrêmement intéressant, dans une série dessinée intitulée *Ms Tree*[2]. L'un de ses romans, *Road to Perdition*, vient d'être adapté au cinéma avec Tom Hanks dans le rôle principal. Côté séries, Max Allan

1. *L'Article de la mort* et *Canards mortels*, tous deux aux éditions Huitième Art.

2. Ms est une contraction de *Mrs* (madame) et *Miss* (mademoiselle) qui permet de désigner une femme de manière « neutre ». Cette contraction se prononce « miz », ce qui fait du titre *Miz Tree* une homophonie de *mystery* (mystère).

Collins n'est pas un débutant non plus : il est l'auteur de romans inspirés par la très réputée *NYPD Blue* (*New York Police Blues*) et par *Dark Angel*, la série de science-fiction produite par James Cameron. Bref, il s'agit d'un auteur chevronné, et il faut bien cela pour rendre hommage à l'atmosphère très particulière de *CSI : Crime Scene Investigation*, série que les Français ont découvert sur TF1 sous le titre *Les Experts*, au cours de l'année 2001.

L'histoire des *Experts* n'est pas banale : après avoir été éconduit par plusieurs chaînes, le créateur de la série, Jerry Zucker, eut la chance d'intéresser William Petersen, excellent acteur connu pour des rôles marquants dans l'inquiétant *Manhunter* (*Le Sixième Sens*) de Michael Mann et le très noir *To Live and Die in L.A.* (*Police Fédérale Los Angeles*) de William Friedkin. Petersen fut immédiatement emballé par le sujet de Zucker : les enquêtes de la brigade scientifique de Las Vegas, l'une des mieux équipées et des plus efficaces au monde. Paradoxalement, la chaîne CBS, qui commanda la série, n'y croyait qu'à moitié. Elle la programma sans conviction à la rentrée 2000, et eut la surprise de la voir rencontrer un énorme succès public, au point de supplanter dans l'audimat la très populaire et célébrissime *ER* (*Urgences*) qui, depuis près de sept ans, occupait la première place ! Ce succès tonitruant a même incité la chaîne à co-produire un *spin-off*, une série dérivée, *CSI : Miami*, dont la diffusion a débuté en octobre 2002.

Pourtant, ni la forme, ni le contenu des *Experts* ne portait *a priori* à l'enthousiasme : il s'agit d'une série très sombre, on peut même dire nocturne, car la plupart des enquêtes sont celles de l'équipe de nuit. Elle est avare de coups de feu et de poursuites en voiture, sinon sous forme de flashback. Elle fait la part belle à des descriptions très techniques : comment retrouver des traces de sang sur une moquette passée à l'eau de javel ; quelles larves pullulent sur un cadavre mort depuis trois semaines ; combien de composants chimiques trouve-t-on dans le gravier qui tapisse le bord des routes, etc. Bref, tous ces éléments pouvaient donner à penser qu'il s'agirait, chaque semaine, d'une sorte de documentaire sur les technologies de pointe utilisées pour élucider les meurtres. Evidemment, il n'en est rien. *Les Experts* est une fiction très élaborée, dotée d'intrigues très stimulantes pour l'esprit, d'un suspense toujours soutenu et de surprises de scénarios propres à satisfaire les spectateurs les plus exigeants. Le fait qu'elle puise dans la réalité technologique de la police d'aujourd'hui ne gâte rien, au contraire : au fur et à mesure que les enquêteurs reconstituent le déroulement des événements, des effets spéciaux très impressionnants nous *montrent*, littéralement, l'impact d'un projectile et les blessures qu'il a occasionnées ou le trajet d'une étincelle responsable d'un incendie accidentel. Malgré sa débauche de gadgets et ses effets spéciaux étonnants, si *Les Experts* reste en mémoire, c'est grâce à ses personnages attachants – à commencer par Gil Grissom, le chef de l'équipe de nuit de la police scientifique, interprété par William Petersen. Autour de Grissom et de Catherine Willows, sa principale collaboratrice, une poignée de jeunes techniciens – Sara Sidle, Nick Stokes et Warrick Brown – recueillent le moindre cheveu, la moindre écharde, le plus petit éclat de verre. A partir d'indices minuscules, mais signifiants, ils reconstituent toute une scène, contestent ou confirment la version d'un témoin ou d'un suspect et, comme ils le disent eux-mêmes, ils font parler les morts pour qu'éclate la vérité. Leurs interrogations, leurs tâtonnements, leurs erreurs et leur humilité en font des enquêteurs à part, d'autant plus sensibles à la cruauté des situations qu'ils sont attachés à leur métier. Les personnages secondaires – témoins, victimes, criminels – ne sont pas moins émouvants et nous réservent, le plus souvent, des retournements de situation inattendus. De sorte que le spectateur français ne s'y est pas trompé : *Les Experts* remporte un grand succès dans notre pays. La publication de ce premier roman de Max Allan Collins (il en a déjà publié un second aux Etats-Unis et en écrit, dit-on, un troisième) est donc une bonne nouvelle. Car Collins s'attache à détailler ce qui, rythme télévisuel oblige, est parfois traité de manière un peu elliptique par la série : la description des procédures, les détails éclairants, les faits scientifiques bizarres mais amusants. Ce premier roman est un coup de maître : Collins est parvenu non seulement à écrire un excellent roman policier, mais aussi à évoquer Gil Grissom, Catherine Willows et leurs camarades avec tant de vérité et de chaleur que, pendant les deux heures que j'ai passées à le lire, j'ai cru que j'étais assis devant ma télévision. Pour ceux qui aiment indifféremment le roman policier et les séries télévisées, le plaisir sera donc double.

Tourmens, 18 novembre 2002

En tant que scientifique diplômé, le bon criminaliste sait faire parler la pièce à conviction : le sang, les armes, les narcotiques, les cheveux, les fibres textiles, les éclats de métal, les traces de pneu, les traces d'outil et les balles lui livrent leurs secrets.

Jack Webb

1

Le hurlement de la sirène déchira le matin et le gyrophare se mit à projeter des reflets bleus et rouges sur les véhicules alentour tandis que la Chevy Tahoe noire se frayait un chemin à travers les encombrements de l'autoroute 95 à l'heure de pointe. Un soleil orange, étincelant, teintait les nuages de rose. Le jour venait à peine de se lever mais, à l'intérieur du SUV, la climatisation luttait déjà contre la chaleur de juillet.

Gil Grissom, superviseur de l'équipe de nuit du Bureau de Criminalistique de Las Vegas, était assis à l'avant sur le siège du passager. A côté de lui, Warrick Brown – grade CSI3, juste un échelon au-dessous de Grissom – tenait le volant. Sara Sidle, un autre membre de l'équipe – grade CSI2 –, était installée sur la banquette arrière. Warrick slalomait entre les voitures, aussi impassible que s'il avait été en train de regarder sécher un mur fraîchement peint.

Le charme des traits juvéniles de Grissom était quelque peu entamé par les premiers cheveux gris qui envahissaient ses tempes brunes, des pattes d'oie au coin des yeux et des rides aux commissures des lèvres. Depuis quelque temps, la politique de son boulot commençait à ébranler Grissom. Certes, il aimait passionnément la science de l'enquête, mais les joutes constantes avec Conrad Ecklie, le superviseur de l'équipe de jour, conjuguées aux restrictions imposées à son budget et au stress lié à ses nouvelles responsabilités de chef, mettaient à rude épreuve celui qu'on avait cru éternellement jeune. A cela venait s'ajouter le fait que, même s'il n'avait jamais été un gros dormeur, il ne dormait désormais pratiquement plus du tout.

Le SUV fonçait tout droit sur une petite Honda et Warrick braqua à droite, évitant de peu un camion de transport express, puis se rétablit sur la gauche à quelques centimètres d'une stretch-limo Lincoln bleue.

A l'arrière, Sara s'écria :

— Bon sang, Warrick, ralentis ! De toute façon, il ne peut pas mourir davantage.

Ignorant la remarque, Warrick mordit sur la bande blanche pour doubler un taxi avant de revenir dans son couloir.

— Pourquoi ne m'as-tu pas laissé conduire ? demanda Sara à son chef en se cramponnant à sa ceinture de sécurité pour garder l'équilibre. Grissom, dis-lui de ralentir !

Sans leur prêter la moindre attention, Grissom contemplait le ciel rougeoyant.

— « Ciel rouge du soir, espoir du marin ; ciel rouge du matin, le marin perd espoir », murmura-t-il sans même réaliser qu'il parlait.

Sara se pencha en avant.

— Qu'est-ce que tu dis, Grissom ?

Il continua d'observer les nuages.

— Rien.

— Je t'en prie, ne me dis pas que c'était un aphorisme. Ne me dis pas que tu déclames des citations pendant que ce fou furieux…

— Des marins ? intervint Warrick. Griss, nous sommes en plein désert.

— Toi, boucle-la et ne quitte pas la route des yeux, lâcha Sara.

Warrick lui lança un regard dans le rétroviseur, esquissa un sourire narquois et coupa d'un trait les trois couloirs de trafic pour virer à droite sur Decatur Boulevard. Quelques secondes plus tard, le SUV s'immobilisait avec un crissement de pneus devant l'hôtel-casino *Beachcomber*.

— Six minutes et vingt-sept secondes, constata Warrick en ouvrant la portière.

Il se tourna vers son chef avec un petit sourire de satisfaction.

— Pas mal, non, comme délai de réaction ?

Il s'apprêtait à descendre de voiture lorsque Grissom le fit sursauter en posant une main sur son épaule. La voix du superviseur était calme, amicale même, mais ferme.

— A partir de maintenant, à moins que je t'ordonne le contraire, tu respectes les limitations de vitesse. Compris, Mario ?

Warrick lui lança un petit sourire piteux.

— Compris, Griss. Excuse-moi.

A l'arrière, secouant la tête d'un air dégoûté, Sara débitait un chapelet de malédictions. Elle saisit la mallette noire qui contenait son équipement et sortit du véhicule en maugréant :

— Il nous tuera tous, et qui ira alors enquêter sur la

scène du crime ? Je te le dis, on va tous y laisser notre peau.

Grissom se retourna et, par la portière arrière, lui décocha un regard par-dessus ses lunettes de soleil. Elle comprit le message et se tut.

Warrick récupéra sa mallette noire à l'arrière du véhicule et rejoignit Sara. Grissom mit pied à terre et ouvrit la marche, un attaché-case métallisé à la main. A cette heure matinale, le trottoir devant l'hôtel était pratiquement vide et les portiers plus nombreux que les clients. Le petit groupe était presque parvenu à la porte de l'hôtel lorsque le capitaine Jim Brass se matérialisa devant Grissom comme par enchantement.

— Le gérant de l'hôtel veut savoir dans combien de temps nous quitterons les lieux, dit Brass.

— Pourquoi ?

Les yeux tristes du capitaine clignotèrent.

— Pourquoi ? Pour savoir quand il pourra laisser les clients de l'étage sortir ou rentrer dans leurs chambres.

Grissom secoua la tête.

— Qu'est-ce que tu lui as répondu ?

— Que nous ferons aussi vite que possible.

Un portier rondelet fit un pas en avant pour leur ouvrir la grande porte vitrée. Otant leurs lunettes de soleil, ils traversèrent le vestibule et Grissom reconnut le brouhaha caractéristique des salles de casino : tintements des machines à sous, appels des joueurs réclamant des cartes, billes de roulette en train de cascader. Brass les orienta sur la droite vers une rangée d'ascenseurs rutilants.

— Où est la victime ? demanda Warrick.

— Au troisième étage, répondit Brass. Dans le

couloir, devant la porte de sa chambre, avec deux balles dans la tête. Petit calibre, du .22 ou du .25 peut-être. On dirait un coup de la mafia, ou peut-être un cambriolage qui aurait mal tourné.

— Nous verrons ça plus tard, dit Grissom que les théories intempestives n'intéressaient jamais. Est-ce qu'il y a une vidéo ?

La majeure partie des hôtels situés sur le Strip[1] étaient équipés de caméras vidéo dans chaque couloir, mais ceux qui se trouvaient un peu à l'écart du Strip, comme le *Beachcomber*, n'avaient pas encore tous suivi l'exemple.

— Tout est installé dans la salle principale du service de sécurité. Ils vous attendent, dès que vous serez prêts.

Une fois dans l'ascenseur, hors de portée des clients et du personnel, Grissom se tourna vers Brass.

— Dis au gérant que nous aurons terminé quand nous aurons terminé. Et s'il doit prendre tout ce beau monde avec des pincettes pour les faire sortir de leurs chambres, je m'en moque bien ! Je ne vais quand même pas les laisser me bousiller le lieu du crime. L'hôtel récupérera son couloir du troisième quand mon équipe aura fini son boulot.

Brass leva les bras en signe de capitulation.

— Okay, okay, je lui dirai. Je voulais seulement éviter que tu l'affoles complètement.

Grissom soupira et, baissant légèrement la tête, ajouta :

1. Artère centrale de Las Vegas, sur laquelle sont concentrés la plupart des casinos et des grands hôtels.

— Dis-lui que nous ferons aussi vite que possible, mais c'est un travail qui prend du temps.

Le signal sonore de l'ascenseur retentit, la porte coulissa sans bruit, et tout commença. En sortant de l'ascenseur, Grissom remarqua sur sa gauche l'inspectrice Erin Conroy en train d'interroger un jeune homme d'une vingtaine d'années, vêtu d'un pantalon noir et d'une chemise blanche avec nœud papillon noir – un garçon d'étage.

Les CSI firent une pause pour enfiler des gants de latex.

— Ce type est le portrait craché de David Copperfield, chuchota Warrick derrière Grissom.

— Le garçon d'étage ? C'est vrai – bien vu, commenta Sara, amusée.

Grissom se retourna.

— Le portrait craché de qui ?

Les sourcils de Sara s'arrondirent en signe d'incrédulité.

— Grissom, tu vis à Las Vegas et tu ne sais pas qui est David Copperfield ?!

— Un personnage de Dickens, non ?

Sara et Warrick échangèrent un regard navré.

Brass à sa gauche, Warrick et Sara sur ses talons, Grissom rejoignit un policier en uniforme posté en bordure de la scène du crime. Derrière lui, il aperçut le cadavre étendu dans le renfoncement qui précédait la porte de la chambre ; en plein milieu du couloir, un grand plateau rond en argent gisait sur la moquette, des spaghettis à la bolognaise et les ingrédients d'une salade assaisonnée éparpillés un peu partout. Un œillet blanc avait quitté son vase pour venir se poser au pied du cadavre comme une offrande funèbre improvisée.

— Quelqu'un est-il passé par là depuis que vous êtes arrivé ? interrogea Grissom.

Garcia fit signe que non et indiqua du doigt un grand échalas à l'autre bout du couloir.

— Mon coéquipier, Patterson, s'est arrangé avec le gérant pour monter par l'escalier de service, là-bas.

— Beau travail.

— Merci, chef.

Se tournant vers Brass, Grissom demanda :

— Tu as une idée de l'identité de la victime ?

— Bien sûr ! John Smith.

Grissom arqua un sourcil et Brass lui répondit par un haussement d'épaules exagéré.

— C'est sous ce nom qu'il s'est fait enregistrer. Et il a tout payé en liquide.

— Bon. Tu as vérifié s'il a un portefeuille ?

— J'attends que vous ayez d'abord inspecté les lieux. J'occupais ton poste avant toi, si tu te souviens bien.

Peu de temps auparavant, Brass avait en effet dirigé le département de police scientifique, où il s'était taillé une réputation de tyran. Mais il semblait s'être radouci depuis qu'on l'avait renvoyé à la Brigade criminelle.

— Ton équipe a-t-elle interrogé les clients de l'hôtel ? reprit Grissom.

— Ils sont en train de le faire. Ils ont commencé aux deux extrémités du couloir, histoire de ne pas déranger la scène.

— Très bien. Et alors ?

— Personne n'a rien vu ni rien entendu.

Faisant quelques pas avec précaution, Grissom se pencha sur le cadavre. Etendu sur le ventre, la tête légèrement inclinée, John Smith ouvrait sur le vide des yeux déjà vitreux et semblait plus surpris qu'autre chose. Prudemment, Grissom changea de position pour mieux observer la blessure. Propre, deux trous de petit calibre ; Brass avait sans doute raison : du .25. Ce qui était étrange, c'était leur disposition : deux petits trous placés l'un au-dessus de l'autre en plein centre de la nuque et, si Grissom ne se trompait pas, à presque exactement deux centimètres d'intervalle. Il palpa précautionneusement le cadavre à la recherche d'un portefeuille, ne sentit rien et se redressa. Il se retourna vers ses CSI.

— Vous connaissez la chanson : on commence par les empreintes de pas. Si le gars qui a fait le coup ne s'appelle pas Peter Pan, il aura laissé des traces.

Une lueur traversa le regard endormi de Warrick.

— Tout se résume à des empreintes de pas.

— Oui, dit Sara.

Grissom fit un pas de côté pour laisser passer Warrick et Sara avec leur matériel.

— Sara, tu te charges des empreintes digitales ; Warrick, tu t'occupes des photos.

— Heureusement que j'ai sauté le petit déjeuner, dit la jeune femme.

— Bah ! Il n'y a pas encore d'asticots, c'est déjà ça, lui glissa Warrick.

Les vers et les larves étaient à peu près la seule chose capable de retourner l'estomac bien accroché de Sara Sidle.

— Je n'en donnerai pas ma main à couper, fit Grissom. Cela ne plairait sans doute pas du tout à la direction de cet établissement, mais nos petits amis sont ici.

Sara et Warrick se mirent à inspecter la scène du crime à la recherche d'empreintes de pas. Vu que cela allait durer un bon moment, Grissom et Brass rejoignirent l'inspectrice Conroy et le garçon d'étage. Brass montra l'insigne qui ornait sa poche de poitrine.

— Je suis le capitaine Brass, et voici le superviseur CSI Grissom.

Le garçon d'étage, un maigrelet aux cheveux noirs, hocha la tête et Conroy entreprit de le présenter d'une voix creuse :

— Voici Robert LaFay…

— Bobby, interrompit le garçon.

Elle poursuivit comme si de rien n'était :

— … un garçon d'étage. Il était en train de porter une commande à la chambre…

Elle vérifia ses notes.

— … 420, mais il n'est pas arrivé jusque-là : il s'est heurté à l'assassin.

Se tournant aussitôt vers le garçon, Grissom demanda :

— Monsieur LaFay… Bobby, vous avez donc vu l'assassin ?

LaFay haussa ses étroites épaules.

— Plus ou moins… pas vraiment. Il était penché sur le corps, il me tournait le dos. Bon sang, l'autre était déjà par terre et il lui a tiré une deuxième balle en plein dans la tête ! Quand il m'a entendu, il s'est retourné, mais il a mis un bras devant son visage – vous savez, comme Dracula avec sa cape.

— Bobby, avez-vous vu son visage ?

— Non. Pas vraiment.

— Etait-il grand, petit, de taille moyenne ?

— Ce que j'ai vu, c'est surtout le pistolet. Il avait l'air énorme ! Et c'était la deuxième fois que je voyais un pistolet cette nuit.

Grissom et Brass échangèrent un regard. Le premier demanda :

— La deuxième fois ?

Le garçon opina.

— Là-haut, dans la 813. Un grand type avec un flingue sur sa table de chevet. Il m'a dit qu'il était du FBI, mais…

— Du FBI ? fit Brass, incrédule.

— Vous ne l'avez pas cru ? demanda Grissom.

— Non.

Grissom échangea un autre regard rapide avec Brass et reprit l'interrogatoire.

— Ainsi, vous avez vu l'assassin ici. Et que s'est-il passé ensuite ?

Le garçon ouvrit de grands yeux.

— Eh bien, j'ai couru comme un fou jusqu'à l'ascenseur et je suppose qu'il est parti dans l'autre direction.

— Dans le couloir ?

— Ouais. En tout cas, il ne m'a pas tiré dessus, pour autant que je sache.

— Bobby, dites-moi, vous ne vous en seriez pas rendu compte si on vous avait tiré dessus ? s'enquit Brass.

— Je ne sais pas trop. Ce pistolet ne faisait pas beaucoup de bruit.

— Vraiment ? fit Brass, surpris.

— Non. Mais assez pour me filer une sacrée trouille.

Brass étouffa un rire tandis que Grissom songeait qu'il faudrait dire à Warrick de vérifier les empreintes dans l'escalier.

— Pouvez-vous nous dire quoi que ce soit sur l'assassin ?

— Je ne l'ai vraiment pas bien vu.

— Réfléchissez, Bobby. Fermez les yeux et essayez de visualiser la scène.

LaFay fit ce qu'on lui disait, fronçant les sourcils.

— Un homme de race blanche.

— Bien. Qu'avez-vous vu d'autre, Bobby ?

— Un type âgé.

— Agé ?

— Quarante ans environ, peut-être même plus.

Soudain vieilli, Grissom encaissa le coup et fit signe qu'il comprenait.

— Quoi d'autre ? Des cicatrices ? Des tatouages ?

— Non, fit le garçon en secouant la tête.

— Comment était-il habillé ? Fermez les yeux, Bobby. Essayez de vous souvenir.

— Un veston – une veste de costume.

Il ouvrit brusquement les yeux et son visage s'éclaira.

— Je me souviens de ça parce qu'après, quand j'ai eu le temps d'y repenser, je me suis demandé pourquoi quelqu'un porterait une veste de costume à Las Vegas en plein mois de juillet !

— Bien, bien… Encore autre chose ?

— Non. Monsieur Grissom, je pourrais fermer les yeux jusqu'à la semaine prochaine, je ne verrais plus rien.

Grissom accorda un sourire au garçon et lui tapota le bras pour l'encourager.

— Monsieur LaFay, pensez-vous que vous pourriez identifier l'assassin ?

Le garçon d'étage réfléchit un moment, puis regarda Grissom et secoua lentement la tête.

— Non… Je ne suis pas assez physionomiste pour ça.

Après l'avoir remercié, Grissom et Brass rejoignirent Warrick et Sara. A genoux, Warrick examinait quelque chose sur le sol, tandis que Sara glissait soigneusement une tranche de tomate dans une pochette en plastique transparent.

— Vous trouvez quelque chose ? demanda Grissom.

— Il y a bien une trace de pas dans le sang, répondit Warrick, mais elle est barbouillée, comme si le type avait dérapé en s'enfuyant.

Grissom contourna précautionneusement Sara et alla s'agenouiller à côté de Warrick.

Il avait raison : l'empreinte était inutilisable. Pivotant sur ses hanches et abaissant la tête au niveau du sol, Grissom étudia soigneusement le couloir.

— Regarde, une autre, dit-il en indiquant un point à un mètre derrière Warrick.

Warrick alla vérifier puis se retourna vers Grissom.

— Pas nette non plus.

La tête toujours au ras du sol, Grissom dit :

— Avance encore d'un mètre.

— Je ne vois rien.

— Tu as déjà utilisé du Leuco Crystal Violet ?

— Oui, bien sûr, mais ça fait belle lurette.

Grissom sourit.

— Eh bien, voilà une occasion de faire un peu de travaux pratiques.

Brass s'approcha en voyant Warrick extirper un atomiseur de sa mallette noire.

— Qu'est-ce que c'est ?

— Tu vois ce point sur la moquette ? demanda Grissom.

Le détective haussa les épaules.

— Tout ce que je vois, c'est une moquette sale.

— Il y a une empreinte de semelle avec du sang à cet endroit.

— Oh, vraiment ?

— Oui. On ne peut pas la voir, c'est tout.

— Une empreinte avec du sang qu'on ne peut pas voir ?

— Les globules rouges ont tous été essuyés de la semelle, mais l'hémoglobine et les globules blancs restent.

Warrick pulvérisa soigneusement le produit sur une portion de la moquette et reprit les explications là où Grissom s'était arrêté.

— C'est du Leuco Crystal Violet – une poudre. Mais aujourd'hui nous l'avons mélangée à une solution d'acide sulfosalicylique, d'acétate de sodium et de péroxyde d'hydrogène.

— Préviens-moi avant que ça explose, gloussa Brass.

La solution commençait à faire son effet et Grissom reprit la parole.

— Ça va fonctionner comme de la teinture et faire ressortir l'empreinte de pas sur cette moquette sale.

— C'est impossible !

— Si, regarde, dit Grissom tandis que la moquette, virant au pourpre, laissait apparaître les contours d'une chaussure de sport.

— Je dirais qu'il chausse du 43, évalua Warrick. Et maintenant, nous la photographions.

— Pouvez-vous la comparer à quelque chose ? demanda Brass.

Grissom acquiesça.

— Une fois rentrés au labo, nous te dirons précisément de quel type de chaussure cette empreinte provient. Une fois que la base de données nous aura renseignés, cela va de soi. Ensuite, quand nous aurons un suspect, nous pourrons comparer l'empreinte à ses chaussures et voir si elle correspond exactement.

— Hé, Grissom ! cria Sara. Tout ce que je trouve, c'est des nouilles et de la salade. Et je peux te dire que le buffet est meilleur chez Caesar's.

— Continue à chercher quand même. Warrick ?

Warrick releva la tête.

— Oui, Griss ?

— N'oublie pas d'examiner l'escalier de secours, c'est par là que le type a quitté l'immeuble.

Warrick hocha la tête.

— Alors, un coup de la mafia ? demanda Brass.

— Trop tôt pour le dire, répondit Grissom en se dirigeant vers les ascenseurs.

— Un cambriolage qui a mal tourné ?

Grissom fit comme s'il n'avait pas entendu.

— Allons voir la vidéo.

— Vas-y. Je te rejoins dès que j'aurai parlé à ce type, là-haut.

— L'homme du FBI au pistolet ?

— Exactement.

— La vidéo peut attendre. Je viens avec toi.

— Parfait. Après tout, tu fais toujours plutôt bon ménage avec le FBI.

Au huitième étage, Brass sortit le premier de l'ascenseur et s'élança dans le couloir. Grissom le suivit jusqu'à la chambre 813. Dégainant son revolver de service, Brass fit signe à Grissom de rester en arrière, hors de l'alcôve qui menait à la porte de la chambre.

Grissom obéit en faisant la moue et Brass, pénétrant dans le renfoncement, frappa le battant de la main gauche.

— Juste une seconde, lança une voix étouffée derrière la cloison.

Bien campé sur ses jambes, Brass braqua son .38 sur la porte qui, heureusement, n'avait pas de judas. Caché derrière l'angle du mur, Grissom glissa un œil et vit la porte s'entrouvrir lentement sur un géant vêtu d'un boxer short ; sa grosse main serrait un revolver automatique de taille monstrueuse.

— Il est armé ! cria Grissom.

Brass bondit hors de l'alcôve, se colla au mur du couloir, hors de la ligne de mire, et hurla :

— Police ! Déposez votre arme, ouvrez la porte et levez les mains en l'air !

Silence.

— Immédiatement ! intima Brass.

La porte finit de s'ouvrir et le géant recula d'un pas, les mains en l'air. Son visage exprimait l'inquiétude et il indiquait le lit, sur lequel il avait jeté son arme

— Je suis sans arme, dit-il, sans arme !

Brass le força à se plaquer le nez contre le mur.

— Ecartez les jambes !

Le géant obéit et Grissom se glissa derrière eux dans la chambre.

— Que faites-vous avec cette arme, monsieur ? interrogea Grissom d'un ton froid.

Par-dessus son épaule, l'homme expliqua qu'il livrait des bijoux et qu'il assurait ainsi sa protection.

— Saviez-vous qu'un meurtre a été commis quelques étages plus bas ce matin ? intervint Brass.

L'homme parut abasourdi.

— Non ! Non ! Vous ne… vous ne pensez pas que c'est moi qui ai fait le coup ?

Grissom se rapprocha.

— Calmez-vous, voyons. Quel est votre nom, monsieur ?

— Ron Orrie.

— Vos papiers ? demanda Brass.

Orrie indiqua la table de chevet.

— Mon portefeuille est là.

— Avez-vous un permis pour ce pistolet ?

— Dans le portefeuille.

Grissom observa l'arme, un .45.

— Est-ce là votre unique arme de poing ?

— Je n'en ai qu'une avec moi, répondit Orrie, visiblement nerveux.

Jetant un regard à Brass, Grissom secoua la tête.

— Ce n'est pas le pistolet que nous cherchons. Trop gros. John Smith a été tué par un calibre plus petit.

Brass n'avait pas l'air de vouloir lâcher Orrie.

— Pourquoi avoir dit au serveur que vous étiez du FBI ?

— Je ne voulais pas lui expliquer quel genre de

boulot je fais vraiment. Moins il y a aura de gens au courant et moins je courrai de risques de me faire descendre. C'est de ma faute. Normalement, je ne laisse jamais traîner mon arme. Mais j'avais demandé qu'on m'apporte un petit déjeuner dans ma chambre et il est arrivé avant que j'aie fini de m'habiller et que j'aie eu le temps de ranger le pistolet dans son étui.

Le capitaine paraissait sceptique.

Dans le portefeuille, Grissom trouva un permis de conduire du New Jersey et des permis de port d'armes pour les Etats du New Jersey et de New York.

— Vous êtes effectivement Ronald Eugene Orrie, dit-il en comparant la photo du permis de conduire avec leur homme, et vos permis de port d'armes sont en règle.

— Je sais.

— Avec votre permission, je voudrais faire vérifier que vos mains ne portent pas trace de résidus.

— Quoi ? Quel genre de résidus ?

— Le genre que laisse un pistolet quand on vient de s'en servir.

— Je n'ai pas utilisé mon arme depuis des mois !

— Bien. Alors vous n'aurez pas d'objections ?

— Non... non.

— Merci. Un membre du Bureau de Criminalistique viendra vous trouver dans l'heure qui vient.

L'homme tressaillit.

— Pouvez-vous au moins faire en sorte que je reste dans cette chambre ? Ce n'est pas que je ne veuille pas coopérer, mais...

Le corps entier de Brass sembla faire la grimace. Toute son attitude disait « je savais bien que ça ne pouvait pas être aussi facile » et le regard de Grissom lui répondait « c'est toujours comme ça ».

— Monsieur Orrie, demanda Brass, avez-vous un permis d'armes en règle pour l'Etat du Nevada ?

Orrie fit signe que non.

— Alors vous savez que vous ne pouvez pas quitter cette chambre avec votre arme, n'est-ce pas ?

L'homme fit signe que oui.

— Si je vous prends dans la rue avec ça, je vous coffre.

— Oui, monsieur.

— Et ne racontez plus à personne que vous êtes du FBI.

— Non, monsieur… euh, je veux dire, oui, monsieur.

— Et ne bougez pas d'ici jusqu'à ce que quelqu'un du labo de la police scientifique soit venu vous voir.

— Oui, monsieur.

— Et si nous décidons de fouiller votre chambre d'hôtel, exigerez-vous que nous ayons un mandat ?

— Non, monsieur.

— Tu as terminé ? demanda Grissom.

Brass ne semblait pas prêt à abandonner le seul suspect à sa disposition. Finalement, il dit :

— Oui, j'ai terminé.

— Allons voir la vidéo.

2

Assis au volant de l'autre Chevy Tahoe noire du laboratoire du crime, Nick Stokes jeta un regard par la vitre comme s'il cherchait sur le bas-côté quelqu'un capable de donner un sens à sa vie – un arbitre, peut-être.

— C'est pas croyable, à peine un quart d'heure avant la fin de la journée de travail ! gémit-il en remontant le Strip où la circulation, à cette heure, était relativement fluide.

Sur le siège du passager, son portable à la main, Catherine Willows secoua ses boucles blond vénitien pour lui faire comprendre de se taire. Elle tapa un numéro, appuya sur la touche ENVOI et attendit impatiemment. Quelqu'un décrocha à la troisième sonnerie.

— Allô ?

— Madame Goodwin ? demanda Catherine.

— Oui ?

— C'est Catherine. Nous sommes appelés sur une affaire. Pouvez-vous accompagner Lindsey à l'école ?

La voix à l'autre bout du fil était chaleureuse, même à travers le portable.

— Bien sûr, pas de problème.

— Comment va-t-elle ?

— Elle dort comme un ange.

Catherine sentit son estomac se nouer et ses yeux la brûler.

— Merci, madame Goodwin, je vous le revaudrai.

— Ne dites pas de sottises, nous nous débrouillerons très bien sans vous, répondit Mme Goodwin avant de raccrocher.

Catherine avait à peine pressé le bouton FIN que Nick reprit sa litanie de lamentations.

— Sais-tu avec qui j'avais rendez-vous pour le petit déjeuner après le travail ?

— Etonne-moi.

— Une pom-pom girl.

— Oh vraiment ?

— Ouais, une ravissante pom-pom girl de l'équipe de base-ball de Las Vegas.

— Par opposition à toutes ces pom-pom girls de l'équipe de base-ball de Las Vegas qui sont moches comme des poux.

— Et maintenant je vais louper ce petit déjeuner. Quand je pense que cette fille avait renoncé à une grasse matinée rien que pour moi…

Malgré le souci qu'elle se faisait pour Lindsey, Catherine ne put s'empêcher de rire.

— Sans commentaire.

Un sourire chagriné passa sur les traits parfaitement ciselés de Nick. Catherine était heureuse que son collègue sorte enfin de sa coquille. Les exigences de leur boulot avaient l'avantage de les détourner de leurs problèmes personnels, mais il était également important de savoir prendre du recul de temps à autre. Elle avait appris à le faire et espérait que Nick saurait bientôt en faire autant.

— Qu'est-ce qu'on a comme détails sur cette affaire ? demanda-t-elle.

— Des ouvriers du bâtiment ont commencé leur journée très tôt, ce matin, pour éviter la canicule, et ils ont découvert un cadavre sous une vieille remorque pourrie.

— Un cadavre frais ou un vieux cadavre pourri ?

— Je n'en sais pas plus, Cath.

Ils dépassèrent Mandalay Bay, traversèrent Russell Road et entrèrent sur le chantier du nouvel hôtel-casino *Romanov*. Annoncé comme le prochain grand hôtel de luxe sur le Strip, le *Romanov* était censé s'inspirer du style opulent de la Russie tsariste. Le bâtiment principal allait être construit sur les plans du palais de Nicolas et Alexandra à Saint-Pétersbourg et les chambres reprendraient la décoration des salles du palais. Connaissant Las Vegas comme elle le connaissait, Catherine savait qu'il y aurait aussi des Raspoutine et des Anastasia sur la piste de danse.

Pour le moment, toutefois, une équipe d'ouvriers avait été engagée pour déblayer les débris qui, accumulés au cours des ans, transformaient le terrain vague en une sorte de décharge publique. Le soleil faisait étinceler des décombres métalliques et illuminait un paysage accidenté évoquant plus Mad Max que les fastes de la Russie impériale. A l'autre bout du chantier, un alignement de camionnettes indiquait qu'une escouade assez nombreuse travaillait sur les lieux.

Catherine repéra un groupe d'ouvriers rassemblés autour de l'épave d'une vieille caravane ; ils semblaient tous regarder quelque chose gisant sur le sol. Quelques mètres plus loin, un excavateur hydraulique s'était immobilisé en pleine action, son godet toujours suspendu au-dessus d'une benne à ordures. Sur un côté, à une vingtaine de mètres environ, étaient garés les deux véhicules blanc et noir d'une patrouille de police, leurs conducteurs appuyés au capot en train de boire du café, et, plus loin, la Ford anonyme d'un inspecteur du commissariat central de Police de Las Vegas.

Nick gara la Tahoe à côté de la benne à ordures jaune. En ouvrant la portière, Catherine se heurta à un mur de chaleur qui lui fit aussitôt regretter le confort climatisé de la voiture. Nick sortit de l'autre côté, ils saisirent leur matériel et partirent en direction de l'attroupement, Catherine en tête.

Le sergent O'Riley, un grand gaillard aux cheveux coupés en brosse, se détacha du groupe d'ouvriers et vint à leur rencontre.

— Jamais vu un truc pareil, dit-il.

— Qu'est-ce que c'est ? demanda Nick.

— Ce type est une momie, expliqua O'Riley en écartant les bras pour imiter un monstre.

Ils s'approchèrent et la rangée d'ouvriers s'ouvrit pour les laisser passer. La carcasse rouillée de la vieille caravane donnait à peu près l'impression que la main de Dieu s'était abattue sur elle pour lui arracher les entrailles. Par l'ouverture béante, à travers les restes du plancher, quelque chose de vaguement humain tournait vers le ciel deux orbites vides dans ce qui ressemblait à une tête de cuir brun.

— Quelqu'un est allé voir ? demanda Catherine à la ronde.

Les ouvriers firent signe que non, certains reculèrent même d'un pas. Elle déposa sa mallette et se tourna vers O'Riley. De grosses gouttes de sueur coulaient sur le visage de l'inspecteur, qui prenait peu à peu la couleur de son ridicule blouson de sport.

— Expliquez-moi tout, sergent.

— L'équipe est arrivée à quatre heures trente. Ils voulaient avancer le travail autant que possible pendant qu'il fait encore frais, pour pouvoir s'arrêter à midi.

C'était une pratique courante dans une ville du désert où les températures dépasseraient probablement les quarante degrés dans l'après-midi.

— Ils travaillaient depuis environ une heure lorsqu'ils ont découvert la momie.

— Bon, dites aux policiers de délimiter la zone. Nous allons nous assurer qu'il n'y en a pas d'autres.

— Pas d'autres ? grogna O'Riley.

Catherine sortit son appareil photo et le vérifia en disant :

— Des tonnes de déchets ont été abandonnées ici au cours des ans, sergent. Assurons-nous d'abord qu'il n'y a qu'un seul cadavre.

— Tu penses qu'on est dans l'arrière-cour de Gacy [1] ? demanda Nick.

— Qui sait ?

O'Riley fit signe aux policiers, qui expédièrent leurs gobelets de café dans un tonneau et vinrent le rejoindre d'un pas traînant.

1. John Wayne Gacy. Tueur en série qui, entre 1972 et 1978, tua au moins trente-trois adolescents et jeunes hommes. La police retrouva un véritable charnier de vingt-huit cadavres dans le vide sanitaire de la villa qu'il occupait dans la banlieue de Chicago.

— Oh, ajouta Catherine, et dites aux ouvriers qu'ils peuvent rentrer chez eux. Nous en aurons pour toute la journée.

O'Riley alla s'entretenir brièvement avec les policiers, puis avec le chef d'équipe, et la scène passa lentement du stade de nature morte à celui d'un film d'action. Les ouvriers se dispersèrent et les camionnettes poussiéreuses partirent dans toutes les directions pendant que les policiers tendaient un ruban jaune et noir autour du terrain vague.

— Il y a des jours où je regrette de ne pas avoir investi dans une fabrique de ruban pour les lieux du crime, dit Nick en les voyant faire.

Catherine enfila une combinaison bleue qu'elle avait retirée de sa mallette et remonta la fermeture éclair jusqu'au cou ; elle voulait bien rassembler les pièces à conviction, mais pas sur ses vêtements. Posant un casque jaune sur sa tête, elle apprécia la fraîcheur du bandeau d'ajustement contre son front – pour quelques secondes seulement.

Pendant que Nick et les autres fouillaient les environs, Catherine prit des photos de la caravane. D'abord, des plans d'ensemble, puis elle se rapprocha peu à peu du cadavre parcheminé. Elle était prête à pénétrer dans la carcasse rouillée lorsque Nick et les policiers revinrent se poster autour de la caravane.

— Vous avez trouvé quelque chose ? demanda-t-elle en rechargeant son appareil photo qu'elle déposa sur le toit de la Tahoe.

— Non, répondit Nick. Notre « momie » a le territoire pour elle toute seule.

— Bon, j'y vais.

Elle enfila une paire de gants en latex et reprit l'appareil photo.

— Fais attention, dit Nick.

Catherine lui lança un regard sévère.

— Je disais ça à tout hasard, Cath, c'est du métal rouillé, rien n'est stable là-dedans…

— Je suis vaccinée contre le tétanos.

Elle entra par un trou semblable à une énorme morsure dans la tôle de la caravane, se fraya un chemin à travers les débris et se faufila par une fente du plancher auprès du cadavre, dont une moitié était désormais exposée au soleil qui pénétrait par le toit fracassé. Dans les zones d'ombre sous la caravane, le sol était légèrement plus frais. Le cadavre ne dégageait aucune odeur et Catherine jugea à l'état de sa peau qu'il devait être mort depuis longtemps.

— Un homme de race blanche, dit-elle en saisissant son appareil photo.

Dehors, Nick répétait ses mots à voix haute au fur et à mesure qu'il les inscrivait dans son calepin. Catherine reposa l'appareil après avoir pris une demi-douzaine de clichés. Le corps avait été couché sur un morceau de plaque métallique, probablement un bout de la carrosserie, puis glissé sous la carcasse de la caravane. En cachant sa victime de la sorte, l'assassin avait réussi à protéger le cadavre, si bien que, au lieu de pourrir, celui-ci s'était momifié dans l'air sec du Nevada.

C'était bel et bien une sorte de momie.

Avec des gestes prudents, Catherine examina le corps, depuis le crâne jusqu'aux mocassins sang-de-bœuf. Les yeux et tous les tissus mous avaient disparu, laissant des orbites creuses, et la peau s'était ratatinée autour de l'os. De grosses mèches de cheveux poivre et sel restaient attachées au crâne et la dentition était intacte. *Bien.*

Les vêtements étaient étonnamment bien conservés, même si le costume à revers étroit avait dû passer de mode longtemps avant que le pauvre type atterrisse ici. Elle fouilla tant bien que mal les poches de la veste, sans rien trouver. A travers les vêtements, elle pouvait sentir que certains organes étaient intacts. Rien d'exceptionnel dans un cas pareil. Elle passa aux poches du pantalon.

— Pas de portefeuille, cria-t-elle.

Nick répéta ses mots. Dans la poche avant gauche, elle trouva quelques pièces de monnaie qu'elle compta rapidement.

— Deux dollars cinquante en petite monnaie, la pièce la plus récente est un vingt-cinq cents de 1984, dit-elle en plaçant les pièces dans un sachet plastique qu'elle scella et mit de côté.

Une fois de plus, Nick répéta ses paroles. Elle se tourna vers les mains de la victime.

— Il ne jouera plus jamais du piano.

— Quoi ?

— L'assassin a coupé les premières phalanges de la victime.

— Pour rendre l'identification du corps plus difficile si jamais il était retrouvé, commenta Nick.

— Oui, on dirait qu'il s'est servi d'un sécateur ou quelque chose comme ça. Des amputations très propres, mais il a oublié une bague en or.

Elle prit rapidement plusieurs clichés des mains de la momie montrant les restes noircis des doigts et la bague en or. Puis, reposant l'appareil, elle souleva avec précaution la main droite de la momie et retira sans peine la bague de l'annulaire.

— Un anneau en or, précisa-t-elle, avec un « F » incrusté en diamants.

— Intéressant, fit Nick avant de répéter la description.

— Oui, cela semblerait démentir l'hypothèse d'un vol, ajouta Catherine en tirant un sachet plastique de sa poche pour y déposer l'anneau.

— Cause du décès ? demanda Nick.

— Je ne sais pas trop – rien de visible de ce côté.

Elle fit prudemment basculer le corps sur le côté gauche et observa la plaque de métal sur laquelle il reposait. Aucune trace de vers ou d'autres vermines. Grissom allait être déçu, lui qui aimait tant ces petits charognards. Le dos du costume de la momie semblait plus sombre et, remontant lentement vers la tête, Catherine trouva ce qu'elle cherchait.

— Deux blessures, annonça-t-elle. A la base du crâne, on dirait du travail de professionnel.

— Arme à feu ?

— A mon avis, oui.

— Autre chose ?

Catherine ne souhaitait pas trouver autre chose. Le répit apporté par la fraîcheur du sol, à l'ombre de la caravane, avait été de courte durée. La sueur ruisselait maintenant le long de son dos, de ses bras, de son visage. Mais elle se força à rester concentrée sur son travail. A ce moment, à quelques centimètres à gauche de la tête de la momie, quelque chose attira son attention. Quelque chose de sombre affleurait à la surface du sol. Elle pensa tout d'abord que c'était un des petits copains de Grissom, un charognard, mais en y regardant de plus près, elle vit qu'il s'agissait d'un morceau de métal : le canon d'un pistolet, presque totalement enfoui sous la terre ! Presque… Elle saisit l'appareil photo et prit plusieurs clichés.

— Qu'est-ce que tu as trouvé ? demanda Nick.

— Au moins le canon d'une arme, peut-être plus.

Contournant le cadavre, Catherine alla creuser soigneusement autour du cylindre noir pour le déterrer entièrement. Le pistolet avait disparu, mais le tueur avait pensé leurrer les spécialistes en armes à feu en abandonnant le canon à côté de sa victime. *Il y a plusieurs manières de régler un problème*, songea-t-elle en prenant d'autres photos avant de placer la pièce à conviction dans un sac plastique. La comparaison des balles tirées par un assassin était bien un moyen de confondre le tueur, mais Catherine Willows en connaissait beaucoup d'autres. Elle inspecta le trou dont elle venait de dégager le canon, sans rien voir… ou bien était-ce quelque chose ? Elle alluma une lampe de poche, la braqua sur le trou et distingua une petite bosse à peine plus claire que la terre alentour. Creusant délicatement, elle mit à jour les restes d'un vieux filtre de cigarette. Une pièce à conviction ? Ou seulement un détritus de plus sur ce terrain utilisé depuis un quart de siècle comme décharge publique ? *Mieux vaut prendre trop de précautions que pas assez*, se dit-elle en photographiant le mégot qu'elle glissa ensuite dans un sachet plastique.

— Une dernière chose, dit-elle.

— Oui ?

— Un filtre de cigarette. Je l'ai mis de côté.

Elle ressortit de la carcasse de la caravane et tendit les sacs à Nick.

— Petit calibre, fit celui-ci en soulevant le sac qui contenait le canon à hauteur de ses yeux. Un .25 ?

Catherine faisait signe que oui lorsque O'Riley vint les rejoindre.

— Une identité ? demanda ce dernier.

— Je n'ai trouvé ni portefeuille ni quoi que ce soit, et le bout de ses doigts a disparu.

O'Riley se renfrogna.

— Le bout des doigts a disparu ?

— Ne vous en faites pas, sergent. Nous aurons quand même des empreintes.

— C'est comme pour Roscoe Pitts, dit Nick.

O'Riley parut déconcerté.

— Roscoe Pitts ? Je croyais que vous disiez…

— Non, dit Catherine. Roscoe Pitts était un truand dans les années quarante. Il avait demandé à un docteur de lui dépecer le bout des doigts et de lui greffer à la place un morceau de peau prélevé sous les bras.

Nick croisa les bras pour glisser ses mains sous ses aisselles et reprit le discours.

— Il a déambulé comme ça pendant des semaines, et quand le toubib lui a retiré ses pansements, sa peau était lisse comme celle d'un bébé, dit-il en tortillant les doigts.

O'Riley comprit enfin :

— Plus d'empreintes digitales !

Catherine sourit, amusée.

— Ce que Roscoe n'avait pas compris, c'est que, primo, avec le bout des doigts lisse, il se faisait encore plus remarquer, et secundo, il est possible de relever les empreintes des autres phalanges.

— Alors il s'est fait prendre ? demanda O'Riley.

— Presque immédiatement.

— Et c'est comme ça que vous allez identifier ce gars-là ?

Nick hocha la tête.

— Si notre momie est dans l'ordinateur, nous saurons de qui il s'agit avant la fin de la journée.

À ce moment, l'un des instructeurs du service des urgences poussa un juron.

— Que se passe-t-il ? demanda Catherine.

Le type qui avait juré, un grand blond aux cheveux en brosse, brandissait un des mocassins de la momie dont dépassait le bout d'un pied.

— Désolé, il s'est détaché tout seul. Autant essayer de ramasser un château de cartes.

— Nick, dit Catherine, dépêchons-nous d'envelopper les mains dans des sachets de plastique et aidons ces gars avant qu'ils ne démembrent le corps tout entier.

Et ils reprirent leur travail, deux minuscules silhouettes perdues dans l'immensité d'un terrain vague cerné de ruban jaune et noir.

3

Le service de sécurité occupait la majeure partie du premier étage de l'hôtel. La salle principale, une pièce anonyme peinte en bleu-gris, abritait une rangée de magnétoscopes et un vigile consultant une liste épinglée sur un panneau chaque fois qu'il changeait les cassettes. Le mur adjacent, dans lequel était encastré un immense miroir sans tain, surplombait le casino et offrait une vue d'ensemble sur l'univers frénétique des joueurs – le bruit en moins.

Le long du mur de droite et au milieu de la pièce, d'autres membres du service de sécurité étaient installés devant des écrans d'ordinateurs. Certains surveillaient telle ou telle scène filmée par les caméras pendant que d'autres semblaient contrôler divers indicateurs. Grissom nota que l'un de ces indicateurs donnait la température ambiante du casino. Une énorme console de neuf moniteurs vidéo tapissait le mur du côté sud. Un jeune Asiatique vêtu comme un réceptionniste y était assis et tapait sur un clavier.

— Voyons voir, fit celui-ci. Le couloir du troisième étage, de quelle heure à quelle heure ?

Derrière lui, Brass vérifia ses notes.

— Entre cinq heures trente et six heures ce matin.

Grissom vit l'écran central s'éteindre puis se rallumer sur l'image en noir et blanc d'un couloir vide. En bas à droite, un compteur indiquait l'heure ; un autre, à gauche, donnait la date.

— Pouvez-vous accélérer jusqu'à ce que quelqu'un apparaisse ?

— Bien sûr, dit le vigile. Il n'y a sans doute pas grand monde à cette heure.

Il tapa quelques touches et le compteur se mit à défiler à toute vitesse. Un homme apparut et, aussi vite qu'il avait accéléré, le compteur revint au temps normal.

— « Les Aventures de M. Smith à Las Vegas », titra Brass.

— En route pour sa chambre d'hôtel, enchaîna Grissom. Presque au pas de course. Sait-il que l'assassin est à ses trousses ?

Jouant le rôle-titre dans le documentaire de sa propre mort, « Smith » disparut dans un renfoncement à mi-chemin du couloir, sur le côté droit. Moins de vingt secondes plus tard, un deuxième homme apparut au bout du couloir. Il s'avança en marchant au centre du vestibule, regardant de chaque côté au fur et à mesure qu'il progressait, la tête baissée pour que son visage ne soit pas dans le champ de la vidéo.

— Il n'aime pas les caméras, remarqua Grissom. Traquant sa proie – là ! Il vient de plonger derrière « John Smith ».

La vidéo n'avait pas de son et ils n'entendirent aucun coup de feu, mais lorsque le tueur recula dans le couloir, ils virent l'éclair du second coup. Au même moment, Bobby LaFay fit son apparition. Le tueur vira sur lui-même pour faire face au nouveau venu et le plateau du repas s'écrasa sans un bruit sur la moquette lorsque LaFay repartit en courant vers l'ascenseur. La tête toujours baissée, le tueur fit volte-face, glissa dans le sang de Smith et détala en direction de la caméra, un bras levé devant le visage. Il dépassa la caméra et disparut, probablement dans l'escalier de service qui menait au premier étage.

— Vous pouvez nous repasser la séquence ? demanda Grissom.

Maintenant qu'il connaissait l'enchaînement des faits, il pouvait se concentrer sur les détails.

Une nouvelle fois, « Smith » parcourut à toute vitesse la moitié du couloir, vêtu d'un costume sombre. Visiblement terrorisé, il fouilla fébrilement dans sa poche à la recherche de sa clé avant de disparaître dans le renfoncement. A son tour, le tueur refit son entrée. Il portait un blouson de sport de couleur claire sur une chemise claire, un pantalon sombre – peut-être un jean – et des souliers foncés qui ressemblaient à des chaussures de sport. Il tenait déjà son petit pistolet dans la main droite et sa main gauche, également levée, était en train de faire quelque chose. *Qu'est-ce que c'est que ça ?* se demanda Grissom.

— Retournez dix secondes en arrière, dit-il au technicien ; pouvez-vous ralentir le mouvement ?

Le technicien tapa quelques touches, le compteur recula de dix secondes et la cassette reprit au ralenti. Le tueur pénétra dans le couloir, les deux mains levée devant la poitrine. La main droite tenait le pistolet, la gauche…

— Il est en train de visser un silencieux.

— Un contrat de la mafia, dit Brass machinalement.

— Trop tôt pour le dire, rétorqua Grissom tout aussi machinalement.

Le silencieux était vissé lorsque le tueur disparut dans le renfoncement et, presque aussitôt, on vit apparaître les pieds de « Smith » qui venait de s'effondrer.

— La force d'impact l'a projeté la tête la première contre la porte ; il l'a heurtée, a glissé à terre et ses pieds ont dépassé dans le couloir, analysa Grissom.

Reculant d'un pas, le tueur braqua l'arme sur la victime étendue à ses pieds et tira une seconde fois, une éclatante lumière blanche jaillissant de la bouche du pistolet. A ce moment précis, Bobby LaFay entra avec le plateau. De nouveau, le tueur se retourna en pointant son arme sur le garçon d'étage, le plateau vola dans les airs et les spaghettis s'éparpillèrent sur la moquette, cette fois non seulement en silence, mais au ralenti. Les deux hommes partirent dans des directions opposées, le tueur repassa sous la caméra, un bras levé devant le visage. Aucun signe distinctif, pas d'anneau aux doigts, pas de bracelet au poignet, rien.

Grissom se tourna vers Brass.

— Tu m'embarques toutes les cassettes de ce matin, okay ?

— Ouais.

— Moi, je retourne là-haut.

Brass prit quelques dispositions rapides avec le technicien, puis accompagna Grissom jusqu'au troisième étage où Warrick les accueillit un sachet plastique à la main.

— Qu'est-ce que tu as là pour moi ? demanda Grissom.

Warrick tendit le sachet pour que son chef puisse en inspecter le contenu.

— Cinq gros billets, de la menue monnaie dans la poche avant gauche du pantalon.

— Oui, de toute façon, d'après ce que la vidéo vient de nous montrer, on n'est pas dans le contexte d'un vol à main armée.

— D'autres renseignements sur la bande vidéo ? demanda Warrick.

— Le *modus operandi* d'un crime mafieux, décréta Brass.

Grissom lui lança un regard de biais.

— Ne juge pas trop vite. Laisse d'abord parler les pièces à conviction.

Brass leva les yeux au ciel.

— J'ai trouvé une douille sous le corps, mais aucun signe de la deuxième, dit Sara qui venait de les rejoindre.

Grissom hocha la tête en silence et les reconduisit sur le lieu du meurtre.

— Grissom, j'ai inspecté chaque centimètre carré de ce couloir, je t'assure qu'il n'y a pas d'autre douille ici, protesta Sara sur un ton légèrement maussade.

— On a tout passé deux fois au peigne fin, Griss, il n'y a rien, renchérit Warrick.

Les yeux de Grissom balayèrent le couloir, s'attardèrent sur la sauce tomate répandue et sur la traînée d'eau laissée par le vase qui avait contenu l'œillet blanc, puis remontèrent la bande de moquette mouillée jusqu'à une porte de l'autre côté du couloir.

— Pouvons-nous entrer dans cette chambre ?

— Elle est occupée, dit Brass en tirant une liste de sa poche.

Prenant garde à ne pas poser les pieds n'importe où, Grissom alla frapper à la porte de la chambre d'en face.

— M. et Mme Gary Curtis, annonça Brass.

Grissom perçut un bruit de pas à l'intérieur et un homme d'une quarantaine d'années ouvrit lentement la porte.

— Que puis-je faire pour vous ? demanda l'homme, qui portait une barbichette poivre et sel.

Grissom baissa les yeux sur la traînée d'eau aboutissant dans l'angle de la porte et vit la douille de cuivre qui semblait lui faire de l'œil.

— C'est déjà fait, monsieur Curtis.

— Nous menons une enquête, monsieur Curtis, expliqua Brass.

— Je sais, répondit ce dernier, légèrement ennuyé, j'ai déjà été interrogé. Combien de temps ma femme et moi allons-nous encore devoir rester dans notre chambre ?

— Plus très longtemps. Il va falloir faire preuve de civisme. Un meurtre a été commis sur le pas de votre porte.

Curtis fit la grimace et haussa les épaules.

Sans se soucier de ce qui se passait autour de lui, Grissom s'était baissé pour faire glisser la douille dans une pochette en plastique transparent. Il observait maintenant sa trouvaille à la lumière. *Il n'y a pas de crime parfait.*

— Ce sera tout, monsieur Curtis, dit Brass en repoussant le client à l'intérieur de sa chambre.

Tirant une carte-clef de sa poche, Grissom se tourna vers Warrick et Sara.

— On donne une soirée dans la suite de M. Smith. Ça vous dit d'y aller ?

— C'est le gérant qui t'a donné cette carte ? demanda Warrick.

— Tu as bien mis celle de la victime sous plastique, non ?

— Evidemment, tu le sais bien.

— Alors, ça veut dire que tu ne peux plus l'utiliser parce que c'est devenu une pièce à conviction. Mais maintenant, grâce à celle-ci, vous allez pouvoir vous occuper de la chambre.

— Et vous, patron ? demanda Sara.

— Je me charge de l'escalier.

— On y va, dit Warrick en prenant la carte-clef.

Les employés du service des urgences avaient chargé le cadavre de « John Smith » sur une civière et le poussaient vers l'ascenseur.

— Occupe-toi de faire évacuer les clients de cet étage, dit Grissom à Brass. Dis-leur de prendre tous leurs bagages avec eux, le gérant devra se débrouiller pour leur fournir de nouvelles chambres.

— On est en pleine saison, gémit Brass. Il n'y a peut-être pas suffisamment de chambres disponibles...

— Eh bien, qu'ils plantent leurs tentes dans le vestibule, je m'en fiche. Ceci est une scène du crime, Jim.

— Oui, oui, je commençais juste à m'en rendre compte.

Grissom ignora le sarcasme.

— Poste tout de même quelques hommes dans le couloir pour maintenir les clients de ce côté, dit-il en montrant la gauche. Je ne veux pas qu'ils défilent ici comme un troupeau d'éléphants. Débrouille-toi pour les mettre dans l'ascenseur et les faire disparaître.

Brass tira son portable et s'élança derrière Grissom en direction de l'escalier de service. Warrick et Sara avaient déjà disparu dans la chambre de la victime.

Grissom commença par coller un morceau de ruban adhésif sur le pêne de la serrure afin de pouvoir rentrer sans problème dans le couloir du troisième étage. L'escalier de service consistait en huit marches de grillage métallique conduisant à un palier intermédiaire, puis, après un angle à cent quatre-vingts degrés, huit autres marches descendaient au second. Il ne fallait pas espérer tirer quoi que ce soit des marches grillagées, mais Grissom sourit en voyant le palier.

— Assieds-toi là, tu seras très bien, dit-il à Brass en montrant les marches conduisant à l'étage supérieur.

Brass s'installa pour donner ses coups de fil. Après avoir inspecté sans résultat le palier du troisième, Grissom descendit jusqu'au suivant. A quatre pattes, il se servit d'un rouleau caoutchouc pour aplatir une feuille de Mylar sur le sol. Noire d'un côté et argentée de l'autre, cette feuille lui permettrait de relever les empreintes de semelles dans la poussière. Une fois la feuille étalée, il se tourna vers une petite boîte grise qu'il avait posée à côté de lui. Elle comportait sur le devant un interrupteur, un voyant rouge, un voltmètre et deux fils électriques aboutissant, l'un à une pince crocodile, l'autre à une sonde en acier inoxydable d'environ cinq millimètres de diamètre.

Brass rempocha son portable et demanda :

— Des empreintes de pas ?

— Nous le saurons dans une seconde.

Grissom fixa la pince crocodile à une extrémité de la feuille de Mylar et toucha l'autre extrémité avec la sonde. Il sourit en voyant sursauter le voltmètre et éloigna la sonde. Puis il éteignit la boîte et retira la pince crocodile.

— Et voilà le travail ! dit-il en se frottant les mains sur les jambes de son pantalon.

Soigneusement, il retourna la feuille de Mylar sur laquelle apparaissaient maintenant deux empreintes clairement dessinées, l'une tournée vers le haut, l'autre vers le bas.

— Regarde-moi ça, dit-il. L'un d'eux a marché exactement sur l'empreinte du tueur.

— L'un d'eux ?

— A en juger par l'empreinte, ce doit être le gérant.

— Et qu'est-ce qui te fait penser que c'est une empreinte du tueur ?

— Chaussure de sport. L'empreinte ressemble à celle que Warrick a relevée dans le sang sur la moquette du couloir, mais c'est peut-être optimiste de ma part. Quant au gérant, il porte des chaussures souples avec un talon en caoutchouc. Des Florsheim, peut-être.

Grissom saupoudra ensuite la rampe qui courait à droite de l'escalier. Entre le troisième étage et le palier intermédiaire, elle portait des douzaines d'empreintes. Il y avait une chance sur mille d'en obtenir une du tueur qui soit utilisable. Le personnel de service et d'entretien, les vigiles chargés de la sécurité, des clients de l'hôtel, les pompiers et Dieu sait qui encore avaient touché ces rampes depuis la dernière fois que le ménage avait été fait.

Levant les yeux sur Brass, Grissom demanda :

— Tu peux te renseigner pour savoir qui s'occupe de nettoyer la cage d'escalier et à quelle fréquence ?

— Pas de problème. Tu trouves quelque chose ?

— Quelque chose ? répéta Grissom en écho, avec un rire creux qui résonna dans la cage d'escalier. Un peu de tout. Un véritable rassemblement d'empreintes.

Grissom passa une heure et demie à terminer la cage d'escalier. Il releva des bataillons d'empreintes sans grand espoir qu'une seule d'entre elles se révèlerait utile pour l'enquête. L'inconvénient des lieux publics, même des lieux aussi rarement utilisés que cet escalier de service, c'était que les enquêteurs se retrouvaient écrasés sous un énorme volume d'informations dont la majeure partie n'avait pas le moindre rapport avec l'affaire.

A quelques exceptions près, la chambre d'hôtel ressemblait à n'importe quelle autre chambre d'hôtel à Las Vegas. Le couvre-lit était défait et roulé au pied du lit. Il y avait une bouteille de champagne et deux flûtes sur la coiffeuse, quelques vêtements suspendus dans la penderie et les affaires de toilette de la victime dans la salle de bains. Dans un coin de la chambre, un attaché-case, une pile de journaux et un agenda électronique de type Palm Pilot traînaient sur une table ronde.

— Je prends la table et la salle de bains, dit Sara à Warrick, occupe-toi de la coiffeuse et du lit.

— J'avais déjà eu le lit la dernière fois.

— Quelle différence cela peut-il faire, Warrick ? demanda la jeune femme en secouant la tête.

Il la regarda par en dessous.

— Une sacrée différence.

Elle leva les yeux au ciel.

— Bon, d'accord, tu prends la salle de bains et je me charge du lit.

Enchanté de ne pas avoir à plonger dans la piscine d'ADN que devaient contenir les draps, Warrick pénétra dans la salle de bains. Le lavabo, à droite, était propre. A côté du lavabo, la tablette montrait tous les signes d'un homme exceptionnellement soigneux. Sur une serviette de toilette impeccablement étalée, un rasoir, une brosse à dents, un tube de dentifrice et un peigne étaient disposés respectivement à cinq centimètres d'intervalle ; en rang derrière eux, à environ deux centimètres, un déodorant, un tube de mousse à raser, une eau dentifrice et un after-shave montaient la garde comme de braves soldats, chacun avec l'étiquette tournée vers l'avant. Warrick prit rapidement quelques clichés de la salle de bains et tendit l'appareil photo à Sara, qui photographia l'autre pièce.

Warrick inspecta la corbeille à ordures, songeant que son boulot ressemblait parfois moins à celui d'un scientifique qu'à celui d'un gardien de prison. Il n'y trouva rien d'autre que le film plastique froissé qui avait servi à emballer le flacon d'eau dentifrice, et quelques mouchoirs en papier chiffonnés… Mais l'un des mouchoirs portait des traces de rouge à lèvres.

— Il a reçu une femme ici, cria Sara de la chambre.

Warrick regarda d'un air narquois le mouchoir en papier, puis le miroir, enfin il jeta un coup d'œil dans l'autre pièce pour s'assurer que Sara ne se moquait pas de lui, mais elle était hors de vue.

— J'ai ici un mouchoir en papier taché de rouge à lèvres, ça tendrait à prouver la même chose, dit-il.

— Il y a du rouge à lèvres sur l'une des flûtes à champagne et sur un mégot dans le cendrier. Je parierais que notre victime ne fumait pas des Capri.

Quittant la salle de bains, Warrick vint examiner la cigarette longue et fine que Sara lui présentait dans un sachet transparent.

— Pas exactement une cigarette de macho, n'est-ce pas ?

— Sauf si « John Smith » mettait aussi du rouge à lèvres.

Sara ouvrit ensuite une petite mallette noire dont elle retira un objet qui ressemblait à un téléobjectif muni d'une crosse de pistolet.

— Je vois que notre ami RUVIS a fait le voyage, constata Warrick.

— Qu'est-ce que tu crois ! dit Sara en appuyant sur le bouton de mise en marche de l'appareil. *Reflective Ultra-Violet Imaging System.* Si « John Smith » et son amie se sont réunis pour un congrès sexuel dans ce lit, RUVIS nous en donnera la preuve.

— Tu donnes un ton extrêmement politique à tout ce que tu dis !

L'appareil n'avait pas fonctionné plus de dix secondes lorsque Sara lâcha un long soupir.

— Qu'est-ce qui ne va pas ? Tu ne trouves rien ? lui demanda Warrick.

— Si je ne trouve rien ? Ces draps sont couverts de taches !

Elle tendit le RUVIS à Warrick qui se pencha sur le lit et regarda par l'objectif. Dans la lumière ultra-violette, le lit ressemblait à une gigantesque bâche de camouflage, avec de grandes auréoles blanches en forme de fleurs à une bonne douzaine d'endroits différents.

— Eh bien, si tout ça provient de notre gars, il n'a pas dû s'ennuyer !

— Tu crois que ces taches proviennent toutes de lui ?

— Non. Tu te souviens, quand Mike Tyson s'est fait arrêter ?

— Bien sûr. Indianapolis.

— Exact. L'enquêteur chargé de l'affaire participait à un séminaire que j'ai suivi. Il nous a raconté que la suite de Tyson coûtait huit cents dollars la nuit, et l'hôtel n'était ouvert que depuis un an.

— Et alors ?

Warrick éteignit le RUVIS et le reposa dans son étui.

— Combien de taches de sperme crois-tu qu'ils ont trouvé ?

Sara fit signe qu'elle n'avait pas la moindre idée.

— Cent cinquante-trois.

La jeune femme écarquilla les yeux.

— Cent cinquante-trois !?

— Oui… et pas une seule ne provenait de Tyson.

Sara fit une grimace de dégoût.

— Je ne dormirais plus jamais dans une chambre d'hôtel.

— Que tu dis !

Warrick se remit au travail dans la salle de bains. Il récupéra quelques poils dans le tuyau d'écoulement de la douche mais ne trouva rien d'autre. Quelques minutes plus tard, il avait rejoint Sara dans l'autre pièce. Pendant qu'elle continuait à prélever des échantillons sur les draps, il rangea le Palm Pilot, les journaux, la bouteille de champagne et les flûtes dans des sacs plastique, puis alla se poster dans l'embrasure de la porte de la salle de bains.

— Tu sais, Grissom n'a pas fait une seule allusion au fait que… tu sais… que je participe à une enquête dans un casino.

Prise par son travail, Sara répondit négligemment :

— Bof, Grissom est comme ça.

— Ouais. Mais je n'étais pas sûr qu'il me referait jamais confiance.

Cette fois, Sara se redressa et tourna la tête vers lui.

— Warrick ?

— Ouais ?

— C'est dur pour toi ?

— Quoi ?

— D'être ici. Je veux dire, à côté d'un casino.

Il la regarda un très long moment avant de répondre.

— Pas plus que pour un alcoolique convalescent de mener une enquête dans un magasin de spiritueux.

Elle le regarda droit dans les yeux.

— Aussi dur que ça ?

Petit hochement de tête.

— Oui.

Un peu embarrassée, Sara ne savait trop quoi dire.

— Ecoute, euh… si je peux t'aider…

— Si quelqu'un pouvait m'aider, nous ne serions pas en train d'avoir cette conversation.

Ils poursuivirent leur travail en silence.

4

Le Département de Criminalistique de Las Vegas était installé dans un immeuble moderne de plain-pied entouré de grands pins verdoyants. Bourré de coins et de recoins, c'était un vrai terrier de lapin : un labyrinthe de bureaux, de salles de conférence et de laboratoires, avec un salon et un vestiaire ajoutés là pour humaniser le tout. Mais, étrangement, cet univers de stores verticaux délavés et de murs en verre avait un effet apaisant sur Catherine Willows – c'était un peu sa deuxième maison.

Après avoir récupéré sa fille Lindsey à la sortie de l'école, Catherine avait eu le temps de prendre un bon dîner et même quelques heures de sommeil avant de réintégrer le bureau un peu avant neuf heures du soir.

Il était maintenant dix heures passées et ses yeux brûlaient déjà d'avoir trop fixé l'écran de l'ordinateur. Elle était plongée dans les détails d'un cas irrésolu de disparition – en l'occurrence un certain Frank Mayfield, homme de race blanche de cinquante-deux ans, qui avait disparu treize ans plus tôt – lorsqu'elle sentit une présence sur sa gauche.

Une serviette dans une main, une pile de chemises à

documents et une tasse de café en équilibre précaire dans l'autre, Grissom maintenait la porte ouverte avec un pied. Dans son polo noir à manches courtes et son pantalon gris, il réussissait à paraître à la fois décontracté et professionnel.

— Tu es déjà là ? demanda-t-il.

— J'essaie de découvrir l'identité de notre momie.

— Et comment t'y prends-tu ?

— Je passe en revue tous les cas de personnes disparues entre 1980 et 1990. Le rapport préliminaire dit que Imhotep est mort il y a environ quinze ans.

Il vint se poster à côté d'elle et posa sa tasse de café sur le bureau.

— Ça fait combien de cas ?

— Pas plus que de grains de sable dans le désert, répondit Catherine en s'étirant pour soulager sa colonne vertébrale. Tu sais, rien qu'au cours des deux dernières années, plus de trois mille deux cents personnes ont été portées disparues à Las Vegas.

Grissom secoua la tête.

— Tu trouves quelque chose ?

— Pas pour le moment.

— Je ne suis pas sûr que ce genre de pêche dans le vide puisse être fructueux.

Elle haussa les épaules.

— Il faut bien que je fasse quelque chose. On ne pourra pas utiliser l'ADN ou la dentition tant qu'on n'aura pas au moins une idée de qui est ce type.

Il s'assit sur le bord du bureau.

— Est-ce qu'on a le moindre indice ?

— Un anneau avec un « F » en diamants incrustés.

Le visage de Grissom s'éclaira. Il aimait ça.

— Prénom ou nom de famille ?

Catherine haussa une nouvelle fois les épaules.

— Je n'en sais pas plus que toi.

— Y a-t-il autre chose de gravé ? Pour Untel, de la part d'Untel ? Avec amour ?

— Non. Rien qu'un « F ».

— Sait-on comment la victime est morte ?

— Arme à feu. Dans la tête.

— C'est drôle.

— Je suis morte de rire.

— Je veux dire, c'est étrange. Notre cadavre de l'hôtel a reçu lui aussi des balles dans la tête.

— Eh bien, rien ne sépare nos deux victimes, sinon quinze ans d'écart.

— As-tu relevé ses empreintes digitales ?

— J'attends Nick. Notre momie est en piteux état. Elle a déjà perdu un pied quand ils l'ont tirée de sa cachette.

— J'ai horreur de ce genre d'incident.

— J'ai pensé qu'il serait plus facile d'être à deux pour relever les empreintes.

— Tu as raison, approuva Grissom. Mais puisque tu es ici et que Nick n'est pas encore arrivé, veux-tu que je te donne un coup de main ?

Le soupir de Catherine se mua en bâillement.

— Pourquoi pas ? Un changement d'air ne pourra que me faire du bien. Ici, j'ai l'impression de chercher une aiguille dans cent mille bottes de foin.

Grissom serra la pile de documents contre sa poitrine.

— Je pose ça dans mon bureau et on y va tout de suite.

Catherine éteignit l'ordinateur et se leva. Son chef

avait déjà rejoint la porte, oubliant sa tasse de café sur le bureau. Grissom était un as pour ce qui était d'enquêter sur le lieu du crime, mais au quotidien, il était plutôt du genre professeur Tête-en-l'air.

— Merci pour le café, Grissom.

Il fronça les sourcils en la voyant porter la tasse à ses lèvres. Elle la lui rendit aussitôt.

— Allez, va, je plaisantais !

Dans le couloir, entre deux gorgées de café, Grissom reconnut :

— Je manque parfois d'attention vis-à-vis des autres.

— Je ne suis pas d'accord. Ce n'est pas n'importe quel type qui penserait à accompagner une fille à la morgue !

Et c'est là qu'ils se retrouvèrent bientôt, des combinaisons bleues sur leurs habits de ville, John Doe[1] nº 17 étendu devant eux sur une table de métal argenté, les mains toujours enveloppées dans des pochettes plastique.

— Je n'arrive pas à croire que nous en sommes déjà au dix-septième John Doe, cette année, dit Catherine.

Chaussant une paire de lunettes, Grissom s'approcha ; il ne semblait pas avoir entendu la remarque. Catherine demeura un peu en retrait pendant que son chef observait le cadavre. Elle savait qu'il aimait cette partie du travail – il se débrouillait beaucoup mieux avec les morts qu'avec les vivants. Il y avait quelque chose de presque naïf en Grissom, dans la pureté de son amour pour l'enquête criminelle, dans sa quête de la vérité. Mais surtout, Grissom aimait apprendre. Chaque

1. Nom donné à tous les cadavres non identifiés.

nouveau cadavre lui offrait la chance d'enrichir ses connaissances afin d'aider non seulement la personne en question, mais les personnes auxquelles il aurait affaire ensuite. La passion qu'il mettait à servir les victimes du crime et les proches endeuillés rachetait toutes ses autres maladresses dans les relations humaines.

Il commença par contempler le cadavre dans son ensemble. Catherine avait l'impression qu'il absorbait le corps plus qu'il ne le regardait. « Ne laissez jamais s'éteindre votre curiosité », avait-il l'habitude de dire. Tournant lentement autour de la table de métal, il observa la momie sous tous les angles.

— Ton tueur nous a rendu un sacré service en dissimulant le corps comme il l'a fait, dit Grissom.

— On voit que ce n'est pas toi qui as rampé sous une caravane pourrie pour le récupérer !

Il lui jeta un coup d'œil.

— Tu sais que si nous ne vivions pas dans le désert, il ne resterait plus que quelques ossements.

Elle hocha la tête.

— Tes chers asticots ont été privés de goûter.

Il s'approcha du corps et pressa doucement sur l'abdomen.

— On dirait que les organes sont intacts.

En voyant Grissom ausculter le cadavre, Catherine se souvint du Noël précédent, lorsqu'elle avait offert un minuscule service à thé en verre à sa fille Lindsey. La petite avait examiné chaque pièce, l'une après l'autre, en prenant bien soin de ne pas les endommager. Le criminaliste faisait la même chose avec la momie, posant un doigt ici, tapotant là, abaissant la lampe pour mieux examiner telle ou telle partie de la poitrine.

— Bon, dit-il finalement.

— Tu as terminé ?

Il la regarda d'un air penaud.

— Désolé. C'est toi qui commandes – par où veux-tu commencer ?

A ce moment, la porte à battants fut ouverte d'un coup de pied et le Dr Robbins, le coroner, entra avec une série de radios dans une main.

— Oh, excusez-moi, je ne savais pas qu'il y avait quelqu'un ici.

— Ce n'est pas l'endroit idéal pour faire peur à quelqu'un, toubib, observa Catherine en souriant à moitié.

Le Dr Robbins était un homme d'une soixantaine d'années, chauve, avec une barbe grise soignée, vêtu lui aussi d'une combinaison bleue. Il dégagea son bras de la manchette métallique de sa béquille et déposa celle-ci contre le mur.

— Qu'est-ce que vous avez là, docteur ? demanda Grissom.

— La cause du décès.

Robbins ajusta une première radio sur la visionneuse et manœuvra l'interrupteur. Les néons fluorescents se réveillèrent par saccades, révélant une vue de profil du crâne de John Doe n° 17 avec plusieurs taches sombres bien distinctes. Une seconde radio, qui présentait l'arrière du crâne, montrait seulement deux points sombres.

— Ces deux points sombres sont les trous provoqués par les balles.

— Vous en êtes bien sûr ? demanda Grissom, interloqué.

Robbins jeta sur lui le regard que des parents posent sur un enfant attardé.

— Et pourquoi n'en serais-je pas sûr ?

— Avez-vous les bonnes radios ? demanda Grissom en regardant de plus près – de beaucoup plus près. Est-ce « John Smith » ou John Doe n° 17 ?

— Mais c'est la momie, bien sûr, John Doe n° 17, répondit Robbins, maintenant plus désorienté qu'offensé. Je ne sais même pas qui est John Smith.

— La victime du *Beachcomber*, dit Grissom. Deux balles l'une au-dessus de l'autre, presque exactement à deux centimètres d'intervalle. Exactement comme ça…

Catherine secoua ses boucles blondes.

— La même disposition ? Tu plaisantes ?

Grissom se retourna vers elle.

— J'en ai l'air ?

— Pas d'erreur possible, assura Robbins, je n'ai même pas encore vu l'autre cadavre. Remarquable coïncidence.

— Je ne crois pas aux coïncidences, dit Catherine. Il y a toujours un moyen de les expliquer.

Grissom hocha lentement la tête.

— Je ne nie pas la réalité des coïncidences, d'autant plus que quinze ans séparent nos deux victimes.

Perplexe, Catherine demanda :

— Alors, avons-nous deux affaires ou une seule ?

Grissom baissa les paupières et se mit à réfléchir, les lèvres pincées.

— Nous avons deux victimes. Nous les traitons séparément. Et si les pièces à conviction prouvent qu'il s'agit d'une seule et même affaire, qu'il en soit ainsi. En attendant, nous devrons faire avec cette coïncidence.

— Mais on garde les yeux grands ouverts.

— C'est toujours plus prudent, dit Grissom en rouvrant les siens.

Désignant l'autre radio, Robbins indiqua du doigt une tache sombre à droite du front.

— Commençons par là. Voici une de vos balles, elle est venue se loger dans le crâne.

— Et la seconde ? demanda Grissom.

— Les membres du service des urgences l'ont récupérée sur la civière pendant qu'ils transportaient le cadavre jusqu'ici. Cette petite diablesse cherchait à s'échapper.

— Où est-elle maintenant ?

— Avec les autres pièces à conviction, dit Robbins en reprenant sa béquille. Maintenant, si vous voulez bien m'excuser, je crois que je devrais aller faire la connaissance de M. John Smith.

Une fois le coroner parti, Catherine et Grissom se remirent au travail. Ils défirent précautionneusement les sacs plastique qui protégeaient les mains de la momie.

— Le tueur a cru éliminer les empreintes en coupant les premières phalanges, dit Grissom.

— J'adore penser que nous sommes plus futés que les truands.

Il leva l'index d'un air docte.

— Pas plus futés – mieux informés.

— Tu penses qu'on devrait les réhydrater ?

Il observa les doigts desséchés et dit :

— Ça aidera sans doute à relever les empreintes.

Catherine installa deux grands bacs à moitié remplis de Formaline pendant que Grissom fouillait derrière elle dans un tiroir. Lorsqu'elle se retourna, il était debout devant le cadavre, armé d'une énorme paire de cisailles.

Catherine prit une profonde inspiration et alla se positionner à côté de la momie.

— Ça va aller ? demanda-t-il

— Oui.

Elle avait toujours eu du mal à exécuter ce genre d'opération. Cette fois, au moins, ce serait mieux que le jour où il l'avait obligée à enfiler, comme des gants, la peau fraîchement arrachée des mains d'une victime, pour prendre les empreintes digitales.

Elle saisit l'avant-bras de la momie et le maintint solidement pendant que Grissom coupait la main. Un tressaillement la parcourut au bruit sec des cisailles qui se refermaient, puis elle prit la main, la fit tomber dans un des bacs et ils allèrent se placer de l'autre côté de la table pour répéter l'opération avec la main gauche.

Après avoir reposé les cisailles, Grissom dit :

— Je n'arrive pas à oublier la similitude de ces blessures.

Lentement, Catherine fit tourner la tête de la momie pour que Grissom pût voir les deux trous.

Il observa la blessure.

— Tu sais ce qu'a dit Elizabeth Kubler-Ross ?

— A quel propos ?

— A propos des coïncidences.

— Dis-moi.

Il la regarda droit dans les yeux, aussi innocent qu'un nouveau-né, aussi sage que le Temps.

— « Il n'y a pas d'erreurs, pas de coïncidences – chaque événement est une bénédiction qui nous est offerte pour enrichir nos connaissances. »

— Je croyais que tu ne refusais pas la réalité des coïncidences.

— Ça ne veut pas dire que je ne l'accepte pas pour autant.

— Des blessures identiques, à plus de dix ans d'intervalle. Qu'est-ce que ça nous apprend ?

Il secoua la tête.

— Poursuis tes investigations. Ce sont deux affaires distinctes. Nous les traitons comme telles.

Catherine se demanda s'il essayait de la convaincre ou de se convaincre lui-même. Puis elle examina elle-même les blessures.

— C'est vraiment drôle…

— Oui, sauf qu'il n'y a pas de quoi mourir de rire, enchaîna Grissom. Plus vite on aura identifié ce type et plus vite on pourra élucider ce mystérieux concours de circonstances.

— Nick et moi allons y consacrer toute notre énergie.

Grissom la gratifia d'un imperceptible sourire.

— Tiens-moi au courant, Catherine.

Elle lui fit un petit signe d'assentiment et le regarda partir. Quelque chose clochait dans son attitude, sans qu'elle puisse dire quoi ; il paraissait vaguement distrait – encore plus qu'à l'accoutumée. Catherine se promit de faire davantage attention à lui.

Il faudrait environ une heure pour que les mains se réhydratent. En attendant, elle irait chercher Nick et, s'il n'avait pas d'autre idée, elle reprendrait ses recherches dans l'ordinateur.

Assis dans la cafétéria, Nick buvait un café en parcourant une revue de médecine légale étalée devant lui.

— Salut, lui dit-il.

— Salut.

Elle se versa une tasse de café et s'assit en face de lui.

— Où étais-tu ?

Il tourna les yeux vers la pendule accrochée au mur.

— Tu veux dire depuis que la journée de travail a commencé, il y a… trois minutes ?

Suivant son regard, elle vit l'heure et s'excusa :

— Désolée, je suis arrivée en avance. Je dois être fatiguée.

— Je pensais qu'on allait s'occuper des empreintes de la momie.

— C'est déjà fait. Avec Grissom.

Nick fronça les sourcils.

— Moi qui voulais te donner un coup de main…

— Façon de parler. Grissom a proposé de m'aider.

Nick avait déjà oublié sa déception.

— De toute façon, c'est lui le meilleur. Vous avez appris quelque chose ?

— Pour le moment, les mains de la momie sont dans la Formaline.

— C'est un vieux film, ça, non ?

— Quoi donc ?

— *Les Mains de la momie* ?

— Les mains ne sont qu'une partie du spectacle. Nous avons trouvé une des balles logée dans le crâne. Ellc est apparue aux rayons X.

— Une seule ?

— L'autre est tombée sur la civière pendant qu'on transportait le corps. Une fois que Robbins aura extrait celle du crâne, nous les porterons toutes les deux aux experts de la balistique.

Il prit une gorgée de café.

— Qu'est-ce qu'on fait en attendant ?

— Moi, je retourne à l'ordinateur. J'ai commencé à passer en revue les dossiers de personnes disparues dont le nom commence par la lettre « F ».

— Ce n'est pas une mauvaise idée. Je crois que je vais examiner les vêtements de la victime, je trouverais peut-être quelque chose.

Ils finirent leur café en papotant de choses et d'autres, puis quittèrent la cafétéria chacun dans une direction différente.

Nick rejoignit la morgue pour inspecter plus en détail les habits de John Doe n° 17. Le costume avait assez bien résisté aux outrages du temps, mais il collait si bien à la momie qu'il lui faisait comme une deuxième peau. Les blessures à la tête saignent beaucoup, ce qui expliquait la tache sombre au dos de la veste. A cause de ses habits, la momie dégageait une odeur de moisi qui n'était pas exactement celle que Nick associait à l'idée de cadavre. Il détacha quelques fragments de semelles dans l'espoir que Greg Sanders, leur petit génie du laboratoire, pourrait lui dire sur quel genre de sol l'homme avait marché avant de mourir. Il préleva aussi quelques peluches dans les poches du costume. Enfin, tout ce qui était susceptible de fournir un indice sur l'identité de cet homme mort depuis quinze ans.

Il examina ensuite les deux dollars cinquante en pièces de monnaie : six pièces de vingt-cinq cents, cinq pièces de dix, deux pièces de cinq, et cinq pennies. La plus récente datait de 1984, la plus ancienne de 1957. Excepté cette dernière, toutes les pièces étaient relativement propres, mais Nick ne put en tirer que deux fragments d'empreintes utilisables.

L'anneau d'or ne portait pas d'empreintes. En

revanche, une série de petites initiales était gravée à l'intérieur. Ce n'était pas une inscription. Nick s'y connaissait suffisamment en joaillerie pour savoir que ces initiales ne correspondaient pas à la victime, mais sans doute au joaillier qui avait confectionné l'anneau. Bon, cela lui donnait au moins quelque chose pour poursuivre ses recherches. Il faudrait encore attendre plusieurs heures avant que les joailliers ouvrent leurs boutiques.

Pour finir, il observa le sachet qui contenait les restes du filtre de cigarette. Evidemment, après quinze ans passés dehors, il n'en restait plus grand-chose, mais tout de même plus que Nick n'avait espéré. Les filtres de cigarette ne sont pas biodégradables – un cauchemar pour les défenseurs de l'environnement, un rêve pour les CSI. Nick prit le sachet et partit en direction du laboratoire où travaillait Greg Sanders.

Comme d'habitude, le grand échalas aux cheveux hérissés était penché sur son microscope. Sanders, qui tirait pourtant sur la trentaine, arborait en permanence l'expression émerveillée d'un gosse auquel on vient d'offrir une panoplie du parfait petit chimiste.

— En train d'étudier l'ADN d'une future âme sœur ? demanda Nick.

Sanders releva la tête, les yeux brillants.

— Qu'est-ce que tu crois, la science peut servir à autre chose qu'à jeter les gens en taule.

— Le mariage et la prison – je devine là un rapport secret…

Sanders battit l'air d'une main.

— Ecoute, il y a des mecs à nichons, des mecs à jambes, et moi, je suis une sorte de mec à épithélium.

Nick lui mit le mégot emplastiqué sous le nez.

— Ça tombe bien, parce que j'ai besoin d'ADN là-dessus.

Observant l'objet à la lumière, Sanders fit une moue dégoûtée.

— Pouah ! Depuis combien de temps ce bébé fait-il partie de l'écosystème ?

— Je n'en sais rien, à toi de me le dire.

— Va prendre un numéro, ça risque de durer un moment.

— Et puis quoi encore ?

— Dis, je n'ai pas trente-six mains !

— Je sais, Greg, mais tu connais quelqu'un d'autre d'accord pour te prêter *Gran Turismo Three* sur la Playstation 2 ?

— Tu viens de passer en première position sur ma liste d'attente, dit Sanders.

Et il se mit au travail.

L'un après l'autre, les documents s'affichaient sur l'écran, les informations se superposaient les unes aux autres et le café devenait à chaque tasse plus amer. Mais Catherine ne trouvait toujours aucune piste. Nick entra et se laissa tomber sur une chaise en plastique à côté de la porte.

— Quelque chose ?

— J'ai déjà éliminé une quarantaine de personnes disparues avec un « F » comme première ou deuxième initiale.

— Et maintenant ?

— Je recommence avec les noms de famille commençant par « F ».

— Ça en fait combien ?

— Pour la période de 1980 à 1990, il n'en reste qu'une centaine qui soient encore possibles.

— A condition que notre momie soit bien de Las Vegas.

Un nuage fugitif obscurcit les yeux de Catherine.

— Tu as une meilleure idée ?

Nick consulta sa montre.

— C'est l'heure d'aller relever les empreintes.

Ils retournèrent à la morgue, retirèrent les mains de la Formaline et les posèrent sur une table d'autopsie.

— Laissons-leur le temps de sécher et allons manger quelque chose en attendant.

— Bonne idée.

— Tu ne pensais tout de même pas qu'il existe quoi que ce soit d'assez répugnant pour couper l'appétit à un CSI ?

— Dès que j'aurai trouvé quelque chose, je te préviens, fit Nick d'un air entendu.

Trois quarts d'heures plus tard, après avoir englouti des sandwiches, ils relevaient les empreintes des paumes et des deuxièmes phalanges des mains amputées. Ils entrèrent les données dans le système automatique d'identification (AFIS), qui leur donna quinze correspondances possibles. Il leur fallut le reste de la journée pour les passer en revue et, quand ils eurent terminé, ils n'avaient toujours rien.

Catherine étira ses muscles engourdis et regarda sa montre.

— Je dois rentrer à la maison pour accompagner Lindsey à l'école.

— Et moi, je vais aller prendre un petit déjeuner, dit Nick.

— Tu ne penses qu'à manger.

— Après, je ferai peut-être quelques heures supplémentaires pour essayer d'identifier les initiales du joaillier sur l'anneau. Tu veux me rejoindre quand tu auras déposé Lindsey à l'école ?

— Non, j'ai besoin de dormir. Je préfère coincer mes heures sup' en début plutôt qu'en fin de journée… Passe-moi un coup de fil plus tard pour me dire ce que tu as trouvé.

— Compte sur moi, dit-il en ramassant l'enveloppe plastique qui contenait l'anneau.

Ils se séparèrent dans le parking et Nick partit en quête de quelque chose à manger. Quand il avait déménagé de Dallas à Las Vegas, il allait souvent prendre son petit déjeuner au buffet d'un casino. Mais maintenant, après avoir enfin réussi à éliminer les kilos de trop que cela lui avait valu, il faisait plus attention à ce qu'il mangeait.

Nick ne connaissait personnellement qu'un seul joaillier de la ville, un vieil homme nommé Arnie Mattes auquel il avait naguère rendu service alors que celui-ci était accusé d'avoir cambriolé sa propre boutique pour toucher l'assurance. Mattes n'ouvrirait pas son magasin avant au moins une heure, ce qui laissait amplement le temps à Nick de prendre un petit déjeuner à *Jerry's Diner*. Et une chance de lire vraiment le journal du matin, au lieu de simplement parcourir les titres en vitesse.

La découverte de la momie sur le chantier du *Romanov* figurait en page de titre du *Las Vegas Sun*. Le meurtre du *Beachcomber*, lui, était relégué en page 2 de la section métropolitaine, où il faisait l'objet d'un bref article de quelques lignes. Evidemment : l'anecdote exotique de la momie apporterait un peu de sensation à la lecture du matin, tandis que l'homme assassiné dans son couloir d'hôtel pouvait alarmer les touristes. Nick savait que les notables de la ville étaient soucieux d'éviter tout scandale susceptible de ruiner l'atmosphère saine, familiale, qu'ils avaient eu tant de mal à instaurer.

Il passa à la rubrique des sports. Nick était un fan de base-ball – l'équipe du Las Vegas 51 avait battu les Nashville Sounds la veille – mais ses horaires de travail lui interdisaient d'assister régulièrement aux matchs. Il devait donc se contenter de suivre les progrès de son équipe dans les journaux – quand il en avait le temps !

Son repas fini, Nick franchit en voiture la petite distance qui séparait le café de la bijouterie de Mattes, située juste à côté de Charleston Boulevard. La pancarte FERMÉ était encore pendue à la porte quand Nick ralentit devant la boutique, mais il aperçut Mattes en train d'exposer un collier dans la vitrine et se gara juste en face. Traversant vivement le trottoir, il alla frapper à la porte.

Mattes reconnut aussitôt le jeune criminaliste, fit un signe de la main et vint lui ouvrir.

— Nick Stokes, quelle bonne surprise ! Bienvenue, entre, viens vite te réfugier ici où il fait frais.

— Comment allez-vous, monsieur Mattes ?

— Bien, Nick, très bien.

Le bijoutier devait avoir un peu plus de soixante-dix ans. Il mesurait un mètre soixante à tout casser et ses bras maigrichons, presque entièrement avalés par les manches courtes trop amples de sa chemise blanche, lui donnaient l'air d'un enfant déguisé. Il portait au milieu du nez des lunettes cerclées de noir avec, à l'angle supérieur gauche de la monture, un verre grossissant relevé comme un petit drapeau de cristal.

— Et toi, mon petit, comment vas-tu ?

— Ça peut aller. Mais j'ai un problème et j'ai pensé que vous pourriez peut-être m'aider.

— Tout ce que tu voudras.

Tirant le sac plastique de sa poche, Nick le tint en l'air pour que Mattes pût regarder l'anneau.

— Pouvez-vous me dire qui a fait ça ?

— Voyons voir.

Avec soin, le joaillier posa le sac sur son comptoir de verre, le descella et retira le bijou presque religieusement.

— Un peu vulgaire à mon goût. Bien sûr, c'est tout à fait typique de cette ville.

— Que pouvez-vous me dire d'autre ?

Rabattant la petite loupe sur le verre gauche de ses lunettes, Mattes étudia la bague longuement sous tous les angles.

— Ces initiales... dit-il en montrant l'intérieur de l'anneau d'or.

— J-R-B ?

— Oui. C'est le fabricant de cet objet. Les initiales de J.R. Bennett.

— Vous le connaissez ?

— Depuis le temps qu'il est dans le métier ! Il tient une boutique dans le centre commercial de l'hôtel *Aladdin*... Comment cela s'appelle-t-il, déjà ?

— La Galerie du Désert ?

— C'est ça, mon petit. La Galerie du Désert. Son magasin s'appelle… un nom un peu trop précieux… ah oui ! *Chez Omar*.

— *Chez Omar* ?

— Oui, ils ont choisi un thème plutôt stupide pour le complexe de l'*Aladdin* : le bazar du désert. Si tu rends visite à M. Bennett, salue-le de ma part.

— Je n'y manquerai pas, monsieur Mattes, et merci.

— Reviens me voir quand tu veux, Nick. Et n'oublie pas ce que je t'ai dit : dès que tu auras trouvé une fille, nous lui trouverons une bague…

Nick leva les yeux au ciel.

— Je m'en souviendrai, monsieur Mattes.

Censé recréer l'atmosphère d'un marché de Casablanca, la Galerie du Désert était le seul endroit de Las Vegas où l'on pouvait régulièrement compter sur une averse : tous les quarts d'heure, une tempête de cinq minutes se déclenchait à l'intérieur du centre commercial. Située au-dessus d'une sorte de lagon, la machinerie déversait des torrents d'eau sans jamais rien mouiller ; les touristes adoraient ça et s'arrêtaient pour photographier les éclairs stroboscopiques et l'eau jaillissant des diffuseurs dissimulés dans le plafond.

Nick avait parcouru un quart du centre commercial – il reconnut le petit kiosque où il avait acheté une huile de bain pour sa dernière petite amie, Kristi – lorsqu'il découvrit *Chez Omar*.

La boutique du joaillier était minuscule, mais Nick avait l'œil pour repérer les choses de première qualité – et c'était bien de ça qu'il s'agissait. Un unique comptoir de verre, en forme de « U », présentait toutes sortes d'articles, dessinés pour appâter les joueurs chanceux, toujours impatients de claquer l'argent qu'ils venaient de gagner. Mais pour le reste, ce n'était pas la boutique d'un marchand de bijoux « prêt-à-porter » : c'était le genre de magasin où les vrais millionnaires commandent des pièces originales.

Le quinquagénaire debout derrière le comptoir devait bien mesurer près de deux mètres. Il avait des cheveux courts qui commençaient à se clairsemer sur le dessus du crâne, un visage anguleux qui ne laissait pas paraître grand-chose et de grands yeux marron qui en disaient encore moins. En voyant entrer quelqu'un, il fit une grimace que Nick s'efforça d'interpréter comme un sourire.

— Puis-je vous aider, monsieur ?

Sortant sa carte de police, Nick demanda :

— Etes-vous J.R. Bennett ?

— Oui.

Nick retira le sac de sa poche et montra l'anneau au bijoutier.

— Avez-vous déjà vu cet anneau ?

— Mais certainement, répondit Bennett. Je l'ai dessiné et fabriqué.

— Pouvez-vous me dire à qui ?

— Pour qui, rectifia Bennett.

Nick soupira et répéta patiemment :

— Pouvez-vous me dire pour qui vous avez fabriqué cet anneau ?

— Malachy Fortunato.

Pour un nom à coucher dehors, on aurait difficilement trouvé mieux.

— Vous n'avez pas besoin de consulter vos registres ou…

— Malachy Fortunato. J'ai dessiné et fabriqué cet anneau, il y a exactement dix-huit ans, à la demande de M. Fortunato en personne.

— Un simple coup d'œil vous suffit ?

— Regardez vous-même. C'est un bijou sans élégance, sans style. Je garde une affection particulière pour presque toutes les pièces que j'ai fabriquées. Pas pour celle-ci – mais c'était ce que le client voulait.

— Ainsi, reprit Nick, vous êtes certain de reconnaître l'anneau – mais la date ? Il y a dix-huit ans ?

— Oui, trois ans avant sa disparition.

— Disparition ?

Le joaillier eut un geste d'exaspération ; apparemment, on était en train d'abuser de sa patience…

— Oui, enfin, j'ai oublié les détails. Les journaux en ont parlé, pourtant. Cet anneau signifie-t-il que vous avez retrouvé ce monsieur ?

— Je ne sais pas, monsieur Bennett. Mais vous avez fourni une aide précieuse. Merci de m'avoir consacré votre temps, monsieur.

— Tout le plaisir est pour moi, dit-il – ce qui n'était manifestement pas le cas.

A peine Nick avait-il mis les pieds hors de la boutique qu'il saisit son portable pour appeler Catherine. Il avait la nette impression qu'elle aussi serait d'accord pour consacrer des heures supplémentaires à cette affaire.

5

Dans le laboratoire de chimie, Warrick vérifia les instructions pour la quatrième fois avant de remuer doucement le liquide. Sara parut dans l'embrasure de la porte juste au moment où il terminait. Elle portait une blouse bleu marine et un jean fraîchement repassé, mais elle avait l'air aussi fatiguée que Warrick.

— Qu'est-ce que c'est que cette potion de sorcière ? demanda-t-elle.

Retirant sa pipette, Warrick dit :

— Le soluté de Smith.

— Le soluté de qui ?

— De Smith.

Elle alla s'appuyer contre le comptoir.

— Jamais entendu parler.

— Personne n'en a jamais entendu parler. Ça fait à peine deux mois que la presse spécialisée a annoncé la nouvelle. J'ai trouvé la recette dans *La Revue d'Expertise légiste*.

— Mon livre de cuisine favori. Et quelle merveille peut-on en attendre ? demanda Sara en indiquant le bac.

— Ça te dessine des empreintes digitales absolument impeccables sur les douilles… C'est une scientifique du nom de Karie Smith qui a trouvé ça, une fille qui travaille à Bettendorf dans l'Iowa.

— Vive la campagne ! claironna Sara en découvrant des incisives légèrement espacées – les dents du bonheur.

Sa curiosité était visiblement éveillée.

— Sans blague, plus de barbouillages ?

— Non, tu peux les ranger au placard avec les cravaches en plastique et les colliers en celluloïd.

A l'aide d'une pince, Warrick saisit le bourrelet d'une des douilles retrouvées dans le couloir du *Beachcomber* et la plongea dans la solution. Il la laissa tremper quelques secondes, puis la retira et la rinça sous le robinet d'eau claire. Regardant à la lumière, il laissa échapper un grognement de satisfaction.

— Et voilà !

— Montre.

Warrick tourna la douille vers Sara qui vit un fragment d'empreinte sur le culot. Avec un sourire malicieux, elle dit :

— Laisse-moi mitrailler cette petite coquine, et on la fera passer immédiatement dans AFIS.

Il n'était pas possible de mouler l'empreinte sur la douille. Tout ce qu'ils pouvaient faire, c'était la photographier. Mais cela suffirait. Pendant que Sara allait chercher l'appareil photo, Warrick dégagea un espace sur le comptoir, étala un morceau de velours noir sur lequel il déposa soigneusement la douille avec l'empreinte tournée vers le haut. Sara prit quatre photos.

— Où étais-tu cette nuit ? demanda Warrick.

— J'ai passé en revue les empreintes relevées dans la chambre.

— Oui ? Et tu as trouvé quelque chose ?

Elle prit quatre autres clichés de la douille sous un angle différent.

— Pas vraiment – seulement la victime.

— Tu te fous de moi !

— Un avocat de Chicago, un certain Philip Dingelmann.

Warrick eut une moue songeuse.

— Pourquoi est-ce que ce nom me dit quelque chose… ?

— Aucune idée. A quoi ça te fait penser ?

— Je ne sais pas… mais ça me dit quelque chose.

Warrick soupira, frustré que sa mémoire fonctionne aussi mal. La nuit avait été longue.

— Et les empreintes de la femme ?

— Une prostituée.

— Quelle surprise !

— Une fille qui a été arrêtée trois ou quatre fois en ville, mais, la plupart du temps, elle bosse en dehors du comté de Clark, au *Stallion Ranch*. Et quelque chose va te plaire : elle s'appelle Connie Ho.

La mine endormie de Warrick s'anima un peu.

— Ho ?

— Qu'est-ce que tu veux que j'y fasse ? Elle vient de Hong Kong, ce n'est pas sa faute si son nom veut plus ou moins dire « pute » ! Ça fait bientôt dix ans qu'elle vit aux Etats-Unis. Elle a pris la citoyenneté américaine il y a deux ans.

— Ça aurait dû lui suffire pour comprendre que Ho n'est pas le nom idéal pour racoler le client.

— Elle trouve peut-être que c'est une bonne publicité.

— Je trépigne d'impatience à l'idée de t'entendre annoncer à Grissom qu'il va falloir qu'on aille au *Stallion Ranch* pour interroger une certaine Connie Ho.

Sara se retint de pouffer de rire ; Warrick devait admettre que ces dents écartées étaient vraiment adorables.

— N'oublie pas que notre boulot se limite à l'étude des pièces à conviction, reprit Sara. N'est-ce pas ce que tu dis toujours ?

C'était vrai. Toutefois, comme les autres CSI, Warrick se chargeait parfois d'interroger les suspects au sujet des pièces à conviction, les inspecteurs de la Criminelle n'étant pas toujours assez familiarisés avec les indices recueillis sur le lieu du crime pour conduire un interrogatoire efficace.

— De toute façon, dit-elle, j'ai déjà prévenu Grissom. Il a expédié Brass au ranch pour que nous puissions nous concentrer sur les pièces à conviction.

— Parfait, dit Warrick. Je préfère passer mon temps avec des empreintes et des douilles plutôt que d'aller au *Stallion Ranch*.

Le sourire de Sara se fit espiègle.

— Je savais que tu ne voudrais pas t'embêter à interroger une brochette de filles à moitié nues.

Elle avait raison, bien sûr, mais il ne lui donnerait pas la satisfaction de le reconnaître.

— Et maintenant, qu'est-ce qu'on fait ? demanda-t-elle une fois la séance photo terminée.

— On commence par entrer ces empreintes dans

AFIS, dit-il, puis on descend voir ce que Sadler a pu tirer du Palm Pilot. Je lui ai demandé de s'en occuper.

Quelques minutes plus tard, ils pénétraient dans le minuscule studio que leur spécialiste en informatique occupait au sous-sol. Agé d'une trentaine d'années, Terry Sadler avait des cheveux bruns coupés court, des rouflaquettes d'une longueur inhabituelle et le teint blafard de quelqu'un qui ne voit jamais le soleil.

— Eh bien, Terry, demanda Warrick, tu as trouvé quelque chose dans notre Palm Pilot ?

Coincé devant sa console de travail, ses doigts volant sur le clavier à la vitesse de l'éclair, Sadler ressemblait à un furet psychopathe qui aurait ingurgité un double cappuccino.

— Bof, la même chose que d'habitude…

Il parlait aussi vite qu'il bougeait.

— … une liste de numéros de téléphone, son emploi du temps, deux e-mails. J'ai tout imprimé pour vous.

— Où ?

Farfouillant d'une main sur son bureau pendant que l'autre continuait à pilonner le clavier, Sadler brandit bientôt une mince chemise en papier Manille.

— Là-dedans.

Sara observait le tout avec de grands yeux.

— Merci, Terry, dit Warrick, aussi calme que Sadler était surexcité. Je te le revaudrai.

— J'espère bien.

L'informaticien leva un œil sur le criminaliste.

— La même chose que d'habitude.

— D'accord… Que dirais-tu de demain soir ?

— Parfait, Warrick, parfait.

Ils remontèrent au rez-de-chaussée, Warrick déjà occupé à consulter les documents.

— C'est quoi, la même chose que d'habitude ? demanda Sara.

— Une fois par semaine, je fais livrer un repas chinois à Sadler et à deux de ses collègues du sous-sol.

— Punaise, ça doit te coûter chaque fois cinquante dollars !

— Que veux-tu, les rouages de la justice ont parfois besoin qu'on les graisse un peu !

Elle secoua la tête d'un air perplexe et demanda :

— Bon, qu'est-ce qu'il y a dans cette chemise ?

Warrick la lui tendit après avoir placé le feuillet concernant les e-mails en première position. Elle lut à haute voix.

— « Phil, ce n'est pas le moment de jouer la fille de l'air. Moins d'une semaine avant le spectacle. Nous devrions commencer à nous préparer. Où es-tu passé ? » Touchant... Ce n'est pas signé.

Ils entrèrent dans la cafétéria et Sara s'installa à une table pendant que Warrick servait deux tasses de café.

— On devrait pouvoir remonter assez facilement jusqu'à l'adresse de l'expéditeur, observa Warrick. Ça doit bien mener à quelqu'un.

— Le spectacle..., murmura Sara en relisant l'e-mail. Ce type était-il un avocat du show-biz ?

Une visite au *Stallion Ranch* n'était pas vraiment ce que Jim Brass, inspecteur à la Brigade criminelle, pouvait imaginer de mieux pour passer une matinée de juillet. La radio ayant annoncé des températures records, il avait préféré tourner le bouton avant qu'une autre bonne nouvelle vienne ruiner définitivement sa journée. Le bordel se trouvait en dehors de sa juridiction et Brass avait pris la liberté de troquer la Ford Taurus marron de service contre son véhicule personnel, une Ford Taurus bleue. Ce genre de détails – une voiture bleue au lieu de marron – était le seul piment de son existence, ces derniers temps.

Quand il avait été rétrogradé au poste d'inspecteur après avoir dirigé le bureau de police scientifique, Brass avait d'abord été furieux, puis frustré et rongé par l'amertume. Mais depuis – et même assez rapidement – son humeur s'était radoucie. A sa grande surprise, il s'était rendu compte qu'il préférait travailler sur un pied d'égalité avec Gil Grissom et l'équipe d'illuminés qui composait le labo du crime. C'était à la fois plus facile et plus gratifiant que de les superviser.

Jim Brass n'était pas à sa place derrière un bureau. Maintenant qu'il se retrouvait sur le terrain, il se sentait dans son élément : pourchasser opiniâtrement les meurtriers et traquer les suspects, les témoins et les pièces à conviction qui lui permettraient de les piéger.

Lorsque Grissom l'avait appelé un peu avant la fin de la nuit, Brass n'avait pas vraiment été surpris d'apprendre que la victime était un avocat, et pas surpris du tout que la femme soit une prostituée. Mais le nom de la fille – Connie Ho – était presque trop beau pour être vrai.

Isolé en plein désert, le *Stallion Ranch* se trouvait juste au sud de Enterprise, derrière la limite du comté. Le seul autre signe de vie dans ce paysage désolé était un relais pour routiers, moins d'un kilomètre plus loin. Même dans la lumière aveuglante du matin, il aurait été impossible de manquer le cheval cabré de l'enseigne au néon. Brass tourna dans la courte allée qui menait au bâtiment. Ce que les brochures baptisaient « ranch » était en réalité une sorte de bunker en béton, en forme de « T », la barre transversale du « T » faisant face à la route. Le parking de terre battue était pratiquement vide, à part quelques rares voitures et deux camions garés sur un côté.

Une brise têtue soulevait un nuage de poussière autour de la voiture lorsqu'il sortit et marcha à grands pas vers la maison. En chemin, il avait envisagé plusieurs stratégies, répété divers scénarios dans le théâtre de son imagination. Mais maintenant, aucun ne lui paraissait plus valable et il décida de jouer cartes sur table.

Jim Brass jouait toujours cartes sur table.

Dès qu'il ouvrit la porte, il reçut une agréable claque d'air frais en plein visage. La salle de réception était lambrissée de bois sombre, le sol revêtu de moquette synthétique ; sur les murs, des tableaux dans des cadres dorés présentaient des nus voluptueux. Néanmoins, le plus voluptueux de tous était incontestablement la rousse de taille impressionnante qui vint à sa rencontre et lui lança avec l'accent chaloupé du Sud :

— Salut, beau gosse. Je suis madame Charlene, que puis-je faire pour toi aujourd'hui ?

Elle devait avoir cinquante ans, en paraissait quarante – enfin, un quarante bien sonné. Elle avait dû être somptueuse et il en restait quelque chose. D'une chiquenaude, Brass ouvrit son portefeuille et montra son badge.

— Oh merde !

L'accent du Sud disparut aussitôt pour laisser place à celui du New Jersey.

— Qu'est-ce que vous voulez ?

Il la laissa lire le badge une seconde fois, plus attentivement. Elle remarqua qu'il venait de la ville.

— Tu t'es trompé de comté, mon canard.

— Je cherche une de vos filles.

Elle posa les poings sur ses hanches et son humeur s'assombrit.

— C'est le cas de la plupart des types qui viennent ici. Pour quelque chose de particulier ?

— Pour un renseignement. Elle était avec un client au *Beachcomber*. Et ça, c'est mon comté.

La grimace de la rousse fit craquer son maquillage.

— Et vous voulez la coffrer pour ça ? Ce que deux adultes font en privé, hein ! en privé ?

Brass secoua la tête.

— Il ne s'agit pas d'une affaire de mœurs. Le client a été retrouvé mort : deux balles dans la tête.

Une lueur alarmée passa dans les yeux verts de la rousse.

— Et vous croyez que c'est une de mes filles qui a fait le coup ?

— Je sais que ce n'est pas elle. J'ai seulement besoin de lui poser quelques questions. Elle était avec le type juste avant qu'il soit tué – elle est sans doute la dernière personne à l'avoir vu vivant, excepté l'assassin.

Elle scruta son regard.

— Rien que quelques questions ?

— C'est ça. Je ne veux pas m'attarder plus longtemps que nécessaire.

— Trop aimable de votre part… Quelle fille ?

Il sourit à moitié.

— Euh… Connie Ho. Dites, ce n'est pas son vrai nom, si ?

Mme Charlene compléta aussitôt la deuxième moitié du sourire.

— C'est triste, hein ? Je crois qu'elle a fini par porter ce nom comme une distinction honorifique, une espèce de médaillon, quoi.

— Si vous le dites…

— En tout cas, c'est une de nos meilleures recrues. Appréciée des clients, bonne présentation, un beau petit corps – mais parfaitement en règle.

— Merci du renseignement.

— C'est au fond, dit-elle en montrant le chemin. Chambre 124. Au bout du couloir à droite.

— Merci, Charlene. On va essayer de ne pas trop se compliquer la vie, tous les deux.

Elle lui décocha un sourire qui n'avait rien de professionnel.

— Pour un flic, vous êtes plutôt intelligent.

Brass tourna les talons et marcha sur la moquette synthétique jusqu'à la chambre 124 qui se trouvait presque à la base du « T ». Il frappa, attendit, frappa encore.

— J'arrive, dit une voix de femme à travers la porte.

Brass remarqua qu'elle avait très peu d'accent.

— Madame Ho ?

Elle ouvrit la porte. Connie Ho était asiatique, mais très blonde – platine, en fait. Mesurant à peu près un mètre cinquante-huit pour cinquante-cinq kilos, elle portait un déshabillé de crêpe lavande, des talons aiguilles noirs, et rien d'autre.

— Qu'est-ce que je peux faire pour toi, beau gosse ?

C'était la quatrième fois que Brass se faisait appeler « beau gosse » au cours des derniers jours – et aujourd'hui deux fois coup sur coup. Il montra son badge et les yeux de la fille jetèrent un éclair. Les narines palpitantes, elle chercha à lui fermer la porte au nez, mais l'inspecteur coinça son pied dans l'entrebâillement avec l'agilité d'un représentant de commerce, repoussa le battant des deux mains et s'introduisit dans la chambre. La fille recula jusqu'au mur opposé et croisa les bras comme si elle réalisait soudain qu'elle était presque nue.

La pièce était exiguë, tout juste assez spacieuse pour contenir un lit à deux places, une petite coiffeuse à miroir et une chaise. Les murs étaient tendus de papier peint brocart du même rose que les draps. Ni couverture ni couvre-lit. Un plafonnier déversait une lumière crue et on aurait pu couper la fumée de cigarette au couteau.

— Non mais dites donc, pour qui vous prenez-vous ? Faire irruption dans ma chambre sans mandat ! gronda-t-elle, hargneuse.

— Je suis invité par la propriétaire, madame Ho, je n'ai pas besoin d'un mandat.

— Vous savez parfaitement que nous travaillons dans le cadre de la loi, ici. Je suis une professionnelle.

Il leva une main en signe de paix.

— Madame Ho, je veux seulement vous poser quelques questions.

— Je n'ai rien à dire.

— Comment le savez-vous puisque je ne vous ai pas encore dit de quoi il s'agissait ?

— Vous avez une plaque de Las Vegas. Je n'ai pas à répondre à vos questions.

— C'est à propos de l'autre nuit, au *Beachcomber*.

— Je n'ai jamais entendu parler de cet endroit, je n'y ai jamais mis les pieds.

Elle alla d'un pas raide jusqu'à la coiffeuse, tira une cigarette d'un paquet et l'alluma. Elle paraissait soudain beaucoup plus vieille.

— Nous sommes peut-être partis du mauvais pied, madame Ho. Si on reprenait du début ?

— Allez vous faire voir !

Il se contenta de lui sourire.

— J'ai vos empreintes digitales, votre rouge à lèvres sur un verre à vin, et je parie qu'on trouvera votre ADN si on analyse les taches dans les draps. Et vous me dites que vous n'avez jamais entendu parler du *Beachcomber* ?

— Jamais. Je ne travaille pas à Las Vegas. Je travaille au ranch.

— Vous ne verrez donc aucun inconvénient à ce que je consacre toute mon énergie à vous coffrer chaque fois que vous venez lever un client en ville.

La lèvre supérieure de la fille se retroussa sur de petites dents blanches et elle lui montra son majeur tourné vers le ciel.

— Cours toujours…

Exaspéré, Brass fit mine de partir. Avant de sortir, il se retourna et dit :

— Ce type, à l'hôtel, c'est sérieux : il a été assassiné juste après que vous l'avez quitté.

Le visage de la fille changea, mais elle resta muette. Elle tira nerveusement plusieurs bouffées de cigarette, coup sur coup, comme si elle essayait de la faire durer.

— Hé, je sais que ce n'est pas vous qui l'avez tué. Je

veux seulement vous interroger sur les moments que vous avez passés avec lui.

— Je ne sais rien.

Alors qu'il se tournait une nouvelle fois vers la porte, la voix de la fille l'arrêta.

— Ecoutez, il a été gentil avec moi. Il avait l'air plutôt sympa.

Brass s'approcha d'elle – sans hâte. Il sortit de sa poche un carnet de notes et un stylo.

— Vous le connaissiez ? C'était un régulier ?

Elle secoua sa chevelure scintillante et s'écroula dans la chaise devant le miroir.

— C'est Charlene qui m'a envoyée là-bas. Je n'avais jamais vu ce type auparavant.

— Que pouvez-vous me dire de lui ?

Elle haussa les épaules.

— Il était propre et c'est à peu près tout ce qu'on peut espérer d'un client.

— Autre chose ? Vous a-t-il parlé de son travail ou de quoi que ce soit ?

Elle fit non de la tête.

— Avait-il l'air nerveux ou stressé ?

Nouvelle dénégation.

— Racontez-moi comment la nuit s'est déroulée.

Elle soupira, réfléchit.

— Je suis arrivée là-bas vers huit heures. On a bu du champagne. Je lui ai taillé une pipe et il a joui très vite. Comme il avait payé pour une soirée complète, je l'ai aidé à avoir une nouvelle érection et on a recommencé. Mais vous ne trouverez pas d'ADN pour autant.

— Pardon ?

— On a utilisé un préservatif les deux fois.

Encore une fille qui n'y connaît rien, pensa Brass.

— Continuez, dit Brass.

— Il a pris une douche, s'est habillé et m'a expliqué qu'il devait sortir. Il a dit que je pouvais rester dans la chambre, commander quelque chose à boire ou à manger, prendre une douche ou dormir un peu. Ça lui était égal. Il a seulement précisé que je devais être partie quand il reviendrait. Il a dit que ce serait vers cinq heures du matin.

Brass nota tout ce qu'elle disait.

— Autre chose ?

— C'est tout. Je l'aimais bien. Dommage.

— Ouais.

— Au moins, grâce à moi, il aura vécu un dernier bon moment avant de passer l'arme à gauche.

— Deux bons moments, rectifia Brass, puis il la remercia et sortit de la chambre.

Il trouva Mme Charlene dans une petite pièce lambrissée adjacente au vestibule. Elle était assise à un bureau métallique devant un téléphone et plusieurs piles de documents qui ressemblaient à des factures, avec des Post-it collés un peu partout. Au milieu du bureau trônait un ordinateur, symbole des progrès technologiques accomplis par la prostitution. Toujours poli, Brass frappa contre le chambranle de la porte.

— Charlene, pourrais-je vous parler ? Ce ne sera pas long.

Elle s'interrompit au milieu d'un chèque et leva sur lui ses grands yeux verts.

— Quoi d'autre pour ton service, mon canard ? demanda-t-elle en reprenant l'accent du Sud.

Il répondit en l'imitant :

— Pourquoi ne pas m'avoir dit que vous aviez arrangé le rendez-vous de Connie au *Beachcomber*, mon canard ?

L'accent du Sud s'évanouit.

— Il m'arrive d'envoyer une fille à un client qui ne veut pas se déplacer.

— Vous ne fournissez pas un service… à distance ?

— Trop risqué, je laisse ça aux services d'escorte de Las Vegas. Ce n'est pas dans mes cordes.

— Alors Mme Ho m'a menti. Elle a pris elle-même le rendez-vous, contre votre volonté ?

Charlene soupira et se pencha en avant.

— Ecoutez, je ne pensais pas que c'était important. Vous avez dit que vous vouliez lui parler. J'ai été coopérative, oui ou non ?

— Oui, et je vous en remercie. Maintenant, je vous demande de coopérer un peu plus. Qui a arrangé le rendez-vous ? C'est vous ?

— C'est moi, mais…

Mme Charlene haussa les épaules avec ostentation.

— C'était un rendez-vous comme les autres.

Brass secoua la tête.

— Je ne crois pas. Si ça avait été un rendez-vous normal, vous auriez dit au type de venir jusqu'ici, soit par ses propres moyens, soit en mettant votre limousine de service à sa disposition. Alors, pourquoi expédier Connie en ville ? Vous l'avez dit vous-même : c'est risqué.

Elle haussa encore une fois les épaules.

— Ecoutez, Charlene, je n'ai aucune envie de faire le piquet à la limite du comté de Clark pour arrêter chacune de vos filles qui tenterait d'y pénétrer, mais je le ferai si…

— Fermez la porte.

Il obéit.

— Si je vous dis ce que je sais, vous nous laisserez tranquilles, moi et mes filles ?

— Dans la mesure du possible.

— Vous me le promettez ?

— Parole de scout !

Excédée, elle ramassa un paquet de Camel sur son bureau et alluma une cigarette.

Tout le monde doit fumer dans ce bordel, songea Brass et, pour la cent millième fois, il regretta d'avoir tiré un trait définitif sur le tabac.

La rousse prit une longue bouffée et relâcha lentement la fumée.

— Vous savez qui est ce type ?

— Un avocat du nom de Philip Dingelmann.

Elle fronça les sourcils ; sa bouche souriait.

— Et ça ne vous dit rien ?

— Non.

— Dingelmann est l'avocat de plusieurs clients illustres, entre autres un honnête citoyen nommé Charlie Stark.

La nouvelle fit à Brass l'effet d'un coup de poing dans l'estomac.

— Charlie Stark, vous voulez dire Le Thon ?!

Stark était, en effet, un gros poisson de la pègre de Chicago – un parrain avec un casier judiciaire remontant aux temps de Giancana et Accardo. Sinatra avait chanté aux fiançailles de ses filles.

— Qui d'autre ? dit-elle sèchement. Vous croyez

peut-être que j'aurais accordé cette faveur à Dingelmann parce qu'il défend les intérêts de délicieuses vieilles rombières dans des affaires de chiens écrasés ?

— Un avocat de la mafia, murmura Brass pour lui-même.

— Vous me laisserez en dehors de tout ça ?

— Je ferai de mon mieux.

Et il sortit du bordel dans la lumière éclatante du soleil, encore sous le choc de la nouvelle. Il retrouva cependant bientôt sa bonne humeur. Après tout, il avait flairé dès le départ que c'était un coup de la mafia ; et Grissom, comme d'habitude, s'était moqué de lui. Grissom n'avait qu'une religion : la pièce à conviction. Mais Brass avait à son actif vingt-deux ans d'expérience sur le terrain.

Il monta dans sa voiture et reprit la route de Las Vegas.

6

Après trois heures et demie de sommeil, une douche et des vêtements propres, Catherine se retrouva au bureau. Elle prit une tasse de café dans la cuisine et se força à en boire un peu. Pas si mauvais que ça – à peu près le goût d'un cocktail d'huile de vidange mixé avec un soupçon de mort-aux-rats. Nick était dans son bureau, campé devant l'ordinateur.

— Je ne me lève pas au milieu de la journée pour n'importe qui, lui dit-elle en entrant.

— Très flatté.

Il lui décocha un de ses fameux sourires dévastateurs et désigna l'écran.

— Vérifie celui-là.

Catherine regarda par-dessus son épaule.

— Fortunato, Malachy ? Et ce Malachy était-il très fortuné ?

— Pas vraiment, dit Nick en indiquant le dossier affiché sur l'ordinateur. Disparu de son domicile il y a quinze ans en laissant une tache de sang sur le gravier de l'allée, sous l'auvent du parking de sa voiture. Depuis, aucun signe de vie. Les enquêteurs chargés de l'affaire ont laissé tomber depuis longtemps – une tache de sang ne fait pas un lieu du crime.

— C'est vrai.

— En plus, les inspecteurs étaient convaincus que ce Fortunato avait abandonné sa femme pour s'enfuir avec sa maîtresse et que la tache de sang était un truc pour embrouiller la mafia.

— La mafia ?

— Celle des joueurs, en tout cas. Le genre de joueurs qui brisent les membres de leurs débiteurs d'impayés.

— Si Malachy est bien la momie, je dirais que le truc n'a pas fonctionné.

Toujours penchée sur l'épaule de Nick, elle parcourut lentement le document.

— Petit employé de casino, grosses dettes de jeu, suspecté d'avoir détourné des fonds sur son lieu de travail. Ouille ! Ça pourrait bien lui avoir valu un arrêt de mort.

— Il travaillait au *Sandmound*, précisa Nick.

Catherine avait entendu parler de ce casino depuis longtemps démoli, dont les beaux jours remontaient à l'époque où Las Vegas était une des citadelles du syndicat du crime.

— Deux balles dans la tête, reprit Nick, c'est une manifestation plutôt typique des sautes d'humeur de la mafia, non ?

— Oui, dit Catherine. Ça y ressemble assez… mais pourquoi penses-tu que Malachy est notre momie ?

Le sourire pincé de Nick reflétait sa fierté.

— J'ai remonté la trace de l'anneau que tu as trouvé sur le corps. Le joaillier qui a fabriqué la babiole l'a reconnue. Badaboum !

— Oh, ça va, je t'en prie… Bon, d'accord, tu as bien travaillé. Imprimons ce rapport pour l'étudier plus en détail.

Nick fit ce qu'elle demandait et Catherine s'assit pour le lire.

— Parmi les pièces à conviction, il y a un échantillon du sang recueilli sous l'auvent de la voiture et un mégot de cigarette trouvé dans la cour. On pourrait essayer d'identifier l'ADN pour être sûr qu'il s'agit bien du même lascar.

— Punaise, ça va prendre une éternité !

— Tout vient à point à qui sait attendre… et en attendant…

Sa voix resta en suspens pendant qu'elle notait l'adresse de Fortunato. Elle tendit la main vers l'annuaire téléphonique.

— Le rapport indique qu'il vivait avec sa femme, une certaine Annie.

Feuilletant l'annuaire, elle trouva la page des « F », laissa son doigt courir le long de la colonne des « FOR » et dit :

— Elle vit toujours à la même adresse.

Nick fit la grimace.

— Est-ce que ça signifie qu'on se retrouve avec une scène du crime vieille de quinze ans ?

— Ça signifie que je vais chercher O'Riley et qu'on va là-bas immédiatement. Je veux rencontrer cette pauvre femme dont le mari s'est tiré avec sa maîtresse… et jeter un coup d'œil sur ce qui pourrait bien être une scène du crime vraiment plus très fraîche.

Nick hocha la tête.

— Je m'occupe de l'ADN.

— Bon.

Parcourant une dernière fois le rapport, elle remarqua une note signalant que la police avait rendu les effets personnels de M. Fortunato à sa femme.

— Qu'est-ce que c'est que ça ?

Elle tendit la feuille à Nick, qui la lut et haussa les épaules.

— Et alors ?

— Si Malachy la momie a été porté disparu, quels effets personnels pouvait bien avoir la police ?

— Il n'y a pas d'inventaire ?

Elle consulta une fois de plus les documents que Nick venait d'imprimer.

— Non.

— Ça peut être n'importe quoi.

— Ça peut aussi être quelque chose.

Elle se leva, marcha jusqu'à la porte et se retourna.

— Beau travail, Nick. Très beau travail.

Content de lui, il lui lança un autre sourire irrésistible.

— Je ne suis pas aussi con que j'en ai l'air.

— Il faut dire que ce serait difficile, répondit-elle affectueusement.

Le sergent O'Riley retrouva Catherine devant la maison des Fortunato et elle lui fit un topo de la situation. Elle aimait travailler avec ce colosse aux cheveux en brosse, parce qu'il connaissait ses propres limites et ne se vexait pas si, enfreignant le protocole, elle conduisait elle-même l'interrogatoire. Elle se demanda où il avait bien pu dénicher son polo écossais marron et vert – vraisemblablement chez le même fripier où il s'était procuré ce blouson qui semblait taillé dans l'étoffe d'un vieux divan.

Sous un toit de tuiles orange, le petit ranch en stucco flanquait une pelouse semblable au cuir chevelu d'un type dont la transplantation aurait refusé de prendre. La chaleur faisait miroiter le trottoir et l'asphalte de l'allée qui avait remplacé le gravier photographié au moment de l'enquête. Le parking couvert, au moins, était toujours là.

L'inspecteur frappa et la porte s'ouvrit presque instantanément sur une femme d'une cinquantaine d'année, mince, le visage défait, mais non sans charme. Une cigarette était vissée au coin de ses lèvres.

— Madame Fortunato ? demanda O'Riley en montrant son badge.

— J'étais madame Fortunato, mais ça fait un sacré bout de temps – pourquoi ?

— Vous figurez toujours sous ce nom dans l'annuaire, madame..., expliqua Catherine.

— Je suis toujours Annie Fortunato, seulement je n'utilise plus le « madame ». C'est une longue et douloureuse histoire.

Elle regardait droit dans les yeux.

— De quoi s'agit-il ?

Catherine sortit la pochette plastique contenant l'anneau d'or et la tint de manière à ce que le « F » soit bien en évidence.

Mme Fortunato saisit la pochette d'une main légèrement tremblante et fixa le bijou de mauvais goût dont les brillants clignotaient au soleil. Une larme coula sur sa joue, qu'elle essuya machinalement. Une autre larme vint remplacer la première, puis une autre, et soudain la femme fut secouée de violentes convulsions et glissa aux pieds de O'Riley avant que celui-ci ait pu la retenir.

Un homme de forte carrure, vêtu d'un T-shirt blanc et d'un jean noir, entrait à ce moment dans le living-room sortant de la cuisine.

— Hé, qu'est-ce qui se passe ? hurla-t-il en se précipitant vers la femme écroulée à terre.

O'Riley voulut montrer son badge, mais l'homme fonçait déjà sur eux les poings serrés, prêt à frapper le sergent au visage. Le badge tomba au sol et la main de O'Riley glissa vers sa hanche. Catherine comprit avec horreur que le grand flic, sous le coup de la surprise, allait saisir son arme. Elle lui agrippa la main droite pour l'empêcher de dégainer et s'interposa souplement, prête à encaisser le coup. Faisant face au mastodonte qui arrivait comme un bolide, elle dit d'une voix forte :

— Tout va bien, monsieur, nous sommes de la police.

Le poing se leva et elle frémit, mais le coup ne s'abattit pas. A la dernière seconde, le cerveau de la brute avait enregistré ses paroles.

— De la police ? répéta le gros balèze, confondu.

Derrière elle, O'Riley retrouvait l'équilibre et, le dos voûté, il ne la quitta pas des yeux pendant que l'homme aidait Annie Fortunato à se relever avant de la raccompagner à l'intérieur et de l'installer sur le sofa. Finalement, O'Riley les rejoignit.

— Qui êtes-vous, monsieur ? demanda Catherine en jetant un coup d'œil rapide sur le living-room, véritable ode au style des années 1980.

O'Riley ramassa son badge et se mit lui-même en retrait. Vexé, le sergent tremblait et Catherine n'était que trop contente d'avoir les coudées franches.

Elle réitéra sa question.

— Monsieur, qui êtes-vous, s'il vous plaît ?

L'attention de la brute en T-shirt était concentrée sur la femme en pleurs. Sans tourner la tête, il dit :

— Gerry Hoskins. Je suis... euh... l'ami d'Annie.

D'âge moyen, Hoskins était un gaillard musclé d'un mètre quatre-vingts avec des cheveux bruns presque aussi courts que ceux de O'Riley ; son visage ovale de bouledogue était adouci par des yeux bleu roi que Catherine supposa séduisants lorsqu'ils ne brillaient pas de colère comme à présent.

— Qu'est-ce que vous lui avez fait ? demanda-t-il.

Luttant pour reprendre contrôle sur elle-même, Annie Fortunato tendit la pochette plastique à Hoskins.

— Ils... ils ont retrouvé Mal, parvint-elle à articuler entre deux sanglots.

L'homme regarda l'initiale sur l'anneau, puis son amie décomposée, et finalement sembla comprendre.

— Oh mon Dieu ! Vous avez fini par le trouver ? Vous ne seriez pas là sinon. Il n'était pas mort, c'est ça ?

Catherine ignora la remarque et s'agenouilla pour regarder la femme dans les yeux.

— Nous pensons que votre mari est mort, madame Fortunato... mais nous devons nous en assurer. Je sais que cela fait longtemps... vous souvenez-vous si Malachy avait un dentiste régulier ?

La femme répondit sans perdre une seconde.

— Dr Roy McNeal.

— Etes-vous sûre ? Cela fait si longtemps...

— Le Dr McNeal est toujours mon dentiste. Et Mal était débordé par son travail, je prenais toujours les rendez-vous pour lui.

— Bien. Bien.

Mme Fortunato agrippa la main de son compagnon.

— Vous pensez vraiment avoir identifié Mal ? Je veux dire, après tout ce temps ?

— Un cadavre découvert hier portait cette bague à l'annulaire de la main droite.

Annie Fortunato respira avec difficulté, puis acquiesça.

— Oui, c'est à ce doigt-là qu'il la portait. Où l'avez-vous trouvé ?

— Sur un terrain vague au bout du Strip.

Les paupières crispées, Mme Fortunato dit :

— Je connais l'endroit, celui qui est couvert de décombres ?

— Oui. Un hôtel doit être construit à cet emplacement. Le *Romanov*.

— J'ai lu ça dans les journaux, dit Hoskins en tirant un mouchoir en papier d'une boîte posée sur un guéridon.

Il le tendit à son amie qui esquissa un faible sourire de gratitude en se tamponnant les yeux.

— Une équipe a commencé à déblayer le terrain, expliqua Catherine. Ils ont trouvé l'homme que nous croyons être votre mari sous une vieille caravane abandonnée.

La femme semblait avoir une autre question sur les lèvres. Catherine se pencha et lui effleura le bras.

— Oui ? Qu'y a-t-il ? Madame Fortunato ?

D'une main tremblante, la femme extirpa une cigarette d'un paquet posé sur la petite table en verre à côté d'elle. Elle l'alluma, tira une longue bouffée, rejeta un nuage bleu et se tourna vers Catherine.

— Elle était avec lui ?

— Qui ?

— Sa traînée, cracha-t-elle entre ses dents. Etait-elle avec lui ?

Oh ! la ! la !

— Il était seul. Nous avons fouillé soigneusement toute la parcelle sans trouver d'autre cadavre.

Redevenu aussi doux qu'un agneau, Hoskins caressait le genou de son amie et dit à l'intention de Catherine :

— Il avait une danseuse. Certaines personnes pensaient que Mal couchait avec elle. Vous savez – une strip-teaseuse.

— Je sais ce qu'est une strip-teaseuse, dit Catherine.

— Cette traînée a disparu la même nuit que le mari d'Annie. Annie a eu quelques ennuis avec des… euh… des gens à qui Mal devait de l'argent, de grosses dettes, vous savez. Ils ont dit à Annie que Mal avait vraisemblablement pris la fuite avec cette fille, et ils voulaient qu'elle leur rembourse l'argent que Mal leur devait.

Une espèce de grognement sortit de la gorge de Mme Fortunato.

— Comme si j'avais eu un seul centime à mon nom, à l'époque… C'est seulement quand Mal a été officiellement déclaré mort, sept ans plus tard, que j'ai eu la paix.

— Ces gens, demanda Catherine, faisaient-ils partie du crime organisé ?

— Oui, dit Hoskins. C'était différent à l'époque. Mal travaillait pour un de ces casinos à l'ancienne. L'établissement était tenu par des gangsters de Chicago ou de Cleveland… Ils ont prétendu qu'il fraudait. En tout cas, certains individus à côté de qui je passerais pour un mannequin de mode sont venus traîner par ici après que Mal…

La précision de cette récapitulation surprit Catherine.

— Excusez-moi, monsieur Hoskins, vous habitiez ici à l'époque ?

— Non, mais Annie m'a raconté ça tant de fois, c'est tout comme.

— Dans ce cas, je préfère entendre les détails de la bouche de Mme Fortunato, si ça ne vous ennuie pas ?

Penaud, Hoskins s'excusa et Mme Fortunato reprit le récit là où il s'était arrêté.

— Ils sont venus juste après que Mal… a disparu. Ils ont fait un raffût du tonnerre, m'ont forcée à leur montrer mes relevés de compte. Mes déclarations d'impôts aussi, tout. Ils voulaient savoir si j'avais un coffre-fort… Dieu du ciel ! Finalement, ils ont compris que je n'avais pas l'argent et m'ont laissée tranquille.

— Ils voulaient s'assurer que vous n'étiez pas dans le coup avec votre mari.

La femme eut un mouvement de défense.

— Il n'a jamais été prouvé que Mal leur avait volé de l'argent.

— Madame Fortunato, votre mari a été assassiné, et cela ressemble à un règlement de comptes de la mafia.

Catherine n'en dit pas plus ; elle préférait ne pas donner trop de détails à cette femme. Pas à ce stade de l'enquête, en tout cas.

Mme Fortunato encaissa le coup sans ciller, les yeux secs ; rouges et gonflés, mais secs.

— Si vous êtes d'accord, je voudrais vous poser quelques questions, reprit Catherine.

— Je suppose qu'on a intérêt à régler ça maintenant, dit la femme en soupirant. Qu'en penses-tu, Gerry ?

— Oui. Je vais préparer du café, d'accord ?

Un sourire las passa sur le visage de la femme.

— Merci.

Hoskins posa un regard embarrassé sur Catherine, puis sur O'Riley qui restait planté là comme un totem.

— Voulez-vous quelque chose ? Un café ? Il y a de la limonade au frigo.

Catherine refusa poliment et O'Riley secoua sa grosse tête. Hoskins déglutit, hésita, puis s'approcha du sergent et lui tendit la main.

— Désolé, je n'aurais pas dû vous tomber dessus comme je l'ai fait. C'est seulement qu'on aurait dit que…

— Oubliez ça, dit O'Riley en lui serrant la main.

— Est-ce que je vais être poursuivi ?

— Mais non. Simple malentendu.

— Vous êtes sûr que vous ne voulez pas de café ?

— Ça pourrait me faire du bien, oui, admit O'Riley.

Désireuse d'occuper Hoskins, Catherine ajouta :

— Moi aussi, merci.

Hoskins partit pour la cuisine et O'Riley retourna dans son coin.

— Gerry a été très gentil avec moi, expliqua Annie Fortunato en regardant s'éloigner son ami. Ces dernières années, il m'a vraiment aidée à survivre.

— Madame Fortunato, reprit Catherine, parlez-moi du jour où Malachy a disparu.

Encore une fois, la femme répondit du tac au tac.

— Le 27 janvier 1985.

— Oui. Que vous rappelez-vous ?

— Tout, dit-elle en écrasant sa cigarette dans un cendrier avant d'en allumer une autre. Mal était nerveux – j'ai pensé qu'il avait des ennuis au bureau. Il ne me parlait jamais vraiment de ce genre de choses. Il se levait toujours tôt, vers cinq heures et demie, et il partait au travail à six heures et demie. Mal était un employé consciencieux, malgré ce qu'ont pu dire ces gens. En tout cas, ce matin-là, je ne l'ai pas entendu se lever.

— Continuez.

— Je travaillais tard le soir, à l'époque. J'étais caissière, là-haut, sur Fremont Street. Mal travaillait au *Sandmound*, au service de la comptabilité.

— Excusez-moi – votre mari était-il un joueur ?

— Oh oui ...

— Je croyais que les casinos n'embauchaient pas de joueurs pour ce genre d'emplois.

— Personne ne savait qu'il jouait... sauf moi. Il faisait ses paris à partir de cabines téléphoniques. Il appelait des bookmakers sur la côte Est. Avant que personne ait pu se rendre compte de ce qui se passait, il avait disparu avec sa danseuse.

Elle tira sur sa cigarette ; ses yeux étincelaient.

— J'espère que ces fumiers l'ont descendue, elle aussi. C'est elle qui en a fait un joueur ; avant elle, il jouait simplement de temps en temps, pour s'amuser.

— Que voulez-vous dire ?

— Eh bien, c'est évident. S'il n'avait pas essayé de nous rendre heureuses toutes les deux, il n'aurait jamais volé cet argent. Il n'aurait pas tenté sa chance au jeu pour pouvoir gagner assez d'argent pour entretenir deux femmes.

Catherine fronça les sourcils.

— Alors, il les a vraiment escroqués ? Que cela ait été prouvé ou non ?

La femme eut un haussement d'épaules fataliste.

— Pourquoi m'auraient-ils menti ? Que pouvaient-ils espérer tirer de moi ? Ils n'étaient pas si terribles que ça, après tout, pour une bande de gangsters. Moi aussi, j'ai travaillé pendant des années dans un casino.

Catherine attaqua d'un autre côté.

— Se peut-il que les bookmakers auxquels votre mari téléphonait sur la côte Est l'aient fait assassiner ? Et non ses patrons du casino ?

— Je n'en sais pas plus que vous.

Mme Fortunato termina sa dernière cigarette.

— Vous savez, dans ma tête, j'ai toujours espéré qu'il s'était enfui. Au moins, il serait encore vivant. Mais dans mon cœur ? Je savais qu'il était mort.

Catherine reprit par le début.

— Et ce jour-là ?

La femme se tourna vers son passé.

— Je me suis levée vers dix heures, ce matin-là. Je suis allée chercher le journal sur le pas de la porte. Il n'était pas toujours livré quand Mal est parti au travail. S'il était livré avant, Mal se chargeait de le déposer à l'intérieur. Mais ce matin-là, le journal était sur le pas de la porte. En le ramassant, j'ai jeté un coup d'œil vers l'auvent. Comme je m'y attendais, la voiture de Mal n'était plus là. Puis j'ai commencé ma journée. J'ai lu le journal en prenant mon petit déjeuner, j'ai téléphoné à maman – elle était encore vivante, à l'époque – enfin, vous savez, une journée normale.

Catherine hocha la tête.

— Vers quatre heures et demie de l'après-midi, j'ai

décidé d'aller à l'épicerie acheter quelque chose de bon pour le dîner. Je n'avais pas vu Mal de toute la journée, mais je l'attendais vers six heures environ. C'était mon jour de libre et, en général, il rentrait directement à la maison après le travail pour pouvoir passer la soirée avec moi.

Un sourire nostalgique flotta sur ses lèvres et ses yeux s'embuèrent.

Catherine savait ce que c'était d'aimer un salaud.

— Vous devez l'avoir beaucoup aimé.

Les larmes envahirent de nouveau les yeux d'Annie Fortunato et Catherine alla s'asseoir à côté d'elle sur le sofa pour qu'elle puisse pleurer sur son épaule. Après de longues minutes, Mme Fortunato se ressaisit, s'écarta en marmonant des remerciements et se remit à parler rapidement.

— J'ai décidé d'aller à l'épicerie et je suis sortie par l'arrière de la maison. Nous utilisions presque exclusivement la porte de derrière. Dehors, j'ai vu cette tache rouge sombre sur le gravier de l'auvent. C'était avant qu'on fasse recouvrir l'allée. Saloperie d'asphalte ! Ça ne vaut rien par cette chaleur. Mais l'entrepreneur a dit que ce n'était pas cher, et comme je n'y connais rien…

Catherine se retint de la presser, mais elle vit que O'Riley s'impatientait dans son coin. A ce moment, Hoskins rentra dans la pièce avec un plateau portant quatre tasses, du lait et du sucre.

— J'étais justement en train d'expliquer pour l'asphalte, lui dit la femme.

— Cet entrepreneur nous a bien roulés, râla Hoskins avant de repartir chercher le café dans la cuisine.

— Vous avez vu la tache rouge sombre, insista Catherine.

— Oui, oui, et j'ai compris tout de suite. Je l'ai regardée de plus près et j'ai compris tout de suite que c'était du sang en train de sécher. Je suis rentrée immédiatement et j'ai appelé la police.

Hoskins apporta le café et fit le service. Mme Fortunato prenait beaucoup de sucre et un peu de lait, Hoskins seulement du lait, O'Riley et Catherine du café noir. C'était autre chose que la lavasse du bureau.

— Ainsi, vous avez appelé la police.

— Oui. Ils sont venus relever un échantillon du sang et n'ont jamais rien pu me dire. Ils n'ont même pas retrouvé la voiture de Mal.

— Le rapport dit que la police vous a rendu les objets personnels de Mal.

La femme hocha la tête.

— Il n'y avait pas d'inventaire dans le rapport ; j'aimerais savoir ce qu'ils avaient lui appartenant.

— Gerry, va chercher la boîte, tu veux bien ? Tu sais où elle est ?

Hoskins quitta la pièce.

— Lorsque les flics ont rapporté la boîte, je me suis contentée de l'ouvrir. Elle ne contenait que les affaires de bureau de Mal.

Sa voix se crispa.

— Mais parmi les choses qu'ils ont trouvées dans son bureau, il y avait une lettre de sa pute. C'est pour ça qu'ils ont pensé qu'il s'était enfui avec elle.

Hoskins revint avec un carton à chaussures et le tendit à Catherine.

— Puis-je emporter ceci avec moi ? demanda-t-elle.

La femme se renfrogna.

— Si vous voulez. Et faites-moi une faveur : cette fois, ne la rapportez plus. Il n'y a rien dans cette boîte que j'ai envie de revoir. Cela appartenait à un autre homme, pas à mon Mal.

— A propos, est-ce que Mal fumait ?

— Non, jamais. Il trouvait ça malsain.

Elle contempla la cigarette qu'elle tenait à la main.

— C'est drôle, hein ? J'avais arrêté de fumer pour lui… et puis il a disparu, et j'ai recommencé. Les nerfs.

— Je suis désolée, madame Fortunato, mais je dois vous poser encore une question.

— Oui ?

— Pouvez-vous me dire le nom de la danseuse avec laquelle votre mari avait une liaison ?

La mâchoire d'Annie Fortunato se crispa, ses lèvres blanchirent. Elle écrasa brutalement sa cigarette qui jeta une petite gerbe d'étincelles dans le cendrier.

— Joy Starr, dit Hoskins.

— Pourquoi avez-vous besoin de son nom ? demanda Mme Fortunato.

— Nous voudrions lui parler, répondit Catherine. Mais nous devons tout d'abord savoir ce qu'elle est devenue.

— Annie n'a jamais su si c'était son vrai nom ou un nom de scène…, dit Hoskins. Elle travaillait dans un établissement, le *Swingers*. Il existe encore – au sud de Paradise Road.

Catherine connaissait l'endroit.

— Merci, monsieur Hoskins.

Elle se retourna vers la femme.

— Madame Fortunato, merci de nous avoir consacré

votre temps et merci de votre patience. Je sais que cela a dû être difficile. Nous allons rouvrir l'enquête sur le meurtre de votre mari, et il se peut donc que nous ayons d'autres questions à vous poser plus tard.

Elle lui tendit la main et la femme la serra chaleureusement. L'hébétude de son visage semblait s'estomper.

— En un sens, dit-elle, je me sens mieux. Merci.

Lorsqu'ils sortirent dans la fournaise de juillet, O'Riley interpella Catherine au moment où elle ouvrait la portière de sa voiture.

— Au fait, merci pour avoir fait mon boulot. Et… euh… enfin merci.

Elle le regarda.

— J'ai failli faire une sacrée connerie.

— Oubliez ça, sergent. Ça aurait pu arriver à n'importe qui.

Catherine vit que les mains de l'inspecteur tremblaient encore. Après avoir déposé le carton contenant les affaires de Malachy Fortunato sur le siège arrière, elle grimpa dans la Tahoe et téléphona à Nick.

— Nicky, Malachy est notre momie. Trouve-moi l'adresse d'un dentiste du nom de Roy McNeal et rappelle-moi. Je passerai prendre le fichier dentaire de Fortunato avant de rentrer au bureau.

— Super, dit Nick. Je te rappelle tout de suite.

Elle s'assit dans le SUV et observa la maison en attendant le coup de fil de Nick. Ainsi, Malachy ne fumait pas. Et, à l'époque de la disparition, sa femme ne fumait pas non plus. Le mégot retrouvé dans la cour pouvait donc signifier que, ce matin-là, quinze ans plus tôt, quelqu'un attendait que Malachy Fortunato sorte de la maison…

Il alluma une cigarette, referma le zippo d'un coup de pouce et s'adossa au mur de la maison en inhalant la fumée. La pelouse était encore brillante de rosée. Le gazon ne durerait sans doute pas longtemps, sous un climat pareil, mais ils s'obstinaient à en planter chaque fois qu'ils construisaient une nouvelle maison de ce genre. Il n'y avait pas plus de six mois que cette maison avait été bâtie, et seulement deux mois qu'elle était habitée. La proie à l'intérieur, un petit gars nommé Malachy Fortunato, avait hérissé le poil de mecs auxquels il avait eu tort de s'affronter.

Dans les maisons voisines, des familles dormaient paisiblement. De l'endroit où il grillait sa Marlboro, il voyait l'arrière-cour, qui jouxtait celle de la parcelle suivante. Le quartier était encore partiellement en construction, mais les ouvriers n'arriveraient que plus tard pour commencer leur journée et il avait donc le secteur pour lui tout seul…

L'emploi du temps de Fortunato semblait gravé dans du granit. Depuis une semaine qu'il le surveillait, le gars avait quitté son clapier tous les matins à la même heure, à deux minutes près. Réglé comme une horloge – le tueur aimait ça. Le même horaire, le même chemin, tous les jours, c'était presque une invitation à descendre ce pauvre type.

Il tira sur sa cigarette, sentit la fumée descendre dans ses poumons et la rejeta lentement par le nez. Consultant sa montre, il sourit. Encore tout le temps nécessaire pour savourer la cigarette, aucune raison de se presser. Fumer tranquillement, enfiler les gants, et au boulot.

Prenant une ultime bouffée, il retint longuement la

fumée avant d'envoyer valdinguer d'un coup de pied le mégot dans la cour. Il prit ses gants dans sa poche et les enfila. Tournant la tête à droite puis à gauche, il fit craquer les os de sa nuque et vérifia l'heure une dernière fois.

Le moment était venu.

Il sortit l'automatique de son étui, vérifia le chargeur, vissa le silencieux. Il se pencha un peu pour observer la façade de la maison. Rien. Il se radossa au mur, calma sa respiration et attendit.

La proie sortit enfin. Il referma la porte, puis la porte moustiquaire et se dirigea vers sa voiture. Le tueur se faufila derrière lui, pressa sur la détente et sentit le petit pistolet tressauter dans sa main. Une minuscule fleur rouge s'épanouit à l'arrière du crâne de la victime qui se recroquevilla et s'affaissa sans avoir eu le temps de pousser un cri.

Penché au-dessus de lui, le tueur tira une seconde balle à deux centimètres au-dessus de la première – une police d'assurance et une signature. Ensuite, il prit les clefs de la voiture dans la main du mort, jeta un coup d'œil par-dessus le pare-chocs pour vérifier que personne n'avait rien vu. Les voisins dormaient toujours. Rassuré, il ouvrit le coffre, ramassa le corps et le fourra dedans, referma le coffre, alla s'installer au volant et tourna la clef de contact.

Le moteur se mit à ronfler. Sans hâte, le tueur descendit l'allée en marche arrière et s'engagea dans la rue. Voilà, il n'était plus qu'un péquenaud de plus parmi les milliers d'autres qui partaient au boulot.

Il n'y avait personne lorsqu'il arriva au terrain vague sur Russell Road. Dans les voitures qui passaient, nul ne paierait attention à un type venu se débarrasser de ses ordures comme tant d'autres l'avaient fait avant lui. Il ne lui fallut pas longtemps pour trouver ce qu'il cherchait. Sur la gauche, il avait repéré quelques jours plus tôt une caravane abandonnée invisible de la rue. L'épave était déjà affreusement attaquée par la rouille et personne ne viendrait y mettre son nez. Plusieurs plaques d'aluminium s'étaient détachées de la carrosserie et pendaient dangereusement. D'autres gisaient sur le sol, comme les gigantesques écailles abandonnées par un serpent monstrueux au moment de la mue.

Il sortit le cadavre du coffre, prenant soin de ne pas toucher le crâne ensanglanté, et le traîna par les pieds jusqu'à la caravane. Après avoir déposé le corps sur une tôle d'aluminium, il fit glisser la plaque de métal sous la caravane. En guise de cadeau d'adieu, il dévissa le silencieux qu'il rangea dans sa poche, puis démonta le canon de l'automatique et le lança sous la caravane à côté du corps. Il boucha ensuite l'ouverture au moyen d'autres bouts de métal, de morceaux de bois et de décombres. Enfin, avec le pied, il recouvrit de terre la traînée de sang, effaça la plupart de ses empreintes et s'éloigna tranquillement. Il abandonnerait la voiture ailleurs.

La sonnerie du portable tira Catherine de sa rêverie.

— Note cette adresse, dit Nick. L'assistante du Dr McNeal a mis le dossier de Malachy Fortunato de côté pour toi.

Moins d'une heure plus tard, une Catherine Willows débordante d'énergie rentrait au quartier général avec le fichier dentaire de la momie, certaine de pouvoir établir son identité.

Le cadavre avait été découvert seulement la veille ; aujourd'hui, une fois la victime définitivement identifiée, ils se mettraient en quête de son assassin.

7

Grissom fixait l'écran comme s'il était hypnotisé par un inoubliable chef-d'œuvre du cinéma. En fait, il s'agissait d'une vidéo du *Beachcomber*, l'une des cent mille vidéos qu'il avait examinées au cours des dernières vingt-quatre heures. Pour l'instant, il passait une seconde fois en revue la pile de cassettes enregistrées le matin du meurtre. Il lui arrivait de retirer ses lunettes pour se frotter les yeux ou de se lever pour accomplir quelques exercices d'assouplissement destinés à soulager la tension de sa colonne vertébrale. Mais, la plupart du temps, il était assis et scrutait les images granuleuses, souvent brouillées. N'importe qui serait déjà devenu fou devant une tâche aussi monotone que gigantesque, mais Grissom demeurait alerte, la curiosité en éveil. Après tout, chaque vidéo était une nouvelle preuve, ou du moins une nouvelle preuve potentielle. En ce moment précis, dans un angle de l'image, le compteur indiquait cinq heures quarante du matin.

La caméra, fixée au plafond à mi-chemin d'une des ailes principales du casino et tournée vers l'entrée, avait notamment enregistré une image assez floue de la portion du vestibule menant aux ascenseurs. A cette heure matinale, le casino était relativement calme. En évidence au milieu de l'écran, un homme était assis devant une machine de poker-vidéo au bout de la rangée la plus proche de l'entrée ; deux rangées plus près, debout devant une machine à sous, une femme faisait face à la caméra. Pendant d'interminables minutes, rien ne se produisit sinon l'apparition momentanée d'une serveuse portant des boissons sur un plateau au petit groupe de joueurs en action ; puis Grissom remarqua une silhouette à l'arrière, entre le vestibule et les ascenseurs.

Se redressant sur son siège, Grissom se concentra sur l'image, presque certain que la silhouette indistincte à l'arrière-plan était celle de la victime du troisième étage. Il se pencha sur l'écran, plissant les paupières. Oui ! C'était bien lui. « John Smith » fit quelques pas, jeta négligemment un regard dans la salle de casino et aperçut l'homme assis au poker-vidéo. Alors, comme si Grissom avait appuyé sur PAUSE, « John Smith » resta pétrifié.

« Smith » était trop loin pour que la caméra pût enregistrer son expression, mais Grissom le vit partir brusquement vers l'ascenseur. Le joueur de poker s'élança derrière lui. Il fut ralenti dans son élan par quelque chose qui le retenait à la machine et qu'il dut retirer avant de suivre « Smith » en direction de l'ascenseur.

Alors que l'homme s'éloignait de la machine à poker, Grissom remarqua qu'il portait les mêmes habits et les mêmes chaussures de sport noires que le tueur en fuite sur la vidéo du troisième étage.

Bon sang ! Comment cela avait-il pu lui échapper la première fois qu'il avait visionné cette bande ? Grissom secoua la tête ; le plan était si court, le temps peut-être qu'il frotte ses yeux papillotant de fatigue…

Grissom arrêta la vidéo, la repassa une fois, puis une deuxième fois. Comme sur celle de l'étage, le meurtrier ne regardait jamais en direction de la caméra. *S'était-il consciemment posté le dos à la caméra de sécurité ? Etait-il un tueur à gages guettant sa proie ?*

Il visionna la bande plusieurs fois de suite, se concentrant désormais sur l'hésitation du type au moment d'engager la poursuite. Finalement, il remarqua une lumière clignotant en haut de la machine. Le tueur venait de gagner le gros lot quand il s'élança derrière sa victime ! Etait-ce ce qui l'avait retenu ?

Non. Il y avait autre chose.

Grissom arrêta la bande. Il savait qui pourrait le renseigner. Il savait *exactement* à qui s'adresser…

Il alla jusqu'à la porte et cria :

— Warrick !

N'obtenant pas de réponse, Grissom partit comme une flèche à la recherche de son collègue. Lorsqu'il passa la tête par la porte du laboratoire de génétique, le jeune Greg Sanders sursauta sur sa chaise.

— Ce n'est pas moi, Grissom, dit-il. Je n'ai rien fait, je te jure !

Grissom prit à peine le temps de sourire.

— Je suis sûr que tu n'es pas coupable, Greg. Tu n'aurais pas vu Warrick ?

— La dernière fois que je l'ai vu, il travaillait avec Sara sur AFIS… mais c'était peut-être hier…

Grissom fit la moue.

— De la précision, Greg, toujours de la précision !

Il poursuivit sa recherche et faillit se heurter à Warrick au détour du couloir.

— Tu m'as appelé, Gris ?

Grissom était déjà reparti dans l'autre sens.

— Suis-moi, je veux te montrer quelque chose.

De retour dans le bureau, il repassa deux fois la bande pour Warrick.

— Eh bien ? demanda Grissom.

Warrick prenait toujours son temps ; les yeux à moitié clos, il visionna la bande une troisième fois.

— On dirait qu'il retire une carte de la machine.

Grissom sourit.

— Et nous savons ce que ça signifie pour nous.

— Eh oui ! Le casino peut vérifier de quelle carte il s'agit. Ils peuvent nous dire le *nom* qui figure sur la carte.

Le visage de Warrick s'assombrit.

— Tu ne supposes tout de même pas que le tueur est de la région ?

— Je ne suppose rien du tout, dit Grissom. Mais cette possibilité n'a pas encore été éliminée… Que fais-tu pour le moment ?

Warrick indiqua la porte du pouce.

— Sara et moi, on cherche à identifier l'expéditeur de l'e-mail trouvée sur le Palm Pilot de Dingelmann.

— Dingelmann ?

Warrick le regarda.

— C'est le nom de la victime – Philip Dingelmann.

— Et tu attendais Noël pour me le dire ?

— Tu n'as pas vu le rapport de Brass ? Il est sur ton bureau.

— Ça fait un bon moment que je suis là-dedans, répondit Grissom en désignant l'ordinateur.

— Tu étais déjà ici hier quand on a fini la journée. Aujourd'hui, c'est une nouvelle journée de travail, Gris. Tu devrais dormir un peu, et même éventuellement songer à manger quelque chose, et...

— Dingelmann ! Chicago. L'avocat de la mafia ?

Arborant le sourire désabusé qui lui était coutumier, Warrick hocha la tête sans rien dire. Grissom posa une main sur son épaule.

— Bon. Sara se chargera toute seule de l'e-mail ; c'est elle, la fée de l'ordinateur. Toi, tu es mon expert en casino.

— Dois-je prendre ça comme un compliment ?

— Prends ça comme tu veux. La seule chose qui m'intéresse, c'est que tu retournes immédiatement au *Beachcomber*. Relève les empreintes sur cette machine et obtiens tous les renseignements que tu peux du responsable des machines à sous.

— Dois-je informer Brass et emmener un inspecteur avec moi ?

— On verra plus tard. Vas-y, je préviens Sara.

Grissom rejoignit le bureau où Sara travaillait sur un ordinateur.

— Tu trouves quelque chose ? demanda-t-il.

— Tu parles ! Rien que des fausses pistes. Ce coco a sacrément bien caché ses traces. Cet e-mail doit avoir été lavé automatiquement par tous les ISP de la planète.

— Okay, détends-toi.

Grissom s'assit sur un coin du bureau. Il avait engagé lui-même cette jeune diplômée de Harvard ; c'est lui qui l'avait formée et il admirait ses qualités de technicienne, son dévouement et sa ténacité.

— Il y a d'autres choses à faire, tu sais, dit-il en souriant.

— Toujours. Où est Warrick ?

— Je l'ai renvoyé au *Beachcomber*.

La jeune femme fronça les sourcils.

— Sans moi ?

— Oui.

— Tu crois que c'est une bonne idée de l'envoyer se promener tout seul dans un casino ?

Grissom haussa légèrement les épaules.

— Je lui fais confiance.

— C'est toi le patron, après tout.

— Gentil de ta part de le remarquer. De toute façon, j'ai besoin de toi.

Elle prit un air surpris, sans trop savoir comment elle devait prendre la chose.

— Nous avons rendez-vous à la morgue.

En combinaison bleue et gants de latex, Grissom et Sara se tenaient entre deux tables d'autopsie. Devant eux, Philip Dingelmann ; derrière eux, la momie de Catherine et Nick.

— Alors, qu'est-ce qu'on fait ici ? demanda Sara.

— Lis ça, dit Grissom en lui tendant le rapport d'autopsie du John Doe n° 17.

Elle parcourut rapidement le document, s'arrêta, relut un paragraphe plus attentivement.

— Qu'est-ce que ça veut dire ? Robbins s'est trompé de cadavre ?

Grissom lui fit signe que non.

— La disposition est exactement la même, à un millimètre près.

— Ça n'est pas possible…

— Si la preuve dit que c'est comme ça, c'est que c'est comme ça. Mais toi et moi allons mesurer encore une fois pour en être absolument certains.

— Tu parles d'une coïncidence !

— En est-ce vraiment une ?

— Grissom, pourquoi ne pas nous avoir prévenus, Warrick et moi ?

— Pour ne pas mélanger les deux affaires. Jusqu'à preuve du contraire, nous avons deux affaires distinctes.

— D'accord. Par lequel on commence ?

— L'ancienneté passe avant la beauté, déclama Griss en se tournant vers la momie.

Warrick se gara sur le vaste parking derrière le *Beachcomber* et entra par le casino, une version légère de son équipement à la main. Il savait que relever les empreintes ne servirait probablement à rien : il y avait trop longtemps que le tueur avait quitté la machine. Mais cela valait la peine d'essayer.

Grissom l'avait envoyé là tout seul, sans même un inspecteur pour le seconder au cas où un interrogatoire serait nécessaire. Soit son chef lui refaisait enfin totalement confiance, soit il voulait le tester.

Il traversa la salle de casino sans se laisser griser par cette atmosphère qu'il connaissait si bien : l'air enfumé, le bruit des machines à sous, les appels des croupiers, les expressions contrastées sur les visages des joueurs – défaite, joie, frustration, ennui. Il se retrouva bientôt sous la caméra qui avait filmé l'apparition de Dingelmann et alla droit au poker-vidéo sur lequel le tueur avait joué.

Un chauve à lunettes était assis à la machine. La trentaine bien sonnée, il portait un polo bleu marine, des Dockers kaki et des chaussettes dans ses sandales. Warrick le vit garder une paire de dix, tirer un *wild deuce* et deux cartes sans intérêt. La machine lui rendit trois cartes de même valeur et il récupéra vingt-cinq shillings pour les vingt-cinq shillings qu'il avait pariés. *Gros miseur*, pensa Warrick, tandis que l'homme gardait en main un quatre, un six, un sept et un huit, à trèfle et à carreau.

Quelle mise pourrie ! Tenter une suite du premier coup, quelle connerie. Le joueur tira un huit de pique – perdu. Monsieur Sandales-sur-Chaussettes eut le temps de perdre quatre autres mains avant de se retourner vers Warrick penché par-dessus son épaule.

— Qu'est-ce que vous voulez ? demanda-t-il d'une voix où perçait l'irritation.

Warrick tendit son badge.

— Bureau de Criminalistique de Las Vegas. Je dois relever des empreintes sur cette machine.

Indigné, le joueur s'écria :

— Je suis ici depuis la naissance du Christ ! Je ne lâche pas cette machine.

Warrick se pencha vers lui.

— Un assassin était assis à cette même place hier matin.

L'homme ne réagit pas, mais il ne se remit pas non plus à jouer. Warrick indiqua d'un geste la caméra au-dessus de leurs têtes.

— Vous voyez cette caméra ?

Le gars jeta un œil sur le cylindre noir qui dépassait du plafond.

— Une vidéo filmée par cette caméra montre l'assassin assis exactement ici. Maintenant, je vais appeler un membre du personnel et nous allons relever les empreintes sur cette machine pour savoir qui était cet homme.

— Et moi ? Et mes droits ?

— Vous préférez empocher maintenant ou attendre au bar jusqu'à ce que j'aie terminé ? De cette manière, vous pourrez vous réinstaller ici... et protéger votre investissement.

Le gars lui lança un regard douloureux.

— J'attends au bar. Envoyez-moi une serveuse quand vous aurez terminé.

— Merci, dit Warrick. Sachez que je peux décider de relever vos empreintes aussi, monsieur, afin d'être en mesure de les éliminer.

Le gars saisit son mini-seau en plastique (qui contenait encore plusieurs rouleaux de pièces de vingt-cinq cents) et partit vers le bar en ronchonnant. Juste à ce moment, un vigile de la sécurité s'approcha de Warrick.

— Puis-je vous aider, monsieur ? demanda-t-il d'une voix où se mêlaient la sollicitude et la méfiance.

Il était noir et plus ou moins de la taille de Warrick, mais il devait bien peser vingt kilos de plus et ses muscles saillaient sous son blouson vert moulant, avec l'étiquette du *Beachcomber* cousue sur la poche. Dans sa main épaisse, le talkie-walkie avait l'air d'une barre de sucre candi.

Warrick montra son badge et expliqua la situation.

— Il faut que je parle au responsable de cette machine.

— Je dois appeler mon chef.

— Très bien.

Le garde grogna quelques mots dans son talkie-walkie et, en moins de deux minutes, Warrick se retrouva encerclé par une demi-douzaine de vigiles en blousons satinés formant un mur vert qui s'ouvrit pour laisser passer un type en costume croisé bleu marine. Le genre californien : un bon mètre quatre-vingts, blond, séduisant. Il était plus jeune que tous les autres, mais, apparemment, c'était lui le patron.

— Je suis Todd Oswalt, le responsable des machines à sous, dit-il en découvrant deux rangées de dents blanches parfaitement alignées avec le naturel d'un animateur de télévision.

— Warrick Brown, du laboratoire de criminalistique. J'enquête sur le meurtre qui a été commis hier dans votre hôtel.

Le sourire d'Oswalt s'évanouit et il regarda de tous les côtés pour vérifier qu'aucun client n'avait entendu.

— Monsieur Brown, nous nous ferons un plaisir de vous aider si vous voulez bien baisser un peu la voix.

Ce fut au tour de Warrick de sourire.

— Avec plaisir, monsieur Oswalt. Un homme était assis ici, hier, vers cinq heures et demie du matin. J'ai besoin de savoir tout ce que vous pourrez me dire sur cet homme.

— A partir de quoi ? Nous avons beaucoup de clients au *Beachcomber*, monsieur Brown.

— Celui-ci a utilisé une carte du casino sur cette machine à cinq heures quarante-deux hier matin.

Les yeux d'Oswalt s'éclairèrent.

— Je m'en occupe immédiatement.

— Pendant ce temps, je dois relever les empreintes sur cette machine, dit Warrick, parfaitement décontracté.

Oswalt grimaça, jeta un autre regard à la ronde.

— Maintenant ?

— Je pourrais le faire après la fermeture.

— Nous travaillons vingt-quatre heures sur vingt-quatre.

— Nous aussi. Y a-t-il une heure plus appropriée ? Puisque cela doit être fait de toute façon, pendant que vous recherchez cette carte ?

— Euh… vous avez raison. Je vous en prie, monsieur Brown.

Il ordonna à deux de ses hommes de rester sur place, puis disparut avec les autres. Warrick passa environ une heure sur la machine, recensant des douzaines d'empreintes dont sans doute aucune n'aurait le moindre intérêt. Impossible de savoir combien de personnes avaient joué sur cette machine depuis le départ du tueur.

Enfin, Warrick fit signe au grand Noir.

— Vous pouvez dire à votre patron que j'ai terminé.

Le vigile parla dans son talkie-walkie, attendit la réponse, puis se retourna vers Warrick.

— Nous devons vous escorter jusqu'au bureau de la sécurité.

— Très bien. Au fait, je suis censé garder cette machine pour un client installé au bar ; pouvez-vous demander à une hôtesse d'aller le chercher ?

— Certainement. Comment le reconnaîtrai-je ?

— Il sera le seul chauve à lunettes avec des chaussettes dans ses sandales.

— Très bien. Dites, c'est vraiment gentil de votre part.

— Oh, les joueurs ont déjà la vie bien assez dure comme ça !

L'autre garde escorta Warrick jusqu'au bureau où Oswalt les attendait sur le pas de la porte.

— Nous avons votre information, monsieur Brown. Le nom de cet homme est Peter Randall.

Warrick tira un calepin et un stylo.

— Adresse ?

— P.O. Box L-57, 1365 East Horizon, à Henderson.

Warrick sentit son estomac se contracter. Il griffonna l'adresse, mais il était certain que ce ne serait rien de plus qu'une poste restante.

— Autre chose, monsieur Oswalt ?

— Pas vraiment.

Warrick reposa son calepin.

— Nous allons devoir remonter quelques jours en arrière, peut-être quelques semaines, pour suivre les traces de cet homme. Son visage n'apparaît sur aucune des vidéos que nous avons visionnées jusqu'à présent.

— C'est peut-être un client régulier, admit Oswalt.

— Exact. Combien de temps vous faut-il pour réunir les vidéos ?

— Je suis à court de personnel, et ces bandes sont archivées…

— Combien de temps ?

Oswalt réfléchit.

— Demain matin ?

— Puis-je les visionner ici ?

— Ce serait préférable, en effet.

— Merci. Je reviens demain matin.

De la voiture, Warrick appela Grissom pour lui communiquer le nom et l'adresse du tueur. Une nouvelle fois, Grissom lui conseilla d'y aller seul – un tueur était en cavale, et la piste risquait de se refroidir vite.

Il fallut à Warrick une vingtaine de minutes pour rejoindre Henderson par l'autoroute. C'était un quartier de villas alignées comme des maisons vertes de Monopoly, la plupart d'entre elles derrière des murs ou des grilles. Comme il s'y attendait, l'adresse menait à une petite boutique de poste restante.

La fille derrière le comptoir, cheveux blond oxygéné et clou d'argent dans la narine gauche, pouvait avoir dix-huit ans. Elle portait une blouse bleue sur un T-shirt décolleté et un jean délavé.

— Puis-je vous aider ? demanda-t-elle sans enthousiasme.

— Le patron est-il ici ?

— Non.

— Reviendra-t-il bientôt ?

— Elle, rectifia la fille. Elle vient de partir déjeuner.

— Savez-vous où elle est allée ?

— Oui, au *Dairy Queen*, pas loin d'ici.

— Merci. Pouvez-vous me dire son nom ?

— Laurie.

Il fallait vraiment lui tirer les vers du nez.

— Son nom de famille ?

La fille réfléchit un moment. Cela paraissait douloureux.

— Je ne sais pas.

— Vous ne savez pas ?

— Nous n'en avons jamais parlé.

— Bon. Eh bien, merci quand même. Vous avez fourni une aide précieuse, dit Warrick sincèrement.

— Revenez quand vous voudrez, répondit-elle avec autant d'entrain qu'un zombie.

Au *Dairy Queen*, Warrick repéra une femme assise seule à une table en train de picorer un poulet frites. Elle portait la même blouse bleue que la fille du magasin. Ses cheveux mi-longs encadraient un beau visage étroit éclairé par des yeux du même brun que les cheveux, et elle était enceinte de six mois. Il l'aborda directement.

— Laurie ?

Elle leva les yeux, méfiante.

— Je vous connais ?

— Non, madame. Mon nom est Warrick Brown. Je fais partie du Bureau de Criminalistique de Las Vegas.

Il lui montra son badge.

— Puis-je m'asseoir pour parler quelques instants avec vous ?

— Eh bien…

— Cela ne prendra que quelques instants.

— Bon, si vous voulez. De quoi s'agit-il ?

Tirant une chaise en plastique, Warrick s'assit à la petite table carrée.

— D'un de vos clients.

La jeune femme secoua la tête.

— Vous savez que je ne peux pas vous parler de mes clients sans un mandat. Leur vie privée est en jeu.

— Cet homme est un assassin et nous n'avons pas de temps à perdre.

Cela l'impressionna, mais elle secoua de nouveau la tête.

— Je suis désolée, je ne peux rien…

— Son nom est Peter Randall.

La jeune femme fronça les sourcils.

— Qu'y a-t-il, Laurie ?

— C'est vraiment drôle que vous veniez me parler de M. Randall. Il est venu fermer son compte hier.

— Pouvez-vous me parler maintenant, à titre purement confidentiel, en attendant que le mandat arrive ?

L'expression de la jeune femme montrait qu'elle ne savait pas comment réagir. Warrick tira son portable, appela Grissom et expliqua la situation.

— Sara sera là dans moins d'une heure avec un mandat, dit Grissom. Et je préviens Brass.

Pendant qu'ils attendaient, Laurie termina son déjeuner et ils retournèrent au magasin. La fille au nez percé semblait toujours mourir d'ennui et ne leur accorda pas un regard lorsqu'ils s'approchèrent. Laurie passa derrière le comptoir. Après lui avoir demandé à plusieurs reprises « c'est un assassin, c'est bien ça ? », elle avait décidé de coopérer et sortit directement le dossier de Randall.

— Son adresse personnelle ? demanda Warrick.

Laurie consulta le dossier.

— 4615 Johnson, ici à Henderson.

Warrick téléphona aussitôt pour demander ce qu'il fallait faire. Quelques minutes plus tard, Laurie l'entendit jurer au téléphone.

— Qu'y a-t-il ?

— Il n'y a ni rue Johnson ni avenue Johnson ni quoi que ce soit de ce genre à Henderson. C'est une fausse adresse.

— Oh, vous savez, nous ne vérifions pas ce type de choses. Nous croyons nos clients sur parole.

Warrick marcha jusqu'à la boîte L-57.

— Je sais que vous ne pouvez pas ouvrir ce casier pour moi tant que le mandat n'est pas arrivé, mais pouvez-vous me dire si M. Randall l'a vidé ou non ?

— J'ai bien peur que oui, dit Laurie. Il n'y a plus rien dedans, M. Randall a relevé son courrier lorsqu'il est venu fermer son compte.

— Et merde !

— Je suis désolée, dit Laurie.

— Vous ne faites que la même chose que moi.

— Pardon ?

Il lui sourit.

— Votre métier.

Elle lui renvoya son sourire et la fille au nez percé leva les yeux au ciel.

Cinq minutes plus tard, Sara et l'inspectrice Erin Conroy entraient avec le mandat ; Warrick leur expliqua la situation.

— Alors, il n'y a rien ? demanda Sara en faisant la moue.

Warrick haussa les épaules.

— Nous pouvons relever les empreintes sur la boîte, mais c'est à peu près tout. On dirait bien que notre belle piste aboutit à une impasse.

— Je vais l'interroger, dit Conroy. Comment s'appelle-t-elle ?

— Laurie.

— Nom de famille ?

Embarrassé, Warrick haussa les épaules.

— Nous n'en avons pas parlé.

Conroy le regarda sans rien dire, puis alla interroger Laurie et inscrire dans le rapport tout ce que celle-ci avait déjà dit à Warrick.

— Et c'est pour ça que je me suis arrêtée de vérifier les empreintes ? soupira Sara.

— Tu n'en pouvais plus de toute façon.

Elle ne put s'empêcher de sourire.

— C'est vrai.

— Eh bien, réjouis-toi : j'en ai prélevé des douzaines sur la machine à sous.

— Des empreintes, et encore des empreintes ! Tu as trouvé quelque chose d'intéressant ?

— Oui.

Il se pencha vers elle, prenant un air de conspirateur.

— Le *Dairy Queen*, à l'angle de la rue. On va déjeuner. C'est toi qui payes.

Elle trouva que c'était une excellente idée, mais, en sortant, elle lui flanqua un coup de coude dans les côtes :

— Sache que je n'ai absolument pas l'intention d'assumer ton foutu déjeuner.

Deux heures plus tard, au bureau, Warrick savait déjà que « Peter Randall » était un pseudonyme et Sara avait examiné les empreintes relevées au casino, qui s'étaient également avérées sans intérêt. Quant à la porte de la boîte aux lettres, elle n'avait pas fourni la moindre empreinte utilisable.

Laurie Miller avait servi « Randall » les deux fois où il était venu au magasin, et le signalement qu'elle en avait fait à Erin Conroy ne serait pas particulièrement utile : lunettes noires et casquette de base-ball noire. C'était tout ce qu'on pouvait ajouter aux images filmées par la caméra de l'hôtel. Un portrait-robot allait être établi, mais sans grand espoir.

Warrick décida de voir ce qu'ils pourraient tirer des traces de pas relevées dans le couloir de l'hôtel.

Grâce à une base de données, Sara identifia le dessin des semelles comme un article ayant pu être fabriqué par la société Racers ; elle ne correspondait pas exactement, à cause de la mauvaise qualité de l'empreinte relevée sur le lieu du crime. Warrick chercha donc dans l'Internet le numéro de téléphone des services commerciaux dans l'Oregon.

— Chaussures et articles de sport Racers, dit une voix féminine guillerette à l'autre bout du fil. Que puis-je faire pour vous ?

— Mon nom est Warrick Brown. J'appartiens au Bureau de Criminalistique de Las Vegas. Je voudrais avoir des renseignements sur les ventes de plusieurs modèles de vos chaussures.

Silence à l'autre bout du fil. Finalement, Warrick insista.

— Allô ?

— Je suis désolée, monsieur. J'ai dû demander à mon supérieur où diriger votre appel. Je vais vous mettre en communication avec Mme Kotsay, au service des ventes.

— Merci.

Il entendit le téléphone sonner deux fois, puis une autre voix féminine – un peu plus âgée, un peu plus professionnelle – répondit.

— Sondra Kotsay. En quoi puis-je vous être utile ?

Warrick expliqua la situation.

— C'est une demande tout à fait inhabituelle, monsieur Brown. Nous fabriquons un grand nombre de modèles.

— Je sais. Nous avons déjà procédé à une tentative

d'identification. Mais j'aurais besoin de votre confirmation d'experte.

— Vais-je devoir témoigner ?

Il sourit intérieurement.

— Je ne pense pas. Je voulais simplement vous faxer l'empreinte.

— Oh, dit-elle, dans ce cas-là, pas de problème.

Elle lui communiqua le numéro de fax. Warrick décida de ne pas faxer l'empreinte barbouillée révélée par le Leuco Crystal Violet, mais celle que Grissom avait obtenue sur le palier de l'escalier avec la méthode électrostatique.

Quelques minutes plus tard, il demandait à la femme :

— Le Fax est bien arrivé ?

Un moment de silence sur la ligne, puis Sondra revint au téléphone.

— La transmission s'est déroulée sans problème. Laissez-moi un peu de temps. Je vous rappelle dès que j'ai quelque chose.

La fatigue commençant à se faire sentir, Warrick rejoignit la cafétéria et prit du jus d'ananas dans le frigo. Il alla chercher Sara à son bureau, mais elle n'était pas là. Il la trouva à la morgue, devant le corps de Dingelmann.

— Ça va ? demanda Warrick.

— Oui. Non… je ne sais pas.

— Quoi ?

— Pourquoi cherchons-nous comme des fous à savoir qui a tué ce type ? Pourquoi est-ce que je me crève à trouver son assassin ? Après tout, ce type gagnait sa vie en défendant des truands.

— Il vaut mieux que Grissom ne t'entende pas parler comme ça.

— Ce n'est pas à Grissom que je parle, c'est à toi.

— Tu sais que ce n'est pas à nous de décider. Ecoute, ce type est au-delà de tout ça, maintenant. Le bien, le mal, ça n'a plus d'importance. Il a été assassiné. Il est dans l'autre monde – s'il y en a un –, mais son cadavre est dans notre monde.

Elle réfléchit, puis haussa les épaules.

— C'est peut-être aussi simple que ça. Je ne sais pas. C'est seulement… un peu dur pour moi.

— Eh bien, si tu n'arrive pas à te libérer des notions de bien et de mal, pense au type qui a fait ça. Quelqu'un qui tue pour de l'argent. C'est assez grave pour toi ?

Elle sourit un peu.

— Oui. Oui, ça suffira.

Le portable de Warrick sonna et ils sursautèrent tous les deux. Il faillit le laisser tomber dans sa hâte à répondre.

— Warrick Brown.

— Sondra Kontsay, monsieur Brown. Je crois pouvoir vous aider.

Faisant signe à Sara qu'il devait prendre cet appel, Warrick retourna à son bureau, saisit un bloc-notes et se laissa tomber sur sa chaise.

La voix professionnelle reprit :

— L'empreinte que vous nous avez faxée provient de notre modèle X-15.

— Bien.

— C'est un article qui, je suis désolée de le dire, n'a pas très bien marché.

Warrick savait que plus la production aurait été restreinte, plus il avait de chances.

— Combien en avez-vous produit ?

— Avant d'arrêter la fabrication, un peu moins d'un million de paires.

Warrick sentit son cœur se serrer. La tête basse, il demanda :

— Un million ?

— Je sais que cela semble décourageant, monsieur Brown. Mais ce n'est pas si catastrophique que ça, du moins pour vous.

— Que voulez-vous dire ?

— Plus de la moitié n'ont jamais été vendues.

C'était une sorte de réconfort. Au fur et à mesure qu'elle lui donnait les informations, il les inscrivait sur le bloc.

— Et sur le demi-million vendu, dit-elle, une centaine de paires seulement l'ont été dans la région de Las Vegas.

C'était déjà beaucoup mieux.

— Quant à la taille que vous nous avez donnée, du 43 pour homme, moins de deux douzaines ont été écoulées dans la région de Las Vegas.

Un sourire fendit le visage de Warrick en deux.

— Merci, madame Kontsay. Excellent travail.

— Voulez-vous que je vous communique les noms et les adresses des détaillants qui les ont vendues ?

Voulez-vous m'épouser ? songea-t-il.

— Merci, madame Kotsay, cela serait extrêmement utile.

Elle lui faxa la liste et Warrick Brown partit à la recherche de Grissom.

8

Sous les yeux de Catherine, le Dr Robbins comparait le fichier dentaire de Malachy Fortunato aux dents de la momie. La criminaliste et le coroner étaient en combinaisons bleues, mais, sous la sienne, Robbins portait une chemise rayée, une cravate à rayures diagonales et un pantalon anthracite ; il s'était mis sur son trente et un, aujourd'hui.

Il était un peu moins de sept heures du soir ; comme d'habitude, Catherine était en avance, la journée de travail ne commençant pas avant onze heures. Le coroner étudiait les radios des dents, se penchait sur la momie, se redressait pour vérifier la radio, une danse répétée une bonne demi-douzaine de fois. Enfin, il fit signe à Catherine Willows.

— Ma chère, je vous présente Malachy Fortunato.

Elle sourit.

— Pour longtemps ?

— Définitivement. Vous pouvez me faire confiance, cette momie est bien l'insaisissable M. Fortunato.

— Bien, bien, dit-elle en observant la momie, les mains pressées comme si elle contemplait un repas appétissant. Monsieur Fortunato, quel plaisir de faire enfin votre connaissance ! Maintenant que nous savons qui vous êtes, nous ferons en sorte de trouver votre meurtrier.

La momie parcheminée n'eut pas de réponse.

— Joli travail, docteur, dit Catherine en partant.

Ayant quitté sa combinaison, elle se heurta à Nick qui sortait du labo.

— Hé, dit-elle. Je vois que, toi aussi, tu es en avance.

— Salut.

Il semblait un peu morose.

— Il faudra une semaine avant d'obtenir les résultats de l'ADN.

— Ça ne fait rien, dit-elle en souriant. Le Dr Robbins vient d'identifier les dents de notre momie : Malachy Fortunato.

— Génial !

— Tu t'es vraiment bien débrouillé avec cet anneau, Nick.

— Merci.

Ils partirent pour la cafétéria boire un café.

— Quand notre bureau a-t-il travaillé pour la dernière fois sur un crime organisé par la mafia ? demanda Nick.

— Jamais jusqu'à il y a une semaine. Etrangement, il y en a peu à Las Vegas.

— On ne fait pas ses besoins là où on mange.

— Personnellement, j'essaie d'éviter.

Elle but son café, se sentant tout excitée.

— Nous sommes bien partis, Nick. On va réussir à coincer ce type.

— Bien sûr ! Que sont quinze ans pour des amis ?

— Tu cherches à me saper le moral ?

— Pas du tout. Pas de délai de prescription sur les meurtres. Que puis-je faire pour toi ?

La tasse de café à la main, elle sortit de la cafétéria.

— Plus tard. Tout d'abord, allons dire à Grissom ce que nous avons.

Lorsque Warrick eut expliqué ce qu'ils avaient récolté au casino et à Henderson, Grissom dit :

— Cela ne prouve toujours pas qu'il soit de la région.

Le bureau de Grissom était encombré de piles de papiers prêtes à s'effondrer ; un verre de thé glacé traînait, à moitié plein, et un assortiment d'insectes, morts et vifs, complétait le tableau. Warrick s'était installé sur une des deux chaises en face de son chef.

Appuyée contre un classeur à dossiers dans le coin, Sara dit :

— Mais la boîte aux lettres…

Grissom secoua la tête.

— Notre homme se contentait peut-être d'utiliser cette boîte. Et qui sait combien de cartes de machine à sous il a, et sous combien de noms, et dans combien de casinos… et dans combien de ville ?

— Et les chaussures ? demanda Warrick.

— Cela pourra nous aider, dit Grissom, surtout pour vérifier s'il est de la région. Mais tu as dit qu'un demi-million de paires ont été vendues à l'échelon national, non ?

Warrick hocha la tête d'un air malheureux.

— Pour que cette chaussure soit d'une quelconque utilité, poursuivit Grissom, nous devons trouver le pied qui rentre dedans.

— Et l'homme relié à ce pied, ajouta Sara.

Warrick soupira.

— Dès demain matin, je retourne au casino pour visionner les vidéos des semaines passées. Si notre homme est de la région, c'est un bon endroit pour chercher.

— C'est vrai, admit Grissom. Aucun résultat avec les empreintes ? Rien sur « Peter Randall » ?

— Non et non, répondit Sara.

Warrick semblait perplexe.

— Gris, tu penses vraiment que nous allons retrouver ce type ? Je veux dire, un crime mafieux…

— Tu repenses à cette histoire au Sphere, n'est-ce pas ? demanda Grissom.

Peu de temps auparavant, Warrick avait tenté en vain d'éclaircir le meurtre d'un joueur endetté tué par balle dans un ascenseur de verre à l'hôtel *Sphere* – le *modus operandi*, bien que différent de celui qui les occupait à présent, semblait caractéristique de la mafia.

— Peut-être, dit Warrick. Où est la différence ?

— Entre autres choses, la pièce à conviction, commença Grissom.

Avant qu'il ait eu le temps de poursuivre, Brass entra dans le bureau, bientôt suivi de Nick et Catherine. Brass, un paquet de dossiers sous le bras, salua Grissom d'un hochement de tête.

— Les dents ont permis une identification définitive, annonça Nick en s'effondrant sur la chaise à côté de Warrick. Notre momie est bien Malachy Fortunato, un habitant de Las Vegas disparu il y a quinze ans. Il devait un gros paquet de fric aux patrons d'un casino contrôlé par la mafia. La momie est un crime mafieux.

Warrick, qui ignorait tout des similitudes entre les blessures des deux victimes, se redressa, alerte.

— La momie en a tout l'air, dit Grissom, mais je ne suis toujours pas sûr en ce qui concerne Philip Dingelmann. Pourtant, je crois que tous les deux ont été tués par le même homme.

A l'exception de Brass, tous les autres en restèrent bouche bée. Le capitaine fit un pas en avant, posa les dossiers sur le bureau de Grissom et prit la parole.

— Nous sommes à peu près certains que les deux crimes sont l'œuvre d'un tueur à gages que le FBI a bien sûr baptisé « le Deuce[1] ». Apparemment, il est soupçonné d'avoir assassiné au moins quarante personnes sur contrat sur l'ensemble du territoire américain pendant une période de près de vingt ans.

Debout dans l'encoignure de la porte, Catherine demanda :

— Comment le savez-vous ?

— A cause de sa signature, dit Brass. Deux trous de petit calibre placés verticalement à environ deux centimètres d'intervalle.

— Un « deuce », dit Warrick d'une voix sèche.

— Mais il nous faudra plus qu'une signature pour prouver que ces deux meurtres sont bien l'œuvre d'un seul et même homme, dit Grissom.

Une brève discussion s'ensuivit, au cours de laquelle ceux qui connaissaient les similitudes des deux crimes bataillèrent contre ceux qui n'avaient pas été mis au courant. Finalement, Grissom éleva la voix.

1. Terme anglais désignant le « deux » dans un jeu de cartes.

— Il se peut que la découverte de ces deux cadavres soit une véritable coïncidence.

— Tu veux dire le fait de les découvrir le même jour ? dit Catherine.

— Oui. Dingelmann a été tué avant que le corps de Fortunato soit retrouvé, mais, en fin de compte, ce sont deux événements simultanés, indépendants… un meurtre commis au moment où une ancienne victime du même assassin est retrouvée. Et rien n'indique ici que les deux meurtres soient reliés d'une manière ou d'une autre. Rien pour le moment, en tout cas.

— Mais la signature suggère qu'il s'agit bien du même tueur, commenta Catherine.

— Ça, c'est une coïncidence que je ne puis accepter, dit Grissom. Que deux tueurs différents, impliqués dans deux meurtres de mafia différents, aient le même *modus operandi*.

— Deux balles derrière la tête, Gris, c'est ainsi que la pègre manifeste sa… sa désapprobation depuis la nuit des temps, objecta Warrick.

— C'est plus spécifique que ça : deux balles l'une au-dessus de l'autre, au même endroit, à deux centimètres d'intervalle. Dès le départ, ça m'a paru être plus qu'une coïncidence, une signature – et nous savons maintenant que c'en est une.

— Comment le savons-nous ? demanda Nick.

Grissom s'accouda au bureau.

— Après avoir examiné notre momie, Nick… Catherine… j'en ai parlé à Jim et son équipe a fait des recherches dans les ordinateurs nationaux.

Brass tapota à deux reprises la pile de dossiers sur le bureau de Grissom.

— Ce type n'est associé à aucune des familles du crime organisé, dans aucune région des Etats-Unis. Apparemment, c'est un indépendant qui travaille à son compte pour plusieurs clients ; personne ne sait à quoi il ressemble et, pour autant que nous sachions, personne ne l'a jamais vu en action… ou vécu assez longtemps pour en parler.

— Nous savions déjà que nous avions affaire à un tueur à gages qui a rempli des contrats pour la mafia, dit Sara. Nous pensons maintenant que deux meurtres, à quinze ans d'intervalle, sont l'œuvre du même assassin. A part ça… à quoi ça nous avance ?

— C'est plus que nous n'avions au départ, dit Grissom. Nous avons un contexte, maintenant, une direction.

— C'est très bien, dit Catherine, mais quelle différence cela fait-il pour notre travail ?

— Aucune. Nous continuons à opérer comme s'il s'agissait de deux affaires distinctes… Seulement, à partir de maintenant, chacun tient les autres au courant de ce qu'il découvre. Catherine et Nick, vous travaillez toujours sur la momie. Comme dit Brass, nous avons besoin d'une preuve corroborante. Trouvez-la.

— Tu veux que nous prouvions qu'il s'agit bien du même tueur ? dit Nick.

— Non. Contentez-vous de suivre ce que vous dit la pièce à conviction – il est toujours possible que nous ayons deux meurtriers.

Catherine sourit.

— Et l'équipe junior ? demanda Sara.

Grissom se tourna vers Warrick.

— Visionne ces vidéos de l'hôtel jusqu'à ce que tes

yeux en saignent… Sara, réunis tout ce que tu pourras trouver sur ce tueur. Etudie les dossiers dans le moindre détail, recherche tous les liens possibles. Les autres enquêteurs ont pu oublier quelque chose.

— D'accord.

— Nicky, tu portes les balles de Dingelmann et de la momie aux experts pour les tests de balistique.

— Pas de problème, dit Nick. Mais, euh…

— Mais quoi ?

Nick haussa les épaules.

— Nous savons déjà que les rayures sur les balles correspondent au canon retrouvé à moitié enterré à côté de Fortunato.

— Le tueur s'est débarrassé du canon, mais peut-être pas du pistolet. Nous avons des balles de même calibre pour ces deux meurtres. Nous devons vérifier toutes les éventualités.

Warrick avait observé son chef et, lorsqu'il prit la parole, sa voix exprimait son embarras.

— Je ne comprends pas, Gris. Pourquoi penses-tu que Dingelmann n'a peut-être pas été descendu par la mafia ?

— Pour rester objectif.

— L'emmerdeur objectif, ici, c'est moi, intervint Brass en se montrant du pouce. Philip Dingelmann s'apprêtait à défendre Charlie Stark dit Le Thon dans le plus grand procès mafieux depuis Gotti – pourquoi le tuer ? C'est un avocat en or, qui a déjà tiré d'affaire Frischotti, Vinci et les deux de Cleveland, Tucker et Myers.

— Que faisait-il à Las Vegas ? se demanda Warrick à voix haute.

— C'était probablement sa dernière chance de décompresser un peu avant de s'engouffrer dans le long tunnel d'un procès, hasarda Brass.

Warrick approuva.

— Oui, c'est vrai… mais pourquoi le tuer ?

Personne n'avait de réponse.

— Laissons Jim s'occuper du motif, dit Grissom à son équipe. Concentrez-vous sur le seul témoin qui ne ment jamais : la pièce à conviction.

Tout le monde sourit : ils avaient déjà entendu ça…

— Nous avons déjà fait un gros travail au cours des dernières années pour libérer notre ville de la mafia, dit Brass. Nous devons coincer ce salaud pour rappeler aux gangsters que Las Vegas n'est plus leur territoire ; l'âge d'or de la pègre est définitivement révolu.

Il expliqua à Grissom que les dossiers posés sur le bureau étaient des copies destinées à son équipe, rappela aux autres de rester en contact et disparut.

— Personnellement, dit Grissom lorsque Brass fut parti, je pense que nous sommes moins redevables aux notables de la ville qu'à nos deux victimes. Le temps ne réduit pas l'injustice faite à M. Fortunato, et une liste de clients peu reluisants ne justifie pas ce qui a été fait à Philip Dingelmann.

Warrick et Sara échangèrent un regard.

— Allons, dit Grissom avec entrain, au travail.

Dans le couloir, Catherine posa une main sur l'épaule de Nick.

— Quand tu auras déposé ces balles pour les tests de balistique, peux-tu faire quelque chose pour moi ?

— Bien sûr, quoi donc ?

— Mme Fortunato a mentionné une danseuse avec

laquelle son mari avait une liaison à l'époque de sa disparition. Elle a dit que cette fille… une strip-teaseuse… avait disparu le même jour que son mari.

— On sait son nom ? demanda Nick.

— Joy Starr. C'est peut-être un nom de scène…

— Tu penses ?

— Nom de scène ou pas, Nick, nous devons la trouver si elle est encore dans le coin. Et, si possible, vivante.

— Tu veux dire qu'elle aurait pu être descendue aussi, un autre cadavre caché quelque part dans la brousse ?

— Il y a de grandes chances.

Nick soupira.

— On sait autre chose sur elle ?

— Pas grand-chose. Elle travaillait au *Swingers*, un local miteux sur Paradise Road. A l'époque où elle y dansait, ça devait être un peu mieux que maintenant.

— Et ?

— Et quoi ?

— Elle bossait dans un club de strip-tease avant de disparaître, il y a quinze ans ? C'est tout ?

— C'est tout. Tu pourrais peut-être prendre un des hommes de Brass et aller voir là-bas… Consulte d'abord les pages des journaux sur l'ordinateur. Vérifie les dossiers des personnes portées disparues ; elle semble avoir disparu de la circulation au même moment que Fortunato.

Il lui décocha un de ses sourires irrésistibles.

— Hé, hé, si tu veux que j'aille traîner dans une boîte de strip-teaseuses, je crois que je peux faire le sacrifice.

— Oui, mais commence par vérifier les dossiers. Et

puis, tu sais, ce club n'est vraiment plus qu'un trou sordide.

— Compris. Et toi ?

— Je retourne chez les Fortunato. Avant qu'on retrouve la momie, c'était la dernière adresse connue d'une personne disparue. Maintenant, c'est le lieu d'un crime.

— Oh, je vois, dit Nick d'un air entendu, le lieu d'un crime.

Catherine sortit la Tahoe du parking et prit la direction de la maison des Fortunato. Elle songea un instant à prévenir O'Riley, mais décida de ne pas le faire. Cette fois, il s'agissait uniquement de rechercher de nouveaux indices. Un interrogatoire ne serait pas nécessaire et ce n'était pas la peine de faire perdre son temps au sergent. Elle se contenta donc d'appeler sur son portable chez les Fortunato pour demander si ce n'était pas un problème pour eux de la voir débarquer à cette heure de la soirée.

En arrivant, Catherine informa Gerry Hoskins de ce qu'elle avait l'intention de faire et obtint son autorisation. Il lui expliqua qu'Annie était couchée et qu'il voulait qu'elle se repose. Après le choc qu'elle avait reçu plus tôt dans la journée, c'était compréhensible.

Pendant que Catherine se préparait, Hoskins alla garer leurs deux voitures dans la rue pour dégager l'allée. Naturellement, la cour avait déjà été inspectée quinze ans plus tôt, mais la CSI espérait maintenant trouver quelque chose qui aurait pu échapper aux premiers enquêteurs : à l'époque, malgré la tache de sang retrouvée sur le gravier, ceux-ci ne savaient pas qu'ils enquêtaient sur un meurtre. Elle prit le détecteur de métal dans le coffre de la Tahoe, enfila les écouteurs, mit l'appareil en marche et commença à balayer l'allée en partant de la rue. Evoluant lentement de gauche à droite, elle passa tout le secteur au peigne fin.

Le soleil avait depuis longtemps entamé sa descente vers l'horizon, mais son globe de feu ne semblait pas pressé de disparaître derrière les montagnes et la ville était toujours plongée dans une touffeur accablante. Si elle n'avait pas été sur une scène de crime, Catherine aurait souhaité voir éclater l'un de ces rares orages d'été, si rafraîchissants malgré le risque d'inondation qu'ils comportent toujours.

Elle était parvenue au bord de l'auvent du parking sans que le détecteur de métal eût réagi une seule fois. Les épaules meurtries, les yeux brûlants, elle suait par tous les pores de sa peau. Retirant le casque, elle fourragea d'une main dans ses cheveux aplatis et tira un mouchoir en papier de sa poche pour s'éponger le front.

— C'est du plomb, n'est-ce pas ?

Surprise, Catherine se retourna et vit Annie Fortunato debout derrière elle, un nuage de fumée autour des lèvres. La maîtresse de maison apportait deux grands verres de limonade couverts de gouttelettes. Elle en tendit un à Catherine.

— Oh, merci, madame.

— Je vous en prie, appelez-moi Annie.

— D'accord, merci, Annie.

Catherine but une longue rasade de liquide glacé.

— Vous me sauvez la vie !

La femme haussa les épaules.

— Ce n'est que de la limonade… Mais par cette chaleur, ça fait du bien.

Catherine sourit et fit rouler le verre sur son front.

Mme Fortunato retira sa cigarette de ses lèvres juste assez longtemps pour la pointer sur le détecteur de métal.

— Qu'est-ce que vous cherchez avec cet engin ?

Catherine ne voyait aucune raison de lui cacher la vérité.

— Pour être franche, dit-elle, j'espérais trouver les douilles des balles qui ont tué votre mari.

La femme tressaillit.

— Vous pensez qu'il a été tué… ici ?

— On a trouvé du sang.

— Oui, mais… Je n'ai entendu aucun coup de feu, et j'ai toujours eu le sommeil léger.

— Le tueur a pu utiliser un silencieux… Cela ne vous dérange pas que je parle aussi crûment ?

— Non. J'ai déjà pleuré tout à l'heure. Continuez.

— En tout cas, le canon que nous avons retrouvé auprès du corps de votre mari provenait d'une arme automatique, ce qui signifie douilles, et celles-ci ont bien dû tomber quelque part.

Mme Fortunato parut comprendre la logique de ce raisonnement.

— Et alors, vous avez trouvé quelque chose ?

Catherine soupira.

— Non. Cela aurait été un coup de chance.

Elle but une autre longue gorgée de limonade.

— Je vais repasser une deuxième fois avant de ranger le matériel.

Mme Fortunato l'observait.

— Vous savez, il faut que je vous remercie pour ce que vous avez fait.

Catherine ne savait comment réagir.

— Je vous en prie, madame Fortunato… mais je n'ai pas encore vraiment fait quoi que ce soit.

La femme porta son verre à ses lèvres, tira sur son éternelle cigarette et une larme coula sur sa joue.

— Si, vous avez fait quelque chose. Je sais que Malachy n'était pas parfait, mais il était…

Les larmes se précipitèrent. Elle jeta sa cigarette par terre et Catherine vint poser un bras sur ses épaules.

— Et merde, j'ai déjà pleuré tout à l'heure !

— Ça va aller, dit Catherine. Ça fait du bien.

— Ne vous méprenez pas : j'aime Gerry !

— Je sais, ça se voit.

Une nostalgie, une jeunesse passa sur les belles rides du visage d'Annie Fortunato.

— Mais Mal, c'était l'amour de ma vie. On n'en a jamais qu'un – et parfois c'est un enfant de salaud… vous voyez ce que je veux dire ?

Catherine sourit faiblement.

— J'ai bien peur que oui.

— Quand vous m'avez rapporté cet anneau aujourd'hui, eh bien, j'ai enfin su ce qui lui était arrivé. Fini, l'incertitude, les spéculations au milieu de la nuit… c'est pour ça que je vous dis merci.

— Dans ce cas, Annie, il n'y a vraiment pas de quoi.

Catherine reconduisit Mme Fortunato jusqu'au seuil de la maison et elles s'assirent sur le ciment. En silence, elles terminèrent leur limonade en contemplant le soleil disparaître à l'horizon. Le ciel orange était zébré de grandes ombres violettes et rouges.

Finalement, Mme Fortunato dit :

— Je retourne à l'intérieur. J'ai besoin d'une cigarette. Voulez-vous venir avec moi ?

— Non, merci, dit Catherine en se relevant. Je ferais mieux de me remettre au travail si je veux avoir fini avant que la nuit tombe.

— Je vais allumer les lumières extérieures.

Ramassant les verres vides, elle ajouta :

— Si vous voulez encore de la limonade, servez-vous.

— Je le ferai, répondit Catherine avant de réinstaller le casque du détecteur sur sa tête.

Haute technologie, se dit-elle sans trop y croire. Commençant cette fois près de la maison, elle promena le disque du détecteur au-dessus de l'allée, à quelques centimètres de l'asphalte. Cet appareil lui causait toujours des douleurs dorsales parce qu'il l'obligeait à se tenir légèrement courbée. Elle n'avait pas inspecté la moitié de l'auvent qu'elle obtint une infime réponse, du côté le plus proche de la maison.

Elle crut tout d'abord que ses oreilles lui jouaient un tour. Elle repassa une fois, deux fois au même endroit ; chaque fois, le petit signal résonnait dans sa tête.

Ça pouvait être une douille, ça pouvait être un vieux clou, ça pouvait être n'importe quoi. Mais une chose était sûre : il y avait quelque chose de métallique là-dessous. Elle tira son portable et pressa la touche qui composait automatiquement le numéro de son chef.

— Grissom.

— Je crois que j'ai quelque chose ici, dit Catherine.

— Quoi ?

Elle expliqua la situation et demanda ce qu'elle devait faire.

— Donne-moi une demi-heure. Quelles relations as-tu avec les propriétaires de la maison ?

— Ils m'adorent.

— Bien. Demande-leur la permission de creuser un trou.

— ... dans l'asphalte de leur allée ?

— Pas dans leur parterre de fleurs.

— D'accord, Gil, je t'attends.

Elle pressa FIN, rangea le portable et alla frapper à la porte. Gerry Hoskins, toujours en jean et en T-shirt, lui ouvrit.

— Je crois avoir trouvé quelque chose, dit Catherine.

Mme Fortunato avait sans doute renseigné son ami, car il n'hésita pas une seconde.

— Je vais chercher Annie.

Lorsque Grissom arriva, ils l'attendaient tous les trois dans la cour. Catherine alla parler à Grissom avant qu'il descende de voiture.

— Vas-tu faire ce que je pense ?

— Non : *nous* allons le faire. Et ça va être long, et probablement salissant.

Ils enfilèrent des bleus de travail, portèrent l'équipement à l'emplacement que Catherine avait marqué sur l'asphalte. Elle lui tendit le casque pour qu'il entende le petit signal.

— Bon, dit-il. Au travail.

Il alluma une petite torche au propane.

— Ça va marcher ? demanda Catherine.

— C'est le seul moyen que j'ai trouvé. Avec ça,

nous avons au moins une chance de préserver la pièce à conviction. Si c'est bien une pièce à conviction.

La flamme orange et bleue brûlait dans l'obscurité.

— J'espère... dit-elle inquiète. C'est se donner beaucoup de mal pour rien, si je n'ai repéré que de la petite monnaie destinée au goûter des enfants.

— Dans ce cas-là, nous rendrons le trésor à ces braves citoyens, avec nos remerciements.

A quatre pattes, éclairé seulement par la lumière du porche, Grissom orienta la flamme sur l'endroit marqué par Catherine. Au fur et à mesure que l'asphalte fondait, Catherine creusait et dégageait le trou avec une truelle de jardin. Plus ils approchaient du fond et plus il leur fallait aller lentement. Grissom éloignait progressivement la flamme pour chauffer plus délicatement des portions de plus en plus petites. Catherine utilisait maintenant une cuiller à café pour écarter l'asphalte fondu et une lampe de poche pour éclairer l'intérieur du trou.

Finalement, après deux heures de pénible labeur, l'ancien gravier de l'allée apparut au fond de leur tranchée et Catherine distingua quelque chose qui semblait étranger.

— Arrête, dit-elle.

Grissom détourna la flamme.

— Tu as vu quelque chose ?

— Je crois, dit-elle en se penchant plus avant.

Reposant la cuiller, elle enfila des gants de latex et glissa les doigts dans le trou. Les gants ne la protégeaient pas de l'asphalte brûlant et elle devait faire attention, mais elle finit par retirer quelque chose. Grissom éteignit la torche et saisit la lampe de poche pour que Catherine puisse utiliser ses deux mains.

Faisant sauter sa trouvaille d'une paume dans l'autre, elle souffla dessus pour la refroidir. C'était un morceau de métal de la longueur d'une dernière phalange de petit doigt, mais trois fois moins épais, et couvert de colle noire.

— Quand on retournera au labo pour nettoyer cette crasse, dit Catherine en l'observant à la lumière, j'ai bien l'impression que nous aurons une douille de .25.

Grissom ne dit rien mais, dans le noir, ses yeux brillaient autant que la torche, avant qu'il l'éteigne.

9

Plongée depuis deux heures dans les dossiers apportés par Brass, Sara avait déjà découvert plusieurs faits significatifs que le capitaine avait omis de mentionner.

La carrière du tueur couvrait près de vingt ans, mais seules quelques empreintes de pouce relevées sur les douilles reliaient un même suspect aux différents assassinats. Sa signature – deux balles tirées l'une au-dessus de l'autre dans la nuque à environ deux centimètres d'intervalle – était apparue dans quarante-deux meurtres (sans compter ceux de cette semaine), et dans vingt et un Etats. Mais le plus intéressant était que la signature semblait avoir disparu depuis un peu moins de cinq ans. Le nouveau meurtre – celui de l'avocat au *Beachcomber* – était la seule exception connue.

Nick entra.

— Tu trouves quelque chose ?

— Comme il fallait s'y attendre, Brass a oublié quelques détails.

Un classeur à la main, Nick s'assit à côté d'elle et elle lui fit un topo.

— Je ne suis pas sûre que rien de tout ça soit vraiment intéressant, conclut-elle. Et toi, de ton côté ?

— Les analyses de balistique vont prendre du temps.

Sara s'accouda au bureau, le menton posé dans une main.

— Il y a un autre petit détail que Brass a oublié.

— Oui ?

— Aucun des enquêteurs ne semble y avoir attaché une quelconque importance, mais…

— Accouche.

— Les corps des victimes ont été retrouvés… bien que personne ne sache combien de cadavres sont encore enterrés comme notre momie… Mais leurs voitures, jamais.

— Je ne suis pas sûr de très bien te comprendre.

— Okay, je te donne la version complète. Prends Malachy Fortunato : la police a-t-elle jamais retrouvé sa voiture ? Il a disparu en même temps que sa voiture, si tu te souviens bien.

— Il faudrait que je vérifie les dossiers pour en être certain, mais… je crois que tu as raison.

— Evidemment que j'ai raison.

Elle se pencha vers lui.

— Fais-moi confiance : personne n'a vu cette voiture depuis qu'elle a quitté l'allée devant la maison, ce matin-là… sans doute avec Fortunato dans le coffre.

— Et un passager plutôt docile, je parie, ajouta Nick. Mais Dingelmann ?

— Ça, j'en conviens, ça ne rentre pas dans le moule. Mais Dingelmann n'avait pas de voiture. Il a pris la navette à l'aéroport.

— Pas de location ?

— Non. Le portier l'a vu à deux ou trois reprises monter dans un taxi.

Nick parut intrigué.

— Tous les véhicules des victimes ont disparu ?

— Quand elles avaient des voitures, oui. D'autre part, les victimes disparaissaient en général de chez elles, du bureau ou d'un autre endroit familier, et les cadavres étaient retrouvés ailleurs.

Nick hochait la tête.

— Evacués, ici ou là.

— Cela semble une présomption raisonnable… mais tu sais ce que Grissom pense des présomptions.

Nick montra la pile de dossiers.

— Autre chose là-dedans que nous pouvons utiliser ?

— Eh bien, dit-elle en haussant les épaules, il y a une chose que je n'arrive pas vraiment à comprendre.

— Quoi donc ?

Sara reprit son exposé analytique.

— Pour une mystérieuse raison, ce prolifique tueur à gages a disparu il y a cinq ans. Pourquoi reparaît-il maintenant ? Surtout si Grissom a raison et que Dingelmann n'a pas été descendu par la mafia… Dans ce cas, que faisait ce type à Las Vegas, reprenant soudain du boulot après cinq ans d'interruption ?

— Peut-être qu'il a été engagé par quelqu'un d'autre.

— Par exemple ?

— Son ex-femme, un associé mécontent, qui sait ? Ce n'est pas parce qu'aucun cadavre portant sa signature n'a été retrouvé que notre tueur à gages n'a pas été actif.

— Ouais, c'est possible, et nous savons que, au moins en une occasion, il a dissimulé le cadavre de sa victime. Alors, qu'en penses-tu ?

Nick écarta les mains pour montrer qu'il n'avait pas la moindre idée.

— Tu penses que c'est ce que Grissom veut entendre ? fit-elle en imitant son geste.

Nick se leva avec un petit sourire pincé.

— Bon, j'ai compris : on continue à chercher.

Sara lui lança un sourire moqueur.

— Hé ! calme-toi. Qu'as-tu trouvé pour le moment ? Je t'ai montré mes résultats, tu me montres les tiens.

Légèrement embarrassé, Nick rit et s'appuya contre le chambranle de la porte.

— J'ai parcouru le website du *Las Vegas Sun*, j'ai lu tous les articles consacrés à la disparition de Fortunato et à cette danseuse avec qui il avait une liaison... J'ai aussi consulté le dossier sur la disparition de cette fille. Elle aussi, officiellement, a disparu.

Sara fronça les sourcils, intéressée.

— Une danseuse ?

— Le genre exotique. Une strip-teaseuse. Mais une candide enfant comme toi n'est pas censée connaître ce genre de choses.

— Catherine, par contre...

Nick sourit.

— Oui, c'est elle qui m'a parlé de Joy Starr, une strip-teaseuse qui avait une liaison avec l'employé de casino Fortunato... Une strip-teaseuse qui a disparu *le même jour* que l'employé de casino Fortunato.

Sara fit claquer sa langue.

— Mmmh, ça commence à devenir bon.

— Il semblerait que Joy Starr ait été le nom de scène d'une certaine Monica Petty. Je vais communiquer ce nom à Brass et voir ce qu'il peut en faire.

— Tu pourrais aussi bien aller faire un tour avec lui jusqu'à cette boîte de strip.

— Je pourrais… cette fille était une minette, à l'époque.

— Joy quoi ?

— Starr.

Nick tira une photo de son classeur et la tendit à Sara.

— Et maintenant, mesdames et messieurs, la danse exotique de Joy Starr !

— Mets un ZZ Top[1] sur la platine, plaisanta Sara en jetant un œil sur la photo d'unc jolie jeune femme aux yeux sombres âgée d'une vingtaine d'années, avec des cheveux noirs coiffés à la mode des années 1980. Elle a une sacrée choucroute sur la tête.

— Une quoi ?

Elle eut un petit rire.

— C'est comme ça que nous appelions ce genre de coiffure, mes copines et moi : une « choucroute ».

— Tu as eu des cheveux coiffés comme ça ? Au lycée peut-être ?

— J'étais une vraie tombcusc à l'époque, et je le suis encore maintenant. Fuis avant de me succomber, Nicky.

— Ouille, fit-il en prenant un air terrifié, puis il rangea la photo dans le dossier et retourna au boulot.

Au laboratoire, Catherine passa une heure à nettoyer, à l'acétone, l'asphalte qui couvrait la douille, prenant soin de ne pas l'endommager. Aucune chance

1. Groupe de rock très célèbre aux Etats-Unis autant par leur musique que par le look très particulier des trois musiciens qui le composent, cheveux longs et barbe interminable…

de préserver des empreintes digitales, bien sûr, mais la douille fournirait peut-être d'autres informations.

Elle trouva l'expert en armes à feu en train d'examiner les balles que Nick lui avait apportées un peu plus tôt. Bill Harper, un sympathique sergent, scout vétéran aux longues boucles grises hirsutes, n'avait apparemment pas raté un seul repas depuis au moins le mandat présidentiel de Nixon, mais Catherine savait qu'il n'y avait pas de meilleur spécialiste dans tout le Nevada.

— Quelque chose ? demanda-t-elle.

— Pas grand-chose, répondit-il.

— Rien ?

— Si, mais…

Il lui fit signe de regarder dans le microscope. Catherine se pencha et vit deux balles différentes qui, de toute évidence, n'avaient pas été tirées par la même arme.

— Les rayures sont totalement différentes, dit Harper. Sur ces quatre balles, il y a bien deux paires, mais les deux paires ne correspondent pas entre elles. La paire de la momie correspond au canon retrouvé avec le corps. Les deux autres sont différentes. Leur seul point commun est d'être du même calibre.

Catherine recula d'un pas et montra trois pochettes plastique.

— Tu veux examiner les douilles ?

Les sourcils de Harper se soulevèrent en signe d'intérêt.

— Qu'est-ce que tu as trouvé ?

— La première vient de notre momie, les numéros deux et trois proviennent du crime au *Beachcomber*.

— Je comprends. Ça va prendre un moment.

— J'attendrai, dit Catherine en se juchant sur un coin du bureau de Harper.

Tout en le regardant travailler, elle se mit à compter les heures qu'elle venait d'aligner sans dormir. A peu près vingt-quatre…

Greg Sanders trouva Nick assis devant l'ordinateur et lui remit l'identification de l'ADN de Malachy Fortunato.

— Merci, Greg. On avait déjà les dents, de toute façon.

— Toujours d'accord pour *Gran Turismo* ?

— Comment oserai-je trahir un homme qui exerce un tel contrôle sur ma destinée ?

— Sage décision. Pas grand-chose sur les semelles du gars. Il semble avoir marché sur des gravillons, une allée peut-être. Ça te dit quelque chose ?

— Oui, dit Nick. Et le filtre de cigarette ?

Sanders fit la moue.

— Ce bout de mégot est vieux de quinze ans ; il ne reste pratiquement plus rien.

— C'est la vie.

Mais Sanders souriait et l'éclat de ses yeux exprimait sa fierté.

— J'ai quand même réussi à en tirer un peu d'ADN.

— Tu rigoles ? s'écria Nick en se redressant sur sa chaise.

— Inutilisable, malheureusement.

Ce type était une vraie blague ambulante : une bonne nouvelle, une mauvaise, et ainsi de suite.

— Merci, mon grand. Je t'apporte le jeu demain.

— Youpie !

Nick Stokes passa deux heures à chercher Brass, sans succès. Comme le capitaine ne répondait pas non plus au téléphone, Nick décida d'aller tout seul au *Swingers* – le changement de rythme l'aiderait peut-être au moins à rester éveillé. Il songea soudain que Warrick serait peut-être content de venir avec lui.

Le laboratoire était éteint, les rideaux tirés. La tête sur le comptoir, Warrick ronflait. Vu le nombre d'heures qu'ils avaient tous passé à travailler, cela semblait la meilleure chose à faire et, plutôt que de réveiller son collègue, Nick se retira sans bruit et referma la porte derrière lui.

La porte du bureau de Grissom, d'habitude ouverte, était fermée, les lumières éteintes. Le chef s'était plutôt isolé depuis son retour avec Catherine et Nick se demanda s'il devait le déranger. D'un autre côté, s'il ne l'informait pas, Grissom pourrait s'en agacer – et Nick détestait ça.

Il frappa à la porte.

— Oui ? répondit une voix fatiguée.

Nick entrouvrit la porte et passa la tête dans le bureau obscur.

— Patron… euh… je ne veux pas vous déranger.

— Allume la lumière, s'il te plaît.

Nick fit ce qu'on lui demandait.

Grissom venait de faire la sieste sur le sofa ; il s'assit, ses cheveux grisonnants décoiffés, ses habits noirs froissés.

— Vous avez une sale gueule, patron.

— Merci, toi aussi, dit Grissom en s'étirant avant de sauter sur ses pieds. Quoi de neuf ?

— Catherine vous a parlé de la danseuse qui a disparu la même nuit que Fortunato ?

— Oui.

— Eh bien, elle travaillait dans une boîte appelée *Swingers*.

— Sur Paradise Road, dit Grissom en se frottant les yeux.

Il ne put réprimer un léger bâillement.

— Désolé.

— Vous aussi, patron, vous avez le droit d'être humain…

— Non, pas moi. Et que je ne t'y prenne pas non plus !

Nick ne savait jamais si Grissom plaisantait et cela le rendait nerveux.

— Cet établissement est toujours ouvert ?

— Il paraît. Je pensais aller voir là-bas si quelqu'un se souvient d'elle.

— C'est le boulot de Brass.

Nick haussa les épaules.

— Je ne le trouve nulle part.

— O'Riley ?

— C'est son jour de repos.

— Conroy ?

— Même chose.

Grissom réfléchit un moment.

— Emmène Warrick avec toi.

— Il ronfle dans le labo. Je crois qu'il n'avait pas dormi depuis vingt-quatre heures.

— Bon, dit Grissom simplement, alors allons-y.

Nick réagit comme s'il avait reçu un verre d'eau froide en plein visage.

— Quoi ? Vous et moi ?

Relevant la tête, Grissom regarda Nick.

— Il y a quelque chose qui ne va pas ?

— Non, non, tout va très bien, s'empressa de dire Nick. Vous voulez conduire ?

— Non, tu conduis... mais ce n'est pas une démarche officielle, tu as bien compris ? Nous faisons juste un petit tour.

— Compris.

— Donne-moi une seconde pour me brosser les dents.

— Bien sûr, patron.

— Et, euh... brosse-toi les dents aussi. Il y aura des dames.

Secouant la tête, Nick alla se rafraîchir. Chaque conversation avec Grissom était une nouvelle expérience.

Sur Paradise Road, à quelque trois kilomètres au sud-est de l'aéroport McCarren, le *Swingers* était installé dans une bicoque en bardeaux qui ressemblait plus à une vieille grange qu'à une boîte de nuit. Quinze ans plus tôt, avant que le raz de marée de la ville ne vienne l'engloutir, cet endroit avait été un bordel particulièrement prospère. Aujourd'hui, la peinture écaillée et les gouttières percées donnaient à la maison l'air d'une tapineuse qui serait restée un peu trop longtemps sur le trottoir.

Las Vegas n'avait pas d'heure de fermeture légale, mais ce club fermait à trois heures du matin, même si le néon rouge clignotant de l'enseigne dessinait vingt-quatre heures sur vingt-quatre la silhouette d'une danseuse. La Tahoe s'engouffra sur le parking cinq minutes avant l'heure de fermeture. Il y avait en tout et pour tout une demi-douzaine de voitures, et seulement une Honda pourrie garée près de la Tahoe à côté de la porte d'entrée.

— Une nuit creuse, annonça Nick.

— Tu parles en connaissance de cause ? demanda Grissom.

— Je veux dire que ça en a tout l'air. Je ne sais pas vraiment, non.

Le sourire de Grissom se teinta de scepticisme.

Un videur au crâne rasé, le menton orné d'un bouc, les accueillit à la porte ; il portait un T-shirt moulant noir déchiré et un jean noir.

— On ferme, grogna-t-il.

Environ un mètre quatre-vingt-dix, il n'avait pas de cou, des yeux noirs inexpressifs et une gueule de rottweiler.

Nick ouvrit la bouche pour parler.

— On ferme, répéta le videur. Revenez un autre soir, on s'occupera de vous bien gentiment.

Nick fit une nouvelle tentative.

— Nous sommes du Bureau…

Les yeux du videur lui sortirent de la tête, sa lèvre supérieure se retroussa.

— T'es sourd, ducon ?

Grissom s'interposa entre les deux hommes et montra son badge au videur.

— Bureau de Criminalistique de Las Vegas.

Le videur ne bougea pas.

— Et alors ?

— Nous désirons simplement parler au propriétaire.

— A quel sujet ?

Souriant amicalement, Grissom lui dit :

— C'est que… Il s'agit d'une affaire privée entre lui et nous.

Les sourcils du videur se levèrent ; il n'avait pas l'air impressionné.

— Pour ça, il vous faut un mandat, les filles.

La patience de Nick avait des limites.

— Il ne s'agit que d'une simple conversation, nous n'avons pas besoin de mandat !

Le videur le regarda et fit un pas en avant, menaçant.

— Excusez l'enthousiasme juvénile de mon collègue, fit Grissom en s'interposant une nouvelle fois.

Il s'approcha et baissa la voix, ce qui surprit le videur et attira son attention.

Avec un sourire angélique, Grissom lui susurra à l'oreille :

— Vous exigez un mandat ? Très bien, je téléphone et nous ferons exactement ce que vous voulez. Je peux avoir un mandat ici dans dix minutes… Naturellement, dans l'intervalle, personne ne quitte les lieux, et une fois le mandat arrivé, on entre et on déniche le moindre gramme de drogue illégale. On vérifie évidemment toutes les filles qui travaillent ici, pour être sûrs qu'elles ont l'âge légal. Après quoi, on appelle la direction des services d'hygiène et de sécurité.

Saisissant son portable, il ajouta :

— Bon, alors, on marche comme ça ?

Soudain souriant, le videur battit l'air des mains.

— Le propriétaire ? Je crois qu'il est dans son bureau. Juste une minute. Vous pouvez attendre au bar.

Commandez ce que vous voulez, c'est la maison qui paye, dit-il en indiquant l'intérieur.

Ils pénétrèrent dans une pièce où hurlait du rock'n roll du Sud ; les néons des marques de bière brillaient à travers la fumée et les murs de bois brut n'avaient visiblement jamais été traités, pas plus qu'ils n'avaient reçu le moindre coup de peinture. Le videur disparut à au fond de la salle.

— Joli travail... dit Nick.

Comme il fallait s'y attendre, le bar, qui sentait la bière rance, le tabac, l'urine et la testostérone, n'était pas le club le plus élégant de la ville, mais, en plus, il était mal entretenu. Ici et là, des meubles de jardin en plastique vert et blanc étaient tournés vers la scène qui longeait le mur du fond, avec un alignement de chaises pour les clients du premier rang. De minables projecteurs colorés et deux poteaux de pompiers à chaque bout du podium constituaient la seule décoration. Une blonde squelettique glissait lascivement autour d'un des poteaux devant une demi-douzaine de clients. Sur l'estrade de bois, quelques dollars froissés étaient éparpillés comme autant de détritus verts. A gauche de la scène, une porte marquée RÉSERVÉ AUX DANSEUSES, par où le videur avait disparu, menait de toute évidence aux loges et au bureau du propriétaire.

Nick et Grissom se tenaient au bout d'un bar de chêne en « U ». Derrière le comptoir, une autre blonde fatiguée d'une quarantaine d'années, vêtue d'un bikini étriqué, faisait de l'œil à Nick tout en lavant dans un évier des verres qu'elle rinçait ensuite dans un autre.

— On vient de passer la dernière commande, mais si vous voulez quelque chose, pourquoi pas ? je suis connue pour faire des extras, cria-t-elle par-dessus la musique d'une voix lourde de sous-entendus.

Elle était peut-être trop vieille pour danser nue, mais encore assez attirante pour draguer les clients.

— Nous sommes très bien comme ça, répondit Grissom.

Faisant la moue, la blonde se remit à laver les verres. Elle les pompait énergiquement sur les brosses de l'évier sans quitter Nick de l'œil. Celui-ci remarqua son manège et se détourna avant de glousser. Quant à Grissom, soit il n'avait rien vu, soit il faisait semblant.

Le videur ressortit par la porte RÉSERVÉ AUX DANSEUSES et la maintint ouverte pour laisser passer un mince jeune homme qui avait l'air d'un étudiant dans son jean trop large et son T-shirt arborant le sigle de l'université de Las Vegas ; Nick songea qu'il ne payerait pas un centime pour voir danser l'un de ces deux spécimens. Le jeune homme avait des cheveux blonds bouclés, un bouc négligé et un piercing au sourcil gauche.

— Vous voulez me parler ? demanda-t-il d'une voix encore proche de la puberté.

Nick ne put se retenir.

— C'est vous le patron ?

— Je suis le gérant.

Le gamin regarda Grissom et Nick.

— Ça vous pose un problème, les gars ?

Les deux criminalistes firent signe que non.

— Si on sortait ? Je ne voudrais pas faire fuire les rares clients qui sont encore là ; ils n'étaient déjà pas si nombreux, ce soir…

Ils le suivirent sur le parking où le vent du désert battait les mauvaises herbes dans le fossé. Leur conversation, au cours de laquelle un ou deux clients sortirent pour rejoindre leur véhicule, était baignée par la lueur rouge du néon.

Le front barré d'un pli soucieux, Grissom demanda :

— Quel âge avez-vous ?

Le néon clignota et claqua comme si une bestiole venait de s'y brûler.

— Vingt-trois ans, dit le gosse. Je prépare une maîtrise à l'université de Las Vegas. Cet emploi me permet de financer mes études. Mon oncle est le propriétaire. Et comme ma matière principale, c'est le commerce, cela nous arrange tous les deux.

— Comment vous appelez-vous ?

— John Pressley

— Comme Elvis ?

— Comme Elvis, mais avec deux « S ».

Nick inscrivait tout dans son calepin.

— Depuis combien de temps votre oncle est-il propriétaire de cet établissement ?

— Pas très longtemps ; deux ans. C'est un investissement immobilier.

— Je vois. Pouvez-vous nous renseigner sur l'ancien propriétaire ?

Pressley lui lança un regard méfiant.

— Pourquoi ?

— Nous recherchons une femme qui dansait ici il y a une quinzaine d'années. Longtemps avant vous.

Pressley tira un paquet de cigarettes ratatiné de la poche de son pantalon et en alluma une ; il regarda Nick, puis Grissom, comme pour les évaluer.

— Marge, dit-il finalement. Cette grande vieille

carcasse de Marge. Elle a tenu ce bouge pendant une éternité.

L'information semblait fiable et Nick demanda :

— Vous souvenez-vous de son nom de famille ?

— Bien sûr. Kostichek. Marge Kostichek.

Il épela pour Nick qui nota le nom.

— Adresse ?

Le gamin tira sur sa cigarette.

— Aucune idée ! Il va falloir vous décarcasser, les gars.

Grissom retrouva son sourire angélique.

— C'est-à-dire, monsieur Pressley ?

— Oh, Marge est toujours dans le secteur. Vous la trouverez sans doute dans l'annuaire. Il vous suffira de tourner les pages.

— Merci, dit Nick.

Le gamin arqua son sourcil percé.

— Vous allez continuer à nous faire des embrouilles ?

Grissom fit un pas en avant.

— De deux choses l'une : ou bien Marge Kostichek est le pot aux roses ou bien vous nous avez raconté des bobards…

Les yeux rivés sur Grissom, Pressley fut secoué d'un rire gras.

— Elle est tellement réelle que je n'arrive pas croire que vous ne la connaissiez pas. C'est une légende dans le business, mec.

— Si on lui met le grappin dessus, dit Grissom, pas d'embrouilles.

— Ouais… pour combien de temps ?

— Jusqu'à la prochaine fois, dit Grissom d'une voix enjouée et il se dirigea vers la Tahoe.

Une fois seuls, Grissom dit à Nick :

— Retournons au bureau pour trouver l'adresse de Marge Kostichek et tu pourras appeler Conroy ou Brass pour faire équipe avec toi.

— D'accord. Dis donc, Grissom ?

— Oui ?

— Qu'est-ce que c'est que cette histoire de pot aux roses ?

Grissom se contenta de sourire et Nick rigola. Ils longeaient l'aéroport lorsque Grissom reprit la parole.

— Je suppose que tu as remarqué que j'hésite à te laisser enquêter tout seul.

Nick ne répondit pas.

— Ça ne te plaît pas trop, hein ?

Nick se tourna et croisa le regard de Grissom, mais il ne dit toujours rien.

— J'imagine que tu sais pourquoi ?

Nick haussa les épaules.

— Vous pensez que je ne suis pas encore prêt.

Un feu passa au rouge et Nick freina pour s'arrêter.

— Je *sais* que tu n'es pas prêt.

— Vous vous trompez, Grissom. Je suis prêt. Prêt à cent pour cent.

Le feu passa au vert et Nick dut se contenir pour ne pas presser sur le champignon. Il démarra en douceur.

— Ce videur… reprit Grissom.

Embarrassé, Nick convint :

— Oui, oui, je sais.

— Si je n'étais pas intervenu, tu te faisais embarquer dans une histoire de bagarre. Résultat ? Une suspension pour toi, et un œil au beurre noir pour notre unité.

— Je voulais seulement…

Nick ne termina pas sa phrase. Il savait que Grissom avait raison et, en un sens, cela le mettait en rogne. Il baissa les yeux sur le volant, vit ses phalanges blanchies par la crispation.

— Tu avais oublié pourquoi nous étions là, poursuivit Grissom, et tu t'es laissé emporter dans une espèce… de délire débile de machos. C'est l'enquête qui compte, Nick, et rien d'autre.

— Vous avez raison. Je sais.

— Ça sert à rien de te culpabiliser, Nick, fais attention.

— Oui, je vais le faire. Merci, Grissom.

— En tout cas, c'est un belle illustration des raisons pour lesquelles je préfère qu'on laisse Brass et ses hommes se charger des interrogatoires. Nous sommes meilleurs dans l'examen des pièces à conviction.

— Hé, dit Nick en entrant sur le parking du Bureau de Criminalistique, on ne s'en est quand même pas trop mal tiré, pour une fin de journée, non ?

— Pas trop mal, admit Grissom.

— Quoique… je me demande si on avait vraiment besoin de se brosser les dents.

Dans le laboratoire d'analyse balistique, Bill Harper posa une main sur l'épaule de Catherine qui sursauta.

— Oh pardon ! dit-il en sursautant à son tour.

— Non, non, je suis désolée. J'ai dû…

— Dormir pendant quelques heures ? suggéra-t-il.

— Non, ce n'est pas possible…

Il désigna la pendule sur le mur.

— Oh, mon Dieu ! dit-elle en rougissant. Je suis vraiment désolée, Bill.

— Pas de problème, tu semblais en avoir besoin. Tu avais vraiment l'air crevée.

— Et maintenant ?

— Catherine, peu de femmes ont l'air aussi ravissantes, quand elles sont au bout du rouleau… Va vite te rafraîchir, ça te fera du bien.

Dix minutes plus tard, Catherine revenait du vestiaire où elle s'était aspergé le visage d'eau et recoiffée. Elle détestait admettre ses défaillances, mais ce petit somme l'avait vraiment remise d'aplomb.

— Alors, Bill, qu'est-ce que tu as trouvé ?

— Jette un œil sur ce terminal.

Elle regarda l'écran de l'ordinateur et vit les culots de deux douilles placées l'une à côté de l'autre.

— Qu'est-ce que tu vois, Catherine ?

— Calibre .25, une Remington, une Winchester.

Il pointa le doigt sur les amorces.

— Elles ont toutes les deux été percutées, ajouta-t-elle.

— Elles ont toutes les deux été percutées de manière identique.

Harper cliqua sur la souris et les deux amorces remplirent l'écran. Il indiqua trois marques distinctes qui se trouvaient au même endroit sur chacune des deux amorces.

Catherine sentit son cœur battre plus vite.

— Le même percuteur ?

Il acquiesça.

— Putain de coïncidence, non ? A quinze ans d'intervalle, deux crimes différents… et le même percuteur !

Harper cliqua une nouvelle fois sur la souris et

l'image zooma pour montrer l'autre extrémité des douilles.

— Et regarde par ici, dit-il en indiquant quatre traces à peine visibles au bout de la cartouche, c'est là qu'elles ont heurté la culasse.

Catherine se sentit presque prise de vertige.

— Tu ne vas pas me dire qu'elles sont identiques aussi ?

— Si, madame. Et ce n'est pas tout… les éraflures laissées par l'extracteur, quand la douille a été éjectée ?

Elle hocha la tête pour montrer qu'elle comprenait.

Harper sourit triomphalement.

— Elles correspondent aussi.

Catherine était à la fois éberluée et ravie de ces résultats.

— Il utilise la même arme… et il pense tromper les balistiques en changeant de canon. Grissom avait raison ! Malachy Fortunato et Philip Dingelmann ont été tués par la même arme, vraisemblablement par le même tueur, à quinze ans d'intervalle.

— C'est ce que dit la preuve, commenta Harper.

— Et c'est ce que Grissom veut entendre, dit Catherine en sortant. Merci, Harper. J'avais autant besoin de ça que de ma sieste. Et même plus !

Assis à son bureau, Grissom mâchonnait un sandwich au dindonneau arrosé d'un verre de thé glacé. Il leva les yeux sur la porte où venait d'apparaître un homme vêtu d'un costume bleu ciel très élégant. Grand, musclé, il avait des cheveux blonds plaqués en arrière… et le sourire chaleureux d'un cobra.

— Agent spécial Rick Culpepper, dit Grissom en

reposant prudemment son verre sur son bureau. Couché tard ou levé tôt ?

— Comment faites-vous pour supporter de tels horaires ? demanda l'agent du FBI avec un sourire hypocrite. Avec tous les gens que vous rencontrez, Grissom, je suis flatté que vous me reconnaissiez.

— Comment vous oublier, répondit Grissom, alors que vous avez pris le risque de faire assassiner une de mes CSI en l'utilisant comme appât ?

Culpepper entra dans le bureau sans y avoir été invité.

— Bon Dieu, vous en êtes encore là ? Sara Sidle s'était portée volontaire et tout s'est bien terminé ! Oubliez ça, Grissom. Regardez devant vous.

— J'ai du mal à oublier que vous utilisez… manipulez mes collaborateurs, Culpepper. Nous avons du boulot, ici. Que voulez-vous ?

— Je vois que vous faites une pause déjeuner, dit Culpepper en indiquant le sandwich à moitié mangé de Grissom. Je ne voudrais pas grignoter le temps précieux que vous consacrez à capturer les criminels… détendez-vous, mon vieux. Avez-vous jamais songé que je pourrais être venu ici pour vous aider ?

Foutaises ! pensa Grissom ; mais il ne dit rien, décidant de laisser venir l'agent du FBI.

Culpepper s'assit en face de Grissom.

— Votre équipe a fait passer la photo d'une empreinte relevée sur une douille dans les dossiers du système automatique d'identification.

— L'AFIS ? Oui, nous y avons souvent recours.

— Et le gouvernement fédéral est heureux de pouvoir vous offrir ce service.

— Vous pensez à une empreinte spécifique ?

Culpepper fit signe que oui.

— En rapport avec le crime qui a eu lieu récemment dans un hôtel, le *Beachcomber*.

— Nous n'avons pas réussi à identifier cette empreinte.

— C'est exact. Parce qu'un petit drapeau s'est levé : l'AFIS n'était pas autorisé à effectuer cette analyse – l'information est classée.

— Est-ce là l'aide fédérale dont vous parliez ?

— L'homme à qui cette empreinte appartient est un tueur à gages. Personne ne sait à quoi il ressemble, ni qui il est… mais nous le cherchons nous-mêmes depuis très, très longtemps. Et c'est pour ça que je suis là – pour partager les informations.

— Eh bien, merci, dit Grissom. Laissez-moi réfléchir… Quand le FBI a-t-il partagé quoi que ce soit avec nous pour la dernière fois ? Mis à part un blâme ?

Penché en avant, Culpepper afficha un sourire ingénu.

— Je sais que vous et moi avons eu quelques différends dans le passé, Grissom, mais ceci est une affaire de première importance. Elle concerne une pléthore de crimes organisés par la mafia. Prenez ça comme un avertissement, si vous voulez : ce type est un méchant.

Sceptique, Grissom préféra rester prudent.

— Et c'est pour ça que vous allez nous aider à l'arrêter ?

— Oui, absolument – il doit être arrêté… et votre unité, plus le capitaine Brass et son beau contingent d'enquêteurs, semblez être les mieux placés pour le faire.

— Exact.

— En fait, dit Culpepper, j'ai déjà fait parvenir tous

nos dossiers au détective Brass – tout ce que nous possédons sur le Deuce.

— Voilà qui est coopératif, dit Grissom.

Il ne précisa pas que Brass et lui étaient déjà sur la piste. Culpepper rayonnait.

— Donc, vous êtes d'accord pour me dire ce que vous savez ?

— Tout ce que vous voudrez, dit Grissom.

Gil Grissom savait comment la jouer. Il expliqua à Culpepper ce qui s'était passé au *Beachcomber*, lui communiqua toutes les informations dont il était sûr que l'agent du FBI avait déjà eu connaissance, passa sous silence la preuve de la vidéo et ne dit pas un mot concernant la momie. Quand il eut terminé, il regarda le sourire hypocrite de Culpepper.

— Et maintenant ?

— Rien de particulier, dit Culpepper en se relevant. Si ce n'est la satisfaction de savoir que nous pouvons travailler ensemble comme ça.

Il tendit à Grissom une main que celui-ci accepta. La chair de l'agent était froide et moite. Après son départ, Grissom resta assis un moment à observer sa propre paume, comme s'il se demandait s'il devait la porter au laboratoire.

10

Même s'il se refusait à l'admettre, ces deux enquêtes criminelles entremêlées étaient exactement ce dont Jim Brass avait besoin. Depuis son retour sans gloire au service des homicides, après la débâcle de Holly Gribbs, la plupart de ses collègues l'évitaient comme la peste et le shérif Brian Mobley ne lui adressait la parole qu'en cas d'absolue nécessité. Au cours des derniers mois, Brass avait à peu près réussi à éviter le shérif et, là, il aurait déjà disparu depuis belle lurette si ce dernier ne l'avait convoqué pour avoir un compte rendu.

Sans enthousiasme, Brass frappa à la porte de bois sur laquelle le nom et le grade de Mobley s'étalaient en longues lettres blanches. Depuis qu'il avait perdu la direction du Bureau de Criminalistique, Brass devait se contenter d'un chevalet de plastique indiquant son nom sur un des bureaux anonymes de la grande salle commune des inspecteurs.

— Entrez, dit une voix étouffée.

Un soleil éblouissant pénétrait par la grande fenêtre derrière le bureau de Mobley et inondait la pièce d'une lumière blanche dans laquelle la silhouette du shérif se découpait telle une divine apparition ; Brass se demanda si c'était voulu ou non mais, quoi qu'il en soit, cela avait l'air de fonctionner.

Malgré son complet brun très chic et sa cravate jaune vif, costume digne d'un patron de PME, le rouquin à taches de rousseur gardait son apparence d'éternel adolescent. Bien qu'il fût le chef suprême de la police d'une ville de plus d'un million d'habitants, Mobley avait l'air d'un gamin jouant aux gendarmes et aux voleurs…

— Asseyez-vous, Jim.

Sa politesse mit Brass encore plus mal à l'aise, mais il s'exécuta. Le long du mur le plus proche de la porte, des rayonnages remplis de bouquins de droit ; sur le mur de gauche, une télévision grand écran – qui, son coupé, diffusait pour le moment CNN – perchée sur une potence ; à gauche du shérif, une console supportant un ordinateur. Le bureau lui-même était, comme d'habitude, parfaitement en ordre et pratiquement débarrassé du moindre papier. En bon détective, Brass se demanda si le shérif travaillait parfois.

Quelques années plus tôt, alors que Mobley était capitaine à la Criminelle, Brass avait déjà travaillé sous ses ordres. Il savait que cet homme était probablement aussi consciencieux et obstiné que n'importe quel autre flic ; mais, désormais, le boulot de Mobley tenait plus de la politique que du respect des lois.

En 1973, le Département du Shérif du comté de Clark ayant fusionné avec les services de police municipale de Las Vegas, le shérif s'était retrouvé à la tête de la nouvelle entité. Aujourd'hui, son bureau ressemblait à celui du président d'une grosse entreprise commerciale.

Mobley était le quatrième homme à occuper ce poste depuis la réunion des deux départements ; le bruit courait qu'il visait la mairie.

Le shérif utilisa la télécommande pour éteindre la télévision.

— Bon, c'est déjà ça, CNN ne s'est pas encore emparée de l'affaire Dingelmann.

Brass hocha la tête.

— Et la presse locale s'est également abstenue ; ce genre de crime mafieux, ça fait plutôt fuire les touristes.

— Je vois que vous avez bien compris le problème. Mais la presse nationale ne va pas tarder à s'en accaparer. Dingelmann est un trop gros morceau pour ne pas attirer l'attention d'une chaîne nationale.

— Je sais.

— Comme s'il n'était pas déjà assez embêtant que la presse et la télé locales aient repris cette histoire de « momie ». On ne parle plus que de ça, maintenant. C'est vrai que le surnom de ce cadavre est une trouvaille d'un de nos CSI ?

— Je ne sais pas.

— En tout cas, la presse adore ce genre de connerie.

Poussant un soupir, le shérif desserra sa cravate.

— Bon, dites-moi où nous en sommes, Jim.

Le capitaine lui résuma la situation. Mobley ferma les yeux, inclina la tête et se pinça le nez entre deux doigts.

— Peut-on sérieusement croire que le même salopard a tué ces deux personnes, à quinze ans d'intervalle ?

— Les CSI travaillent pour en fournir la preuve.

— Et, alors ?

— Pourquoi pas ?

Mobley secoua la tête d'un air maussade.

— Il faut me surveiller tout ça, Jim. Il y a beaucoup d'intérêts en jeu.

— C'est-à-dire ?

— Que nous pouvons passer pour des héros si nous coinçons ce tueur, et pour des zéros s'il nous file entre les mains ; auquel cas, la conclusion des journaux sera que nous ne sommes pas capables de protéger la ville.

— Compris, patron, dit Brass.

— Et coopérez avec le FBI.

— C'est-à-dire ?

Un léger sourire étira les lèvres poupines du shérif.

— Acceptez toute l'aide qu'ils vous proposent... mais si c'est le FBI qui procède à l'arrestation, toute la gloire retombera sur eux. Si c'est nous qui l'arrêtons avant eux...

— Compris, patron.

— Parfait. Mettez-lui la main dessus.

Brass quitta le bureau et partit en quête de Grissom pour lui rapporter son entretien avec Mobley, mais c'est Warrick Brown qu'il rencontra d'abord, venant à sa rencontre.

— Encore là ? demanda Brass.

Warrick consulta sa montre et ne put s'empêcher de rire.

— Il faut croire que je fais des heures supplémentaires. J'étais plongé dans mes dossiers et je n'ai pas vu le temps passer. Dis-moi, tu peux faire quelque chose pour moi ?

— Quoi ? demanda Brass, sceptique.

Le CSI expliqua qu'il fallait contacter les divers détaillants qui avaient vendu les modèles de chaussures de sport correspondant aux empreintes relevées sur les lieux du crime au *Beachcomber*.

— Très bien, je m'en charge. Tu rentres chez toi ?

— Non. Je vais au *Beachcomber* visionner d'autres vidéos.

— C'est moins cher qu'à Blockbuster[1]. Grissom est encore là ?

Warrick indiqua le couloir derrière lui.

— Oui, on est tous sur le pied de guerre, tu sais, avec ces deux affaires, entremêlées comme elles le sont ; c'est comme un virus qu'on aurait tous chopé. Moi, en tout cas, je n'arrive pas à m'en débarrasser.

Warrick repartit dans une direction, Brass dans l'autre. Il trouva finalement Grissom dans la cafétéria. Ils s'assirent l'un en face de l'autre à la table. Grissom retira ses lunettes, se frotta les yeux et regarda Brass.

— Bon, alors, qu'est-ce qu'il voulait, notre grand ami Brian ?

Brass lui raconta son entretien avec le shérif et conclut :

— Il veut absolument régler au plus vite cette affaire – enfin, ces deux affaires. Il veut montrer aux touristes que nous sommes à la hauteur. Montrer aux citoyens qu'il est un grand homme.

Grissom afficha un demi-sourire sans joie.

— Nous aussi, on voudrait bien régler l'affaire, Jim. On travaille tous jour et nuit, que faire de plus ?

Brass l'interrompit en levant la main.

1. Chaîne de magasins de location de films vidéo et DVD. A l'origine, le mot désigne un film comme *Cléopâtre* ou, plus récemment, *Le Titanic* dont le budget ets à la hauteur du succès auprès du public.

— Eh, dis, tu te souviens de moi ? Je suis là, moi aussi !

Grissom secoua la tête.

— Désolé. Le stress… On est tous soumis à une telle pression sur cette affaire-là…

— Warrick me disait que c'était comme un virus.

— Sauf que le rhume, on en guérit. La recherche de la vérité est une maladie qui n'a pas de remède.

— Qui a dit ça ?

— Moi, dit Grissom en clignant de l'œil.

A ce moment, Catherine entra dans la cafétéria, étonnamment fraîche dans sa blouse de soie bleue et son pantalon noir, un sourire mystérieux rendant son beau visage encore plus charmant.

— Je me demandais qui a commis le crime, dit Grissom.

— Quel crime ? demanda-t-elle.

— Alors c'est toi qui as bouffé le canari ?

Le sourire de la jeune femme s'élargit, ses yeux pétillaient.

— Qu'est-ce qui se passe ? demanda Brass.

— Elle sait quelque chose, dit Grissom.

Catherine se versa une tasse de café avant de parler.

— Je sais un tas de choses.

— Par exemple ?

— Par exemple… que la même arme a tué Philip Dingelmann et Malachy Fortunato.

— Je ne sais pas si je dois rire ou pleurer, dit Brass. Le même assassin responsable de deux meurtres à quinze ans d'intervalle ?

Grissom demeurait sceptique.

— Nous ne pouvons pas encore l'affirmer, non ?

— Non, répondit Catherine en s'asseyant avec eux, pas encore complètement. Mais je peux prouver que les deux hommes ont été tués par la même arme.

Surpris, Brass fronça les sourcils :

— Je croyais que tu avais trouvé un canon abandonné près de la momie, s'étonna-t-il.

— C'est vrai, admit-elle. Les rainures du canon correspondent aux balles trouvées dans la tête de Malachy Fortunato.

Brass essayait de comprendre.

— Mais les balles ne correspondent pas à celles de Dingelmann, non ?

— Non, bien sûr. Tu as parfaitement raison.

— Alors, insista le capitaine, comment peux-tu affirmer qu'ils ont été tués par la même arme ?

Les bras croisés, Grissom se cala dans son siège, les yeux rivés sur Catherine, comme s'il voulait la voir à l'œuvre.

— Attends, dit Brass en réfléchissant. Je comprends. C'est exactement comme pour Brad Kendall, le type du café.

— Pas tout à fait, répondit Catherine. Kendall avait changé le canon, mais nous avons pu prouver qu'il utilisait les balles d'une même boîte de munition, en comparant les empreintes du fabricant. Ici, nous sommes dans un autre cas de figure ; ces balles ne proviennent pas de la même boîte, ni *a fortiori* du même fabricant. Comment notre homme aurait-il utilisé les balles de la même boîte de munition sur une période de plus de quinze ans, hein ?

— Oui, c'est juste, bien sûr, dit Brass, dérouté.

Grissom souriait. Catherine continua son exposé.

— Quand une balle est tirée par une arme automatique, que se passe-t-il ?

Brass soupira.

— Le percuteur frappe l'amorce, la balle est projetée à travers le canon et la douille est éjectée.

— Bravo ! dit Grissom.

— Oh, ça va ! ronchonna Brass.

— Il y a trois marques distinctes sur une balle d'automatique, poursuivit Catherine. Comme tu disais, le percuteur frappe l'amorce, l'extracteur égratigne la douille en la saisissant, et la douille est projetée contre la culasse avant d'être éjectée hors du pistolet. Chacune de ces étapes laisse une marque individuelle qui, comme les empreintes digitales, est différente pour chaque arme.

Brass fronça les sourcils.

— Et tu essaies de nous dire que…

— Les douilles retrouvées au *Beachcomber* et celle que nous avons récupérée sous l'asphalte des Fortunato proviennent de la même arme.

Brass se permit de sourire.

— Peut-on utiliser ça en procès ?

— Je ne vois pas ce qui pourrait s'y opposer, intervint Grissom.

— Ne vont-ils pas déclarer la preuve irrecevable sous prétexte que l'une des douilles est restée enterrée sous l'asphalte pendant des années ?

— La défense peut utiliser cet argument, dit Catherine, mais il ne tiendra pas.

— Pourquoi ?

— Tu as entendu parler de ces types qui collectionnent les pistolets du Far West ?

— Qu'est-ce qu'ils ont à voir là-dedans ? demanda Brass en haussant les épaules.

— Récemment, ils ont utilisé ces mêmes paramètres pour établir l'authenticité des pistolets de Little Big Horn.

— En comparant les percuteurs et les douilles ?

— Parfaitement. Ils ont confronté les douilles déterrées sur le champ de bataille avec les percuteurs des pistolets utilisés par les hommes de Custer. Ces douilles dormaient dans le sol depuis plus d'un siècle. La nôtre a été protégée de l'environnement, entre gravier et asphalte, et pendant seulement quinze ans.

— Quand la science et l'histoire se rencontrent… ! déclama Grissom avec délectation.

— Et tu crois que ça va marcher ? demanda Brass, à bout d'arguments.

— Oui, dit Grissom, ça va marcher au poil.

— Mais nous n'avons pas l'arme des crimes…

— Pas encore, dit Catherine. Mais maintenant, nous savons que nous cherchons une seule arme, et si ce type a gardé le même revolver pendant plus de quinze ans, il y a de fortes chances qu'il l'ait encore en sa possession.

Cette fois, Brass avait quelque chose à offrir.

— C'est ahurissant, cet attachement sentimental que certains types éprouvent à l'égard de leur satanée arme à feu ! Ça en a pourtant fait tomber plus d'un…

Sara vint se joindre à eux. Elle prit un soda dans le frigo et se laissa tomber sur une chaise à côté de Brass.

— Pourquoi un tueur aussi… bon sang, c'est drôle à dire : pourquoi un tueur aussi « prospère » aurait-il un trou de cinq ans dans sa carrière ? Pour ressurgir maintenant, comme ça, d'un seul coup ?

— Un trou ? demanda Grissom.

— Oui. Aucun signalement sur ce type depuis un peu plus de cinq ans. C'est comme s'il s'était évaporé dans la nature.

— Il était peut-être en prison pour autre chose, suggéra Brass.

Grissom secoua la tête.

— Non. Dans ce cas-là, nous aurions une série d'empreintes digitales.

— Oui, tu as raison, admit Brass. J'aurais dû y penser.

— Il était peut-être malade, avança Catherine.

— Pendant cinq ans ? demanda Sara.

— Ou à la retraite ? proposa Grissom.

Ils le regardèrent tous.

— Tout est possible, expliqua-t-il. Mais assez de suppositions : continuons à fouiller.

— Bonne idée, dit Sara, mais où trouve-t-on dans l'Internet la liste des tueurs à gages à la retraite ?

Elle se leva et rejoignit la porte, son soda à la main.

— Je ferais mieux de m'y remettre aussi, dit Brass. Il faut encore que je me tape la liste de tous les détaillants qui ont vendu ces chaussures de sport.

Il se leva, regarda Grissom et haussa les épaules.

— Je suppose qu'on s'en tient à ce que le boss nous a demandé ?

Grissom hocha la tête.

— Pour ce qui est de garder le FBI à l'écart, je n'ai pas d'objection.

Une fois Brass parti, Catherine se tourna vers Grissom.

— Qu'est-ce qu'il voulait dire par là ?

Grissom essaya de faire l'innocent, mais elle insista.

— Allez, dis-moi…

— Des embrouilles politiques. Mobley veut que nous acceptions « l'aide » de Culpepper, mais il veut aussi que nous prenions le FBI de vitesse et procédions nous-mêmes à l'arrestation.

— Un exercice plutôt délicat.

— Tu l'as dit.

— Mais puisque Culpepper est un vrai salopard… dit-elle en souriant.

Grissom parvint à rester sérieux.

— Tu l'as dit.

Confortablement installé sur une chaise de bureau bien rembourrée, Warrick observait le vigile de la sécurité s'affairer devant la console de moniteurs du *Beachcomber*. L'homme, un petit Hispanique d'une vingtaine d'années, venait de charger la vidéo qui montrait le dos de Peter Randall installé au poker-vidéo. Ils repassèrent la bande plusieurs fois et Warrick indiqua Randall.

— Je veux voir tout ce que vous pouvez avoir sur ce type.

Le gardien hocha la tête.

— Il vient ici pratiquement tous les lundis et mercredis.

Le pouls de Warrick accéléra.

— C'est comment votre nom déjà ?

— Ricky.

— Salut, Ricky. Moi, je m'appelle Warrick.

— Salut, Warrick, dit le vigile, flatté.

— Parlez-moi de ce type.

— Ben, il n'est pas venu ce mercredi, mais c'est quelqu'un qui aime plutôt les heures creuses. Même dans un grand casino comme ça, c'est facile de repérer les habitués – surtout lorsqu'on est assis pendant des heures devant ces moniteurs.

Dingelmann avait été tué le lundi matin, et « Peter Randall » n'était pas venu à sa traditionnelle partie de poker-vidéo du mercredi.

— Ce type, Peter Randall, c'est un habitué ?

— Je ne connais pas le nom de cet homme, mais il vient souvent ici – seulement les lundis et les mercredis, tôt le matin. Comme je disais, les heures creuses. Il y a des clients qui n'aiment pas un casino bondé.

Warrick, lui, n'avait jamais eu de préférence ; tant que les dés roulaient…

— Ricky, pouvez-vous me montrer d'autres vidéos du lundi et du mercredi ?

— Ne vous faites pas trop d'illusions, Warrick. Je ne voudrais pas vous donner de faux espoir. Vous ne verrez pas son visage de toute façon.

— Pourquoi ?

— Je l'ai repéré, c'est vrai, mais il est très prudent.

Si vous n'avez jamais vu son visage, comment pouvez-vous le reconnaître ?

— Je ne sais pas ; à force de regarder ces moniteurs, on finit sans doute par repérer les clients. Je veux dire, son dos est toujours le même, vous comprenez ?

— Oui, je vois, dit Warrick.

— La taille, la forme de la tête, la coupe de cheveux, même le style des vêtements… on apprend à lire les gens, à les connaître.

— Ricky, si jamais vous en avez marre de travailler ici, venez me voir à mon bureau, j'aurai peut-être quelque chose pour vous.

Warrick et son nouvel ami visionnèrent une bande du mercredi précédent. Là encore, Randall était assis au poker-vidéo, le dos tourné à la caméra, vêtu d'un autre blouson de sport. Il ne se tournait jamais vers la caméra et, quand ils essayèrent d'autres caméras placées ailleurs dans le casino, il parvenait à les éviter aussi.

— Comment un homme fait-il pour venir ici tous les jours et réussir à ne jamais se laisser filmer le visage ?

Ricky haussa les épaules.

— Ça, ça me dépasse.

Cependant, le vigile avait raison : Randall venait tous les lundis et mercredis ; et ses cheveux, sa carrure, ses vêtements, le rendaient facile à identifier. Il apparaissait également sur plusieurs vidéos de la semaine et du lundi précédant le crime. Il ne jouait pas toujours sur la même machine, mais il n'allait jamais aux tables de jeu où il aurait pu être interpellé par un autre joueur. En fait, il se postait toujours sur la rangée de machines la plus proche de la porte d'entrée. Le lundi, le mercredi, semaine après semaine, il venait au casino ; il jouait environ deux heures, puis il repartait. Parfois il gagnait, parfois il perdait. Dans les deux cas, le mercredi suivant, le lundi suivant, il était fidèle au poste. Et pas une seule fois la caméra n'avait capté son visage.

Todd Oswalt, le responsable des machines à sous, passa la tête par la porte et demanda si tout allait bien.

— On travaille encore, dit Warrick. On cherche toujours. Ricky m'est très précieux ; je dirais même que Ricky est l'homme de la situation.

Le vigile rayonnait.

— Heureux d'entendre ça… Au fait, cette adresse vous a-t-elle été utile ? demanda Oswalt.

— Tout est utile, monsieur. Mais il avait déjà résilié la boîte postale. Et l'adresse qu'il avait donnée était une rue fantôme.

Le blond Oswalt, dans son costume bleu marine, secoua la tête pour montrer qu'il compatissait.

— Eh bien, bonne chance, capitaine Brown !

Warrick ne le corrigea pas.

— Il faudra bien que la chance me sourie à un moment ou à un autre, monsieur.

Oswalt disparut.

Ils étaient déjà remontés cinq semaines en arrière et Warrick se demandait combien de vidéos il faudrait encore visionner avant de renoncer. Plus précisément, il se demandait combien de vidéos il serait encore capable de supporter. Il avait l'impression de regarder la vie minable de ce salaud se dérouler à l'envers. Soudain, sur l'écran, Randall quitta le poker-vidéo et disparut du champ. Warrick vérifia la caméra qui surveillait l'aile principale ; pas de Randall.

— Oh là ! Où est-il passé ?

Ricky secoua la tête comme s'il avait rêvé. Il passa rapidement tous les moniteurs en revue, identifia enfin leur homme dans un écran en bas à droite.

— Le voilà. Il retire de l'argent, c'est tout.

— Arrêtez la bande, dit Warrick calmement.

Le vigile était reparti dans son propre monde et n'entendit pas. Warrick répéta son ordre un peu plus fort.

— Arrêtez la bande, Ricky. Rembobinez.

Ricky obtempéra cette fois.

— C'est ça. On le tient. Repassez-moi ça de nouveau.

Se redressant sur sa chaise, le vigile s'exécuta. Puis, il repassa la bande au ralenti, montrant Randall – le dos à la caméra – en train d'utiliser le distributeur automatique de billets.

— Oui, dit Warrick. Oui ! A quelle banque correspond ce distributeur ?

Ricky haussa les épaules.

— Je ne me sers pas de ce distributeur, mais je suis sûr que M. Oswalt doit le savoir.

— Allez le chercher, s'il vous plaît.

Il fallut dix minutes au responsable pour revenir dans la salle de sécurité, mais Warrick s'en fichait – il avait un indice. Enfin, Oswalt entra.

— Oui, capitaine Brown, qu'y a-t-il ?

— Ce distributeur appartient à quelle banque ? demanda Warrick en indiquant l'écran.

— Euh… la Wells Fargo. Pourquoi ?

— Monsieur Oswalt, merci.

Warrick tapota l'épaule du garde.

— Ricky, *muchas gracias* pour votre aide. Tenez, vous pouvez déposer ça à votre compte en banque.

— Hé, je m'en souviendrai, dit Ricky, radieux.

Mais Warrick avait déjà filé.

11

Nick se pencha pour ouvrir la portière au sergent O'Riley. Celui-ci sauta dans la Tahoe et ils partirent en direction de la maison de Marge Kostichek. Pendant le trajet, O'Riley inspectait les caractéristiques du SUV.

— Belle bagnole, dit-il enfin.

Nick hocha la tête sans faire de commentaires. O'Riley tortillait son grand corps sur le siège.

— Beaucoup mieux que ces saloperies de Taurus dans lesquelles, nous, on est obligés de se trimballer.

Stokes ne releva pas. L'équipe du labo de criminalistique avait aidé les inspecteurs de la Criminelle à résoudre plusieurs affaires, mais O'Riley et beaucoup de ses collègues continuaient encore à débiner les CSI dans leur dos. Nick se demandait si, au fond, O'Riley n'avait pas la nostalgie du bon vieux temps où le meilleur ami du flic était une longue matraque de caoutchouc. Il préféra demander sur un ton professionnel :

— C'est quoi déjà, cette adresse ?

— Deux maisons plus loin, à gauche, répondit O'Riley en indiquant la direction.

Nick ralentit et gara la Tahoe devant un minuscule bungalow jaune pâle au crépi écaillé, avec deux arbrisseaux rabougris dans un minuscule jardin. Tout le quartier semblait avoir besoin d'un bon coup de peinture. La maigre pelouse était presque aussi brune que les arbrisseaux et, lorsqu'ils s'approchèrent, Nick remarqua que le perron commençait à se détacher de la maison comme s'il essayait de prendre la fuite. O'Riley en tête, ils gravirent les deux marches de béton fissurées et le sergent pressa la sonnette, puis frappa à la porte. Pas de réponse. O'Riley sonna et frappa encore une fois, sans succès. Il regarda Nick et haussa les épaules. Ils s'apprêtaient à repartir lorsqu'une voix tonna derrière eux :

— Punaise, vous n'avez pas des têtes de Mormons !

Nick se retourna et vit une femme en bigoudis enveloppée dans un peignoir rose vif.

— Nous sommes de la police, madame, dit O'Riley en montrant son badge. Nous aimerions vous parler.

Agitant un bras, elle annonça pour tout le voisinage :

— Ouais, eh bien, vous feriez mieux d'amener vos fesses ici en vitesse, parce que je n'ai pas l'intention de me cramer plus longtemps dans cette satanée fournaise !

Nick et O'Riley échangèrent un regard ahuri ; la sourde hostilité entre le sergent et le CSI ne pouvait que fondre devant la personnalité abrasive de cette femme. Nick suivit O'Riley dans la maison, heureux de lui laisser prendre la direction des opérations. La femme gardait ses petits yeux fichés sur eux ; ses bigoudis lui donnaient l'air d'une Méduse grotesque.

— Mais ne restez pas là ! Fermez cette putain de porte ! Est-ce que j'ai une gueule à pouvoir fournir l'air conditionné à toute cette ville de merde ?

— Non, madame, répondit O'Riley qui n'avait manifestement pas saisi le caractère purement rhétorique de la question.

Refermant la porte, Nick pénétra dans un living-room si exigu que le grand inspecteur y avait l'air d'un géant dans une maison de poupée. La pièce ressemblait plus ou moins à un stand de marché aux puces, style « débarras en tout genre ». Sous la fenêtre de façade, tendue de rideaux de dentelle, une chaise longue de velours marron voisinait avec une fougère gigantesque qui s'étirait jusqu'au plafond, menaçant de déborder de son pot ; deux hauts guéridons en merisier recouverts de napperons, une télévision posée sur un support métallique et un énorme fauteuil en cuir étaient casés dans un recoin ; un secrétaire couvert de paperasse se trouvait dans l'angle opposé et une quantité invraisemblable de programmes de télévision, de magazines féminins, de revues d'antiquités, de journaux, de courrier, étaient entassés un peu partout.

Se balançant d'un pied sur l'autre, O'Riley commença l'interrogatoire.

— Vous êtes bien Marge Kostichek ?

— C'est le nom sur la boîte aux lettres, non ? Vous êtes des flics, oui ou merde ?

— Je suis le détective O'Riley, et voici le CSI Nick Stokes.

— Céesse quoi ?

— *Crime Scene Investigation*, expliqua Nick.

— Purée, c'est devenu un crime, maintenant, d'être une grosse dindon ?

— Non, madame, dit O'Riley à qui pareil bagout coupait le sifflet. Ce que je veux dire, madame…

— Montrez-moi ce putain de badge. Vous n'avez pas la tronche d'un vrai flic.

O'Riley cherchait son badge, l'air vexé, lorsque la femme le prit par le bras.

— Allez, je rigole, un grand couillon comme ça ne peut pas être autre chose qu'un flic, dit-elle tandis que son double menton tremblotait.

Nick ne put s'empêcher de sourire. Malgré lui, il commençait à éprouver de la sympathie pour cette vieille loufoque, du moins tant qu'elle s'acharnait sur un autre que lui.

— Nous voudrions vous poser quelques questions, reprit O'Riley.

— Je me doute bien que vous n'êtes pas venus relever le compteur.

Sans rien perdre de l'interrogatoire, Nick se mit à rôder lentement à travers la pièce, jetant un coup d'œil ici et là, s'arrêtant devant les piles de magazines et de courrier. C'était son boulot.

— Nous voudrions vous poser quelques questions à propos du *Swingers*.

— Oh, bon sang de bois ! gémit-elle en s'écroulant dans le fauteuil en cuir. Ça fait un bail que j'ai abandonné la traite des blanches. Je croyais que vous étiez ici à cause de ce satané cabot. Deux maisons plus loin ! Ce clebs ne veut pas fermer sa gueule. Et que j'aboie, que j'aboie, que j'aboie toute la journée, ouah ! ouah ! ouah ! N'y a-t-il donc pas une loi contre une calamité pareille ?

— Eh bien…, dit O'Riley.

— En fait, nous sommes ici au sujet d'une fille qui

dansait dans votre club, intervint Nick, posté à côté du secrétaire.

— Fais comme chez toi, beau gosse. T'as pas envie d'aller pisser ou autre chose ?

— Non, madame.

— T'es nerveux ? Pourquoi tu ne restes pas en place ?

— Oui, madame. Au sujet de cette fille, au *Swingers*...

Elle secoua une petite main potelée.

— J'en ai vu passer une sacrée ribambelle pendant toutes ces années. Des centaines. Punaise, peut-être des milliers ! Elles ne gardent pas leurs jolies petites gueules bien longtemps, vous savez.

De la chemise pliée en deux dans son blouson de sport, O'Riley tira la photo de Joy Starr et la tendit à la femme. Nick vit sa lèvre remuer, mais elle ne laissa rien paraître qui aurait pu signifier qu'elle reconnaissait la fille.

— Joy Starr, souffla O'Riley.

Marge Kostichek remua la tête.

— Je ne me souviens pas de celle-là.

Intéressant, pensa Nick : d'un seul coup, plus de commentaires sarcastiques.

— Elle dansait dans votre établissement, il y a environ seize ans, insista O'Riley.

Elle secoua la tête de plus belle.

— Son vrai nom était Monica Petty. Elle a disparu...

Marge Kostichek lui coupa la parole.

— Beaucoup d'entre elles disparaissent. Ici un soir, envolées le lendemain. Parce qu'elles ont rencontré un type, pris de la drogue, eu un bébé, une surdose. Pour les unes, ça finit mal, pour les autres ça finit bien, mais elles ont toutes une histoire de ce genre un jour ou l'autre. Tant de gamines avec rien d'autre que leur corps et leur minois pour s'en sortir… Purée ! Comment voulez-vous que je me rappelle de toutes ?

Nick, toujours debout près du secrétaire, reprit la parole.

— Mais vous vous souvenez de cette fille, non ?

La femme le regarda et, d'un seul coup, son visage se figea.

— Pourquoi tu ne viens pas plus près, beau gosse ? Là où je pourrais mieux t'entendre ?

Et mieux te surveiller surtout ?

Ce coup de la « grand-mère du petit chaperon rouge » lui mit la puce à l'oreille – quelque chose lui dit qu'il se trouvait exactement là où il devait se trouver…

— Je suis très bien ici, madame. C'est le sergent qui se charge de poser les questions.

Les yeux de la femme se durcirent ; son visage exprimait maintenant quelque chose de différent.

— Des questions ? Je devais avoir la tête ailleurs, mes poupons ; à quelle connerie vous voulez que je réponde ?

— Je vous en prie, madame Kostichek, regardez encore la photo, insista O'Riley.

Elle jeta un regard furtif sur le portrait.

— Je la connais pas, je vous dis. J'ai dit que je la connaissais pas et je la connais pas ! D'ailleurs, si cette fille a travaillé pour moi il y a quinze ou seize ans, pourquoi vous venez seulement maintenant m'interroger à son sujet ?

Nick laissait son regard courir sur le secrétaire. Des dizaines de lettres, ouvertes et remises dans leur enveloppe, étaient empilées ici et là, dans le désordre. De la correspondance privée, des factures, des publicités…

— Pourquoi vous fouillez dans l'histoire ancienne ? demanda Marge Kostichek en rendant la photo à O'Riley.

Nick ne touchait à rien, mais ses yeux caressaient les enveloppes qui jonchaient le secrétaire.

— Son nom est apparu au cours d'une enquête sur une autre affaire, expliqua O'Riley.

Un nuage passa sur le visage de la femme. Peut-être se demandait-elle de quelle autre affaire il s'agissait, mais elle ne posa pas de question. O'Riley s'éclaircit la gorge.

— Eh bien, merci de nous avoir consacré votre temps, madame Kostichek.

De l'autre côté du secrétaire, à peine lisible, il la vit : une lettre postée à Los Angeles, portant l'adresse de l'expéditeur.

… *Joy Petty*.

Nick frémit puis se retourna vers la femme.

— Oui, merci, madame.

— Et faites gaffe à pas prendre la porte dans le cul en sortant !

Précédé de O'Riley, Nick rejoignit la Tahoe, mit la clef de contact mais ne démarra pas le moteur.

— Quelque chose ne tourne pas rond, Nick ?

Le CSI se tourna vers son collègue.

— Elle ment.

O'Riley fit la moue.

— Vous croyez ? De toute façon, cette vieille bique ne répondrait pas franchement à une question de jeu télévisé.

— Je ne le crois pas, mon vieux, j'en suis sûr.

Le visage du sergent exprimait la curiosité.

— Comment ?

— Son courrier. Vous avez vu ces piles de lettres un peu partout ?

— C'est un rat de papier ; elle doit garder toutes les paperasses comme d'autres collectionnent les timbres-postes – et après ?

— Sur le secrétaire, au sommet d'une de ces piles, il y avait une lettre d'une certaine Joy Petty. Quelle chance y a-t-il qu'elle connaisse une Joy Petty qui ne soit pas la Joy Starr dont le vrai nom est Monica Petty ?

O'Riley parut éberlué.

— Je crois que la chance veut qu'on y retourne immédiatement.

— On peut ?

— La lettre était-elle bien en vue ?

— Oh oui.

— Alors, regardez et prenez une leçon.

O'Riley sortit de la Tahoe et, avant même que Nick ait eu le temps de retirer les clefs de contact, il s'élança vers la maison. Le CSI trotta pour le rattraper. Furieux, le sergent sonnait déjà, puis il ouvrit brusquement la porte moustiquaire et frappa à la porte. A ce moment, Marge Kostichek ouvrit.

— Quoi encore ? aboya-t-elle. On a déjà donné !

— C'est ce que vous pensez, madame, rétorqua O'Riley. Pourquoi nous avez-vous menti ?

Elle recula, cédant involontairement le passage aux deux hommes. Sans la quitter des yeux, O'Riley s'adressa à Nick.

— Montrez-la-moi.

Nick enfila un gant de latex, s'approcha du secrétaire et ramassa la lettre au sommet de la pile.

— Hé ! cria la femme, vous n'avez pas le droit de faire ça ! C'est une propriété privée ! Où est votre mandat ?

— Preuve flagrante, madame, dit O'Riley. Nous n'avons pas besoin de mandat.

Nick s'approcha de Marge Kostichek et lui mit la lettre de Joy Petty sous le nez.

— Pouvez-vous nous expliquer ceci ?

La vieille fit un pas en arrière, tituba jusqu'au fauteuil en cuir et s'écroula lourdement. Sous son poids, le coussin du siège laissa échapper un soupir sonore. Cela aurait pu être drôle si Marge Kostichek n'avait pas été en larmes.

Sara Sidle et l'inspectrice Erin Conroy retrouvèrent Warrick dans le hall de la banque Wells Fargo, sur South Nellis Boulevard. La climatisation semblait réglée à peine au-dessus de zéro : au mois de juillet, en plein désert, les employés portaient tous des pull-overs.

— J'ai une nouvelle piste, annonça Warrick.

Très professionnelle dans un ensemble pantalon blanc, les cheveux noués en queue de cheval, Conroy haussa un sourcil.

— Du même style que la boîte aux lettres ?

Warrick se demanda si la question se voulait ironique, mais ne perçut aucun sarcasme dans la voix de la jeune femme.

— J'espère que non, mais qui sait ?

— Beau travail, Warrick, dit Sara à propos du distributeur automatique.

— Merci. Il y a longtemps que je n'avais pas eu autant de chance dans un casino.

A la réception, une hôtesse de quarante ans aux rondeurs généreuses parlait au téléphone. Lorsqu'ils approchèrent, elle leva un doigt pour leur faire comprendre qu'elle serait à eux dans un instant… du moins, c'est ce que Sara espéra lire dans ce geste. Vêtue d'un simple T-shirt à manches courtes, Sara avait l'impression d'évoluer dans une chambre froide.

Finalement, la réceptionniste raccrocha et se tourna vers Warrick comme si les deux femmes n'existaient pas.

Erin Conroy montra son badge et prit la parole.

— Nous voudrions parler au responsable des transactions par distributeurs automatiques.

La réceptionniste vérifia une liste sur l'étagère de son bureau.

— Il s'agit de Mme Washington.

Elle reprit le combiné, pressa quatre boutons.

— Madame Washington, il y a ici trois officiers de police qui voudraient vous parler.

Elle écouta la réponse, raccrocha et s'adressa à Warrick.

— Mme Washington sera là dans une seconde.

Sara bouillait, mais elle ne prit pas la peine de corriger l'erreur de la réceptionniste qui venait de les présenter comme des officiers de police. Quelques secondes plus tard, venant de la droite, Sara entendit le staccato des talons aiguilles résonnant sur le carrelage. Elle se retourna et vit approcher une femme vêtue d'un tailleur noir très strict, avec des cheveux noirs savamment coiffés et des yeux jade dans un étroit visage de porcelaine. La femme tendit la main à Conroy en souriant gracieusement.

— Bonjour, je suis Carrie Washington. En quoi puis-je vous aider ?

Serrant la main qu'on lui tendait, Conroy fit les présentations.

— Je suis de la Brigade criminelle et Warrick Brown et Sara Sidle, ici, du Bureau de Criminalistique de Las Vegas. Nous voudrions parler avec vous de l'un des clients de vos distributeurs automatiques.

— Très bien. Vous êtes venus à trois pour un seul client ?

— Des intérêts croisés dans nos enquêtes, dit Conroy.

Manifestement, Mme Washington ne comprit pas un mot à cette réponse – Sara elle-même ne savait pas trop ce que Conroy avait voulu dire – mais elle se montra poliment coopérative.

— Voulez-vous me suivre jusqu'à mon bureau ?

Dans la petite suite qu'elle occupait tout au bout du vaste couloir qui prolongeait le vestibule, Carrie Washington les invita à s'asseoir face à son grand bureau de chêne. Un ordinateur était installé sur un meuble à roulettes à côté du bureau, une plante en pot perchée dans un coin, et deux photos encadrées tournaient le dos aux enquêteurs.

— Bien, dit-elle en joignant le bout de ses doigts, en quoi puis-je vous être utile ?

Conroy fit signe à Warrick de prendre le relais.

— Nous avons besoin de connaître le nom d'un client de vos distributeurs automatiques.

L'expression de Mme Washington trahit son malaise.

— Je crains que ce ne soit…

— C'est parfaitement légal, dit Conroy en retirant du sac qu'elle portait en bandoulière un mandat qu'elle posa sur le bureau. Le juge Galvin a d'ores et déjà avalisé notre intervention.

La femme prit une paire de lunettes et lut le document.

— Bien, je vous écoute : que voulez-vous savoir ?

— Le distributeur automatique du *Beachcomber* appartient-il à votre établissement ? demanda Warrick.

Mme Washington réfléchit.

— Je peux le vérifier – mais je suppose que vous êtes déjà au courant, sinon vous ne seriez pas ici.

— En effet, nous savons que ce distributeur est un appareil de la Wells Fargo, dit Conroy.

— Il y a cinq semaines, reprit Warrick en lisant ses notes, votre distributeur a été utilisé à cinq heures trente-neuf du matin. Pouvez-vous me dire par qui ?

Mme Washington tapa l'information sur son ordinateur.

— Vous êtes tout à fait certain de l'heure ?

— Oui, madame.

— Cela va prendre quelques minutes.

— Pas de problème, dit Conroy. Nous attendrons.

Un magnétophone était posé sur la table de bois, en plein milieu de la salle d'interrogatoire où O'Riley était assis en face de Marge Kostichek. La mégère forte en gueule qu'elle était avait laissé place à un témoin accablé, répondant par monosyllabes. Une caméra vidéo digitale était braquée sur elle. Sur le mur, une grande fenêtre munie d'un miroir sans tain dissimulait Grissom, Catherine et Nick qui, debout dans une petite pièce vide, surveillaient l'interrogatoire.

— Il n'en tire rien, constata Grissom.

— Il n'y a peut-être rien à en tirer, avança Catherine.

— Impossible, fit Nick. Elle sait quelque chose. Cette lettre ne peut pas être une coïncidence.

— Oh, je t'en prie, pas ce mot ! dit Grissom.

Catherine semblait perdue dans ses pensées ; puis elle s'adressa à Nick :

— Où est cette lettre maintenant ?

— Sur mon bureau, pourquoi ?

— Tu te souviens du carton contenant les objets personnels de Malachy Fortunato ?

— Bien sûr.

Grissom souriait.

— Ce carton contenait entre autres une lettre… de Joy Starr, poursuivit Catherine.

— C'est même à cause de cette lettre que la police a cru que Fortunato et Joy Starr s'étaient enfuis ensemble, ajouta Grissom.

— En effet, dit Nick. Et alors ? Il y a quelque chose qui m'échappe ?

— Tu ne vas pas tarder à comprendre, fit Catherine, légèrement amusée.

Ses yeux brillaient, enflammés par la nouvelle piste qu'elle venait de flairer.

— Apporte-moi ta lettre, je vais chercher la mienne, et on se retrouve sur le parking.

— Sur le parking ? demanda Nick, interloqué.

Un petit sourire soulevait la lèvre de Grissom.

— Je vois où tu veux en venir, Catherine… Excellente idée. Mais, même si tu as raison, cela ne réglera pas complètement l'affaire. Nick, où as-tu dit que cette lettre avait été postée ?

— A Los Angeles. Le mois dernier.

— Je contacte le service des immatriculations de Californie. On verra bien ce qu'on peut obtenir comme renseignements sur cette Joy Petty. Après quoi, j'appellerai Jenny Northam pour lui dire que vous êtes en route.

— Jenny qui ? demanda Nick. En route pour où ?

— Jenny est experte en analyse graphologique auprès des tribunaux, expliqua Grissom. Elle nous dira si les deux lettres ont bien été écrites par « notre » Joy Petty.

— Et si ce n'est pas elle ?

— Alors, dit Catherine, ça commencera à devenir amusant ! Allez, on y va.

La climatisation de la Wells Fargo fonctionnait toujours à plein régime et même le flegmatique Warrick semblait frigorifié après vingt minutes d'attente dans le bureau de Carrie Washington. La conversation s'était peu à peu effilochée, cédant la place à un silence pesant. Enfin, la sonnerie du téléphone les fit sursauter et libéra la tension qui remplissait la pièce.

Carrie Washington décrocha le combiné.

— Oui ?

Elle écouta, griffonna des notes.

— Adresse ?... Emploi ?

Elle écrivit encore quelques mots et raccrocha.

— Vous avez quelque chose ? demanda Conroy.

— Oui. Le client en question s'appelle Barry Thomas Hyde. Il réside à Henderson, 53 Fresh Pond Court, et tient un magasin de location de vidéos – A to Z Video – dans Pecos Legacy, un petit centre commercial situé au 2562 Wigwam Parkway.

Conroy écrivit rapidement les adresses ; Warrick les avait déjà mémorisées.

— Merci, madame Washington.

— Y aura-t-il autre chose pour votre service ?

Conroy se leva, imitée par Sara et Warrick.

— Je crois que nous avons les informations dont nous avions besoin.

— En tout cas, vous pouvez compter sur notre total dévouement, assura Mme Washington.

Puis elle laissa enfin sortir ce qui la tracassait manifestement depuis le début de leur entretien.

— Si j'ai bien compris, vous travaillez pour la Brigade criminelle, n'est-ce pas ?

— C'est exact.

— Il s'agit donc d'une affaire de meurtre ?

— En effet.

Cela parut faire une profonde impression sur Carrie Washington.

— C'est pourquoi votre collaboration est si précieuse, lui dit Warrick. Un individu dangereux est en cavale.

— Je ferai tout ce qui est mon pouvoir, dit la banquière. Tout.

Tout, mais avec un mandat…

Sara dut se retenir pour ne pas courir hors du bâtiment, impatiente de retrouver le soleil et de réveiller ses pieds engourdis par le froid.

— Bon sang, dit-elle une fois dehors, je suis gelée.

Conroy eut un petit rire.

— Alors je n'étais pas la seule à claquer des dents.

— Ce nom et ces adresses ne vous ont-elles pas réchauffées, mesdames ? demanda Warrick.

— Réchauffée ? répondit Sara, je veux bien être

grillée même, à condition qu'il ne s'agisse pas d'un nouveau cul-de-sac !

— Allons-y, on verra bien… soupira Warrick.

— Je préviens Grissom, dit Sara tandis qu'ils rejoignaient la Tahoe garée un peu plus loin.

Elle sortit son portable avec l'adresse d'un tireur d'élite, informa son chef qu'ils avaient une identité possible du Deuce et lui donna les détails.

— On commence par son domicile, lui dit Grissom. Retrouvez-moi là-bas le plus vite possible ; je serai avec Brass.

— L'inspectrice Conroy est déjà avec nous.

— Parfait. S'il s'agit bien de notre homme, c'est un suspect dangereux.

— Quelqu'un est déjà allé chez Henderson ? demanda Conroy lorsque Sara eut pressé la touche FIN.

— Pas vraiment, avoua Sara.

— Moi non plus, admit Warrick. On a bien fait quelques scènes du crime dans ce quartier, mais…

— Ben, moi, honnêtement, je n'en sais rien non plus, dit Conroy, le doigt pointé sur son calepin.

Ils ne purent s'empêcher de rire devant l'absurdité de la situation : trois enquêteurs, et pas un seul qui soit capable de situer l'adresse du suspect.

— On ferait peut-être mieux de téléphoner pour demander, suggéra Sara en pouffant de rire.

— Inutile d'en toucher un mot à qui que ce soit, dit Conroy.

— Et surtout pas à Grissom, ajouta Warrick.

12

Jenny Northam secoua ses longs cheveux noirs puis regarda une dernière fois dans le microscope.

— Alors ? demanda Catherine.

— Aucune chance, dit Jenny.

Sa voix grave ne semblait pas convenir à une femme de son gabarit : elle mesurait tout juste un mètre cinquante et ne devait pas peser beaucoup plus de cinquante kilos.

— Franchement, les mecs, ce n'est même pas approchant.

Lc bureau de Jenny était niché à l'angle du premier étage de l'un des plus anciens immeubles de la vieille ville, à côté de Fremont Street. Petit et un peu miteux, il abritait du mobilier de bureau visiblement acheté d'occasion et une moquette datant de l'époque où la ville était aux mains de la pègre. La pièce du fond, dans laquelle Catherine et Nick s'entretenaient avec la jolie graphologue à la langue bien pendue, était exactement à l'opposé : un équipement flambant neuf, des classeurs à dossiers et une table à dessin étaient alignés contre les murs, entourant deux énormes tables installées au milieu de la pièce et surplombées de lampes à ultra-violet, fluorescentes et incandescentes. Juchés sur des tabourets à roulettes près des murs, Nick et Catherine regardaient Jenny Northam chevaucher le sien, naviguant d'une station à l'autre comme si elle pilotait un stock-car.

— Tu es sûre ? demanda Catherine.

— Un ours est-il catholique ? Le pape fait-il ses besoins dans les bois ? Mais ce dont je suis certain, c'est que la personne qui a écrit cette lettre…

Elle montrait le message adressé à Malachy Fortunato.

— … se moquait bien d'être identifiée. Ce truc ne mérite même pas d'être appelé contrefaçon – rien de plus qu'un pauvre con signant le nom de Joy Starr au bas de la lettre.

Catherine se renfrogna.

— C'est la seule possibilité ?

— Non. Cette lettre…

La graphologue brandit cette fois le document trouvé chez Marge Kostichek.

— … pourrait aussi être la contrefaçon. Mais ce qui est sûr, c'est qu'elles n'ont pas été écrites par la même personne.

Les deux CSI virent Jenny plonger la lettre dans une série de bains chimiques, puis la mettre à sécher avant de faire subir le même sort au message original adressé à Fortunato.

— En attendant, dit Jenny, comparons les écritures sur les photocopies que nous avons faites tout à l'heure.

Catherine et Nick vinrent s'asseoir de chaque côté de Jenny pendant que celle-ci lisait à haute voix la lettre adressée à Fortunato.

« Mon cher Mal,

Je suis si heureuse que nous partions enfin tous les deux, rien que nous deux.

Ce sera super d'être ensemble pour toujours. Tu représentes tout ce que dont j'ai toujours rêvé. A ce soir.

Je t'aime pour toujours.

Joy »

Puis elle lut la lettre de Joy Petty retrouvée chez Marge Kostichek.

« Chère Marge,

Merci pour la jolie carte d'anniversaire. Je ne sais pas pourquoi tu continues à m'envoyer de l'argent, tu sais que j'en gagne beaucoup. Mais c'est gentil de ta part. J'espère que tu as réfléchi à notre invitation et que tu viendras passer quelques semaines chez nous. Le gars avec qui je vis, Doug, pourrait même venir te chercher en voiture, comme ça tu n'aurais pas à prendre le bus. Je suis sûre qu'on s'amuserait beaucoup. Viens, je t'en prie.

Amicalement, Joy »

— Elle a vieilli, dit Nick, son écriture peut avoir changé.

— Pas à ce point, répondit Jenny. Impossible. Nos écritures changent avec le temps, c'est vrai. A des degrés divers. Mais la signature de quelqu'un ? C'est quelque chose que les gens ne changent pas radicalement.

Elle posa les deux lettres côte à côte sur la table.

— Regardez la majuscule « J » dans « Joy ». Dans la

lettre de Joy Petty, le « J » est très sinueux. Elle commence sur la ligne et dessine cette grande boucle qui dépasse la ligne du haut, puis la boucle plus petite vers le bas, qui se prend, elle aussi, très au sérieux. Vous voyez comme ça descend par ici, presque jusqu'à la ligne suivante ? C'est l'écriture de quelqu'un qui a besoin d'attirer l'attention, quelqu'un qui veut se faire remarquer.

Catherine désigna l'autre papier.

— Parle-nous de la personnalité qui se cache derrière cette signature.

— C'est un gribouillage. On pourrait croire que c'est un gosse qui a fait ça. Très droit, presque comme des caractères typographiques. Aucune chance que ce soit la même personne, même à quinze ans d'intervalle.

Elle attira leur attention sur la capitale « M » dans « Marge », ronde et douce, avec une pression continue d'un bout à l'autre. Le « M » de « Mal », par contre, était pointu, avec plus de pression là où les lignes se rejoignaient.

— Nous avons là, définitivement, deux auteurs différents, affirma Jenny en secouant la tête.

Catherine sourit à Nick qui lui renvoya son sourire.

— Les documents originaux devraient être secs maintenant. Voyons voir.

La graphologue se percha d'un côté de la table, Nick vint s'asseoir en face d'elle. Catherine resta encore une seconde à étudier les photocopies avant de les rejoindre.

— Vous les avez trempés dans de la ninhydrine ? demanda Nick

— Non. La ninhydrine, c'est de l'histoire ancienne.

— Je me souviens avoir lu dans le dossier Fortunato

que le labo avait déjà essayé, quand ils ont trouvé le message en 1985, mais sans résultat, dit Catherine.

— Oui, dit Jenny. Même si c'était le top à l'époque, la ninhydrine ne fonctionnait pas toujours. Ça marchait bien sur les acides aminés laissés par les gens qui avaient touché le papier. Mais ce nouveau truc, c'est le délire : ça marche sur les *sels* laissés sur le papier.

Nick se souvenait avoir lu quelque chose du genre dans une revue d'expertises légistes.

— C'est le produit que les Anglais ont découvert, non ?

— Exact, dit Jenny. Regardez : on a quelque chose.

La graphologue souleva le message original sur lequel apparaissaient une empreinte noire, sans doute le bord de la paume de l'auteur, et plusieurs empreintes digitales ici et là.

Elle eut un sourire de triomphe.

— On dirait que l'auteur a frotté le papier pour essuyer ses empreintes. Ces imbéciles refusent de comprendre que les empreintes digitales sont constituées à quatre vingt-dix-neuf pour cent d'eau. Elles sont *dans* le document, pas dessus.

L'autre lettre présentait elle aussi quelques empreintes.

— Votre spécialiste vous confirmera que ces deux séries d'empreintes ne correspondent pas entre elles, prédit Jenny. Les lettres ont été écrites par deux personnes différentes et les empreintes le prouveront aussi bien que les écritures. En outre, le style d'écriture – le degré d'éducation qu'il indique – suggère aussi deux auteurs différents ; mais ça, c'est une analyse plus subjective.

Catherine regarda Nick.

— Alors, quelles sont tes conclusions à présent ?

— Nous savions déjà que Fortunato ne s'était pas enfui avec la strip-teaseuse.

— Exact.

— Nous pensons aussi qu'elle est toujours vivante et demeure à Los Angeles sous le nom de Joy Petty.

— Oui, et Grissom nous en dira sans doute plus long lorsque nous rentrerons au bureau.

Nick se leva et se mit à marcher lentement.

— Nous avons donc la contrefaçon d'une lettre de Joy adressée à notre victime, vers l'époque du meurtre… mais pourquoi ? Pourquoi écrire ce message ?

— La personne qui a engagé le tueur a placé ce message dans le tiroir de Fortunato, c'est évident, dit Catherine. Et ça a marché : tout le monde a pensé que Fortunato s'était fait la belle avec une femme plus jeune que lui.

Nick s'immobilisa, écarta les bras.

— Alors, des gangsters de la mafia ont engagé le tueur et caché le message.

Catherine secoua la tête.

— Cela ne rime à rien.

— Pourquoi ?

— Ecoute, mets-toi à la place de ces gangsters. Tu ne veux pas que quiconque sache que tu as tué ce type – tu ne veux même pas que sa mort soit officiellement connue. Tu donnes au tueur à gages des instructions pour qu'il dissimule le corps de telle sorte qu'il ne soit jamais retrouvé, puis tu écris une lettre pour faire croire que Fortunato est parti avec sa maîtresse.

— Ben oui, dit Nick, ça paraît logique.

Catherine sourit.

— Vraiment ? Si tu fais tout ça, pourquoi autoriser l'assassin à signer son crime ? Les deux balles dans la tête ?

— Pourquoi pas ?

— Parce que si le corps est retrouvé, tu sais pertinemment que la police pensera que c'est un coup de la mafia. N'est-ce pas ce que nous avons nous-mêmes pensé ?

— Mais le Deuce est un tueur au service de la mafia…

— Non, Nicky, c'est un indépendant. Ses meilleurs clients sont peut-être les grands parrains du crime organisé, mais ce ne sont pas nécessairement ses seuls clients.

Nick comprenait la logique du raisonnement.

— Grissom nous dit toujours de ne rien présumer, et qu'est-ce qu'on a fait ? Présumé que c'était un crime maffieux.

— Si ce n'en est pas un, dit Catherine, c'était en tout cas très bien vu de la part de la personne qui, pour une raison ou une autre, souhaitait la mort de Fortunato. Déjà endetté auprès des bookmakers de la côte Est, Fortunato était quasiment condamné à mort si les patrons du casino où il bossait apprenaient qu'il volait dans la caisse. Blâme instantané.

— Mais si quelqu'un d'autre a engagé le Deuce – qui était-ce ?

— As-tu remarqué que, dans cette affaire, chaque fois que nous trouvons la réponse à une question, cela nous conduit à nous en poser une autre, entièrement nouvelle ?

Catherine se tourna vers la graphologue.

— Jenny, quelle longueur de texte manuscrit te faudra-t-il pour identifier l'auteur de ces deux lettres ?

La réponse de Jenny fut automatique.

— Si vous trouvez un suspect, ne vous contentez pas de lui demander un échantillon de son écriture – ça ne sert à rien. Trouvez-moi quelque chose qu'il a déjà écrit, une liste de commissions, n'importe quoi.

— Et sinon ?

— Dans ce cas-là, demandez-lui d'écrire quelques phrases. Il y a des choses qu'on ne peut pas dissimuler.

— Un échantillon de quelle longueur ? insista Catherine.

— Plus il y en aura et mieux ça vaudra.

— En règle générale, c'est comme ça, dit Nick.

— Merci, Jenny. Tu es la meilleure.

— Certainement pas, dit la graphologue, c'est mon père qui était le meilleur.

Catherine acquiesça.

— On revient dès qu'on aura quelque chose.

Jenny se remit au travail.

— Je suis ici jusqu'à cinq heures, et vous pouvez toujours m'appeler après – mais faudra pas compter sur moi ce soir.

— Qu'est devenu ton fameux « service vingt-quatre heures sur vingt-quatre » ? plaisanta Catherine.

— Me casse pas les couilles ! rétorqua Jenny. J'ai répétition avec la chorale.

Catherine guida Nick, médusé, hors du bureau et, tandis qu'ils redescendaient le Strip en voiture, elle pressa un numéro sur son portable.

— O'Riley, dit la voix rauque à l'autre bout du fil.

— Marge Kostichek est toujours avec vous ?

— Oui.

— Pas de changements dans sa déclaration ?

— Non.

— Vous allez la relâcher ?

— Oui.

— Elle est avec vous dans la pièce en ce moment, n'est-ce pas ?

— Oui.

— Okay, nous allons vous faire parvenir une décision judiciaire pour identification.

— C'est-à-dire ?

— Un échantillon d'écriture manuscrite et des empreintes digitales.

— Oh ! Pas de problème.

— J'appelle Grissom, vous devriez avoir le document dont vous avez besoin dans moins d'une heure.

— Très bien.

O'Riley coupa la communication et Catherine appela Grissom pour lui demander de se charger de la décision judiciaire et de la faire parvenir au sergent.

— Est-ce que Nick et toi, vous avez un peu dormi ? demanda-t-il.

— En début d'année, je crois. Je ne me souviens pas non plus avoir mangé ces derniers temps.

— Bon, prenez au moins le temps de manger quelque chose. On va finir par saloper le boulot à force de négliger les plus élémentaires de nos fonctions vitales… Je me charge de tout ici pour le moment.

— Merci. Nous serons bientôt de retour.

Elle pressa FIN et se renfonça dans le siège du passager ; elle regrettait presque que Grissom lui ait rappelé combien elle était fatiguée.

— Qu'est-ce qu'il a dit ?

— Que nous devrions manger.

— Bien. Je n'ai rien avalé depuis des heures.

Le *Harley-Davidson Cafe* ressemblait à la fois à un pub, à un wagon-restaurant des années 1950 et à une discothèque de heavy metal. Catherine était souvent passée devant mais n'y avait jamais mangé – elle s'arrêtait rarement dans ce genre d'endroits pour touristes. Son salaire lui permettait de vivre décemment, mais pas de se payer régulièrement des hamburgers à huit dollars tout en élevant sa fille.

Un drapeau américain tissé avec des chaînes d'ancre de huit centimètres d'épaisseur recouvrait un mur jusqu'au plafond, à dix mètres de hauteur, loin au-dessus de la salle de jeux ouverte qui occupait l'étage. Un tapis roulant courait à travers le restaurant, le bar, la boutique de souvenirs et montait jusqu'à l'étage, promenant vingt modèles anciens de Harley Davidson en exposition permanente.

Nick commanda une limonade et Catherine un thé glacé. En attendant leurs boissons, ils se remirent à discuter de l'affaire.

— Bon, dit Catherine, si ce n'est pas la mafia qui a descendu Fortunato, qui alors ?

Nick réfléchit.

— Sa femme ? C'est toujours par là qu'il faut commencer. En plus, il la trompait.

— Je ne sais pas, dit Catherine. Elle a été assez choquée d'apprendre sa mort après tant d'années et son émotion m'a paru vraiment sincère... mais sa rancune vis-à-vis de Joy ne s'est pas calmée avec le temps.

— Et son ami ?

La serveuse déposa les boissons devant eux, prit la commande, et Catherine dut supporter l'inévitable flirt (« Aikake, quel joli nom ! » s'extasia Nick – « Hawaïen » minauda la serveuse).

— Ça y est, on peut continuer maintenant ? demanda-t-elle lorsque la serveuse repartit en roulant des hanches.

— Désolé. Son ami, tu disais ?

— Gerry Hoskins. Annie Fortunato prétend qu'elle ne le connaissait pas encore à l'époque où Malachy a disparu, mais personne n'a vérifié.

— Il faudrait le faire.

— C'est pour ça que Dieu a créé des gens comme Jim Brass.

— Merci de me le préciser, je m'étais toujours posé la question. D'autres idées ?

— Et Marge Kostichek ?

Il haussa les épaules.

— Elle a menti en disant ne pas connaître Joy, c'est vrai, mais quel motif aurait-elle pu avoir ?

— Je ne sais pas, soupira Catherine. Pas mal comme réponse, non ?

Nick haussa le ton pour couvrir la musique de Steppenwolf.

— Et Joy elle-même ? Elle a disparu le même jour – et, avant d'avoir trouvé cette lettre, nous ne savions pas qu'elle était vivante.

— Mais la lettre écrite il y a quinze ans n'est probablement pas de Joy. Pourquoi faire tuer quelqu'un et placer dans ses papiers une fausse lettre qui aurait été plus convaincante si tu l'avais écrite toi-même ?

— Je commence à avoir la tête qui tourne.

Catherine réfléchissait.

— Je me demande si Grissom a trouvé quelque chose au service des immatriculations automobiles de Californie.

— On verra ça plus tard, dit Nick d'un air affamé.

Leurs plats venaient d'arriver et Catherine se souciait peu à présent de savoir si c'était la serveuse ou le cheeseburger qui mettait cet air béat sur le visage de son collègue.

Moins d'un jour après avoir identifié le tueur, ils étaient, pour ainsi dire, revenus à la case départ : qui avait engagé le Deuce pour exécuter Malachy Fortunato ? L'idée de Nick était peut-être la bonne. Pour le moment, sans doute ferait-elle mieux de se concentrer sur son sandwich au poulet et tenter d'oublier la soudaine multitude de suspects.

Après le déjeuner, Catherine déposa Nick au quartier général pour qu'il puisse examiner une nouvelle fois les pièces à conviction. C'était toujours nécessaire au cours d'une enquête criminelle scientifique, parce que les informations les plus récentes ouvraient toujours de nouvelles perspectives et jetaient une nouvelle lumière sur les pièces à conviction. Néanmoins, l'identification de la personne qui avait engagé le tueur allait probablement dépendre des empreintes relevées sur les documents et de l'analyse des écritures.

Catherine n'était plus très loin de la résidence d'Annie Fortunato lorsque son portable sonna.

— Salut, c'est Nick. Grissom m'attendait avec la photo du permis de conduire de Joy Petty.

— Et ?

— C'est bien elle. Un peu plus vieille, un peu moins

mignonne, mais c'est elle… Monica Petty ou Joy Starr ou Joy Petty ou…

— Une rose quel que soit son nom.

Les mains de Catherine serrèrent le volant de la Tahoe un peu plus fort.

— Préviens O'Riley ou Brass – l'un d'eux pourrait aller à Los Angeles pour l'interroger.

— En parlant de O'Riley, dit Nick, il a les empreintes et un échantillon de l'écriture manuscrite de Marge Kostichek.

— Bien. Je viens d'arriver chez les Fortunato. Je serai de retour dans une heure.

Catherine gara la voiture et marcha jusqu'à la maison. Seule une faible lueur filtrait par les rideaux du living-room. Elle frappa à la porte.

Après un moment, Annie Fortunato ouvrit lentement la porte. Elle était habillée – un T-shirt bleu pâle sur un short bleu foncé – mais semblait un peu échevelée ; comme toujours, une cigarette était vissée au coin de ses fines lèvres blanches.

— Bonjour, mademoiselle Willows – entrez, entrez. Que puis-je faire pour vous ? demanda-t-elle en souriant.

Une odeur que Catherine reconnut immédiatement – des macaroni au fromage – flottait dans la pièce ; ils venaient juste de terminer leur repas.

— Excusez-moi de ne pas vous avoir prévenue…

— Mais non, pas de problème. Je sais que vous essayez de nous aider.

— Je suis heureuse que vous compreniez ça. Je suis passé parce qu'il va fallloir que je relève vos empreintes digitales.

Annie Fortunato écarquilla les yeux.

— Pardon ?

— J'ai besoin de relever vos empreintes digitales… et celles de Gerry aussi.

— Pourquoi ?

Sa voix n'avait plus rien de chaleureux.

— Le message de Joy Starr qui a été retrouvé dans les affaires de votre mari porte des empreintes.

— Pourquoi diable… ?

La voix de Hoskins se fit entendre à l'arrière de la maison.

— Qu'est-ce que c'est, Annie ?

Mme Fortunato tourna la tête et cria d'une voix dure :

— Catherine Willows est ici – elle a besoin de *nos empreintes digitales* !

Quand elle se retourna vers Catherine, ses traits étaient déformés par la rage.

— Vous pensez que c'est l'un de nous qui a fait le coup ?… Bon sang, je ne connaissais pas Gerry à l'époque ! Il ne vivait même pas à Las Vegas.

Catherine, déjà morte de fatigue, se sentait accablée par la délicatesse de la situation.

— Ce n'est vraiment qu'une formalité, pour faciliter… vous savez, pour vous éliminer des autres empreintes.

Mais plus Annie Fortunato y pensait et plus elle s'excitait.

— Vous pensez que j'ai tué mon propre mari ? Et moi qui croyais que vous étiez mon amie.

— Madame Fortunato…

— Espèce de garce ! Comment osez-vous vous présenter ici ? postillonna-t-elle dans un nuage de fumée.

— Sincèrement, madame Fortunato, je n'envisage pas même une seconde que vous ayez pu tuer votre mari.

Catherine mentait. A ce stade de l'enquête, tout ce qu'elle voulait, c'était retourner au laboratoire avec ces empreintes.

— Mais lorsque nous prendrons celui qui a commis ce crime horrible, ses avocats chercheront à l'innocenter par tous les moyens, y compris en vous inculpant, vous ou Gerry.

Annic Fortunato restait là sans réagir ; au moins, elle avait écouté. Catherine observa avec soulagement sa colère se dissiper. Hoskins fit irruption en provenance de la chambre à coucher, finissant d'enfiler une chemise et fermant sa braguette d'une main.

— Tout va bien ? demanda-t-il.

Catherine se demanda si elle avait interrompu quelque chose – un dessert, peut-être, après les macaroni au fromage…

— Elle veut relever nos empreintes digitales, les tiennes et les miennes, qu'elle dit.

— Qu'est-ce que…

— Comme ça, s'ils prennent celui qui a tué Mal, son avocat ne pourra pas nous impliquer.

Ils posaient maintenant sur Catherine des yeux pleins de méfiance. Epuisée, elle décida de leur parler franchement.

— Ecoutez, c'est mon boulot de trouver qui a assassiné Malachy. Et maintenant que son corps a été retrouvé, vous allez tous deux figurer sur la liste des suspects.

— Alors, vous n'êtes rien d'autre qu'une garce, dit la femme.

— Ecoutez-moi, je vous en prie.

Hoskins posa un bras protecteur autour des épaules d'Annie Fortunato.

— Comment osez-vous supposer…

— Je ne suis pas votre amie, lâcha Catherine. Et je n'ai pas d'opinion, ni dans un sens ni dans l'autre. Je cherche des preuves – c'est mon travail. C'est pour ça que j'ai labouré votre allée hier soir, pas pour m'amuser. Plus je réunirai de preuves, qu'elles soient incriminantes ou disculpantes, et plus j'aurai de chance de découvrir qui a tué Malachy Fortunato et de le traîner devant la justice. Non seulement le tueur à gages, mais la ou les personnes qui l'ont payé… que ce soit la mafia, vous ou qui que ce soit d'autre.

Stupéfait, le couple restait coi. Hoskins serrait toujours Annie contre lui. Finalement, il prit la parole.

— En quoi pouvons-nous vous aider ?

Catherine soupira, soulagée mais épuisée.

— J'ai besoin de vos empreintes à tous les deux.

L'homme acquiesça.

— Pouvez-vous faire ça ici ou devons aller au poste ?

— Nous pouvons le faire ici, dit-elle en ouvrant la mallette qui contenait son équipement.

Mme Fortunato semblait gênée.

— Je suis désolée de vous avoir traitée de… ce que j'ai dit.

Catherine parvint à esquisser un sourire.

— Je suis moi-même désolée d'avoir provoqué ce malentendu. Je sais que vous ne vous attendiez pas à ça… mais comprenez-moi, je dois enquêter sur tout, envisager la situation sous tous les angles.

— Je sais, je sais. C'est seulement que tout a été si… bouleversant. Gerry et moi sommes comme sur des charbons ardents. Je suis sûre que vous et vos collègues l'êtes aussi.

Chaque jour, leur répétait Grissom, *nous rencontrons des gens pendant la pire journée de leur vie*.

Catherine préleva rapidement les empreintes. Elle venait de rouvrir de vieilles blessures et souhaitait disparaître aussi vite que possible. Une fois son travail terminé, elle tendit un mouchoir en papier à Hoskins pour qu'il s'essuie le pouce.

— Merci, dit-il.

— Non, c'est moi qui vous remercie, monsieur Hoskins.

Il la raccompagna jusqu'à la porte.

— Madame Willows ?

— Oui ?

— Je peux vous demander une faveur ?

— Dites-moi.

Il déglutit.

— Coincez cet enfant de salaud.

Elle le regarda droit dans les yeux.

— Oh, monsieur Hoskins, ne vous en faites pas, je vais le coincer.

13

Pendant que Warrick conduisait la Tahoe le long de Fresh Pond Court, Conroy, sur le siège du passager, et Sara, à l'arrière, regardaient les numéros des maisons. A en juger par les murs d'enceinte qui protégeaient la plupart des propriétés, Henderson était un quartier réservé, sinon aux très riches, du moins aux gens aisés. Lorsque le SUV parvint à destination, la Ford Taurus de Brass était déjà garée devant l'entrée, lui-même au volant et Grissom installé à côté de lui. Les deux CSI et l'inspectrice de la Criminelle sortirent vivement de la Tahoe et coururent les rejoindre.

Le ranch en stucco était de la couleur que les agents immobiliers appellent « sable du désert » et arborait l'incontournable toit de tuiles, ainsi qu'un garage attenant pour deux voitures et un gazon bien entretenu. Dans cette région désertique, bien peu de maisons pouvaient s'enorgueillir d'une pelouse aussi verte et luxuriante, les jardins étant généralement faits de terre battue ou de pierre. Celui-ci aurait pu rivaliser avec un terrain de golf, à une exception près : au lieu d'un trou marqué par un drapeau, un simple buisson décoratif poussait en plein milieu. Toute la propriété respirait une calme dignité – celle qu'on achète avec beaucoup d'argent.

— En voilà un qui a su profiter du rêve américain, dit Warrick à son chef en s'appuyant sur le toit de la Taurus. Vous avez déjà sonné à la porte ?

Impassible, Grissom gardait les yeux fixés sur la maison.

— En arrivant. Il n'y a personne. Où étiez-vous ?

Un sourire piteux corna la bouche de Warrick.

— Nous nous sommes un peu perdus.

— Combien de CSI faut-il pour visser une ampoule ? demanda Brass.

— Deux, plus une inspectrice de la Crime, apparemment, répondit Sara. Conroy est avec nous.

— Hé, c'est un quartier neuf ! se défendit Warrick. La dernière fois que j'ai traîné par ici, il n'y avait que des broussailles et des chiens de prairie.

— Laisse tomber, dit Grissom. De toute façon, il n'y a personne.

Conroy avait contourné le véhicule pour venir parler avec Brass.

— Vous voulez que j'aille voir par-derrière ?

— Nous n'avons pas de mandat, dit Brass. Il vaut mieux être prudent ; sur une affaire de ce genre, on ne peut pas prendre le risque de commettre la moindre erreur technique.

— Ça a presque l'air abandonné, dit Sara. Est-ce que le maître de maison est absent, ou se pourrait-il que personne n'habite ici ?

Un vent sec agita les feuilles du buisson au milieu de la pelouse.

— On aperçoit des meubles par les fenêtres de la

façade, répondit Grissom, et la compagnie d'électricité, la compagnie d'eau et la greffe du comté sont tous d'accord là-dessus : c'est bien la résidence d'un dénommé Barry Hyde.

— Tu ne perds pas de temps, constata Warrick.

— Toi non plus, à part pour te paumer de temps à autre.

Warrick encaissa en silence.

— En fait, je pense que nous avons mérité une pause, dit Grissom.

— Hein ? dit Sara

— Je pense que nous devrions aller jeter un coup d'œil au magasin de location de vidéos.

— Ils auront peut-être des nouveautés intéressantes à nous proposer, dit Warrick en s'écartant du toit de la Taurus.

Il fut décidé que Conroy resterait sur place, avec la Taurus, devant la résidence de Barry Hyde. Brass se glissa à l'arrière de la Tahoe, à côté de Sara.

— Si tu veux que je conduise, je connais le chemin, souffla-t-il à Warrick.

— C'est moi qui ai fourni cette adresse, à moi l'honneur, répondit celui-ci en essayant de ne pas prendre un ton trop tranchant.

Le magasin de vidéos de Barry Hyde se trouvait quelques rues plus loin, sur Wigwam Parkway. Warrick fut heureux d'avoir ses lunettes de soleil sur le nez lorsqu'il vira sur le parking du centre commercial de Pecos Legacy où les vitrines réfléchissaient le soleil étincelant de l'après-midi. A to Z Video, une petite boutique typique avec un néon dans la vitrine et des affiches de cinéma un peu partout, était situé tout au bout de la galerie marchande, à côté d'un bureau de tabac.

Brass ouvrit la marche tandis que Grissom restait à l'arrière en observateur. Ils pénétrèrent dans le magasin : les nouvelles parutions étaient exposées le long du mur extérieur, les films plus anciens au milieu ; les DVD remplissaient la section du mur à droite de la caisse, qui était situé entre les deux portes ENTRÉE et SORTIE. A l'arrière du magasin, une porte menait sans doute à un entrepôt et au bureau du directeur.

Derrière le comptoir, du côté de la caisse, une petite Amérindienne d'une vingtaine d'années, aux cheveux noirs et raides coupés courts, portait une imitation de l'uniforme bleu de Blockbuster sur un pantalon et un T-shirt. Son badge indiquait qu'elle s'appelait Sue.

Assez guillerette, et peut-être un peu surprise d'avoir des clients, elle leur adressa aussitôt la parole.

— Bonjour, bienvenue à A to Z Video. Cherchez-vous un film en particulier ?

— Sue, je cherche Barry Hyde, dit Brass.

Il ne sortit pas sa carte de police – on aurait dit qu'il plongeait un orteil dans l'eau pour prendre la température. La caissière sourit.

— M. Hyde est sorti pour la journée. Puis-je vous aider ?

— Quand doit il revenir ?

— Je suis désolée. Il ne sera pas joignable avant la semaine prochaine.

Brass sortit alors son portefeuille de cuir et montra sa carte.

— Pouvez-vous me dire pourquoi il n'est pas joignable ?

Voyant à qui elle avait affaire, l'amabilité de la caissière se mua en légère appréhension.

— Oh, j'aimerais bien vous aider, mais je suis seulement… euh, peut-être devriez-vous parler à Patrick.

Le visage mélancolique de Brass esquissa un semblant de sourire.

— Et qui est Patrick ?

— Le directeur adjoint. Il est responsable en l'absence de M. Hyde.

— Alors, je voudrais parler à Patrick. Il est ici ?

— Dans la pièce du fond, dit-elle.

Elle pressa le bouton de l'interphone.

— Patrick, on te demande.

— Qui ? demanda une voix dans l'interphone.

— Je crois que c'est la police… je veux dire, c'est la police.

— Euh… euh, une minute, euh… je viens… euh… dans une seconde.

Plus ou moins quatre minutes plus tard, Grissom examinait toujours le magasin comme si chaque vidéo était une pièce à conviction potentielle ; mais les autres – y compris Warrick – s'impatientaient.

Warrick avait parfaitement conscience que le milieu d'après-midi n'est pas une heure de grande affluence pour un magasin de vidéos, mais celui-ci semblait particulièrement mort. Il remarqua aussi que les prix des locations n'étaient pas exactement ce qu'on appelle bon marché.

Brass s'appuya au comptoir.

— Sue, pourriez-vous appeler Patrick encore une fois ?

La caissière s'apprêtait à presser le bouton de l'interphone lorsque la porte arrière s'ouvrit sur un gamin boutonneux qui paraissait encore plus jeune que sa collègue. Blond décoloré, il avait un bouc sombre, un nez court et étroit, des lèvres fines et des yeux verts dont la pupille avait à peu près la taille d'une tête d'épingle. Dans son bermuda noir et son polo bleu brodé A to Z sur la poche de poitrine, on aurait dit le guitariste d'un groupe de heavy metal.

Lorsque le gosse s'approcha de lui, Warrick remarqua qu'il exhalait un mélange de Tic-Tac et d'herbe, ce qui expliquait sans doute leur attente de quatre minutes.

— Puis-je… euh… comment dire, vous aider ? demanda le directeur adjoint.

Brass dut réprimer un fou rire ; ils étaient venus rencontrer le directeur et ils se retrouvaient face à un beatnik.

— Vous êtes Patrick ?

Le gosse réfléchit un moment, puis, sans même avoir besoin de consulter son badge, répondit :

— Oui. McKee. C'est mon nom de famille.

— Patrick, nous aimerions vous parler de votre patron, Barry Hyde.

Le soulagement du gamin était palpable et Warrick se retourna pour ne pas éclater de rire. Il fit semblant d'étudier l'étalage des DVD tout en écoutant la conversation.

— A quel sujet ? demanda Patrick.

— M. Hyde est absent ?

— En effet. Jusqu'à lundi.

— M. Hyde est souvent absent ?

Le gamin dut réfléchir un moment. Finalement, il parvint à lâcher :

— Quelquefois.

— Combien de temps ? Et souvent ?

— Il s'est absenté régulièrement depuis que je travaille ici. Euh… huit mois.

Brass secoua la tête.

— Ce n'est pas ce que je veux dire, Patrick. Je veux dire, combien de temps est-il absent en général ?

— Parfois deux jours, parfois une semaine.

Warrick tira une boîte de DVD du rayonnage et fit semblant de lire la couverture : *Real Time : Siege at Lucas Street Market*. Il savait que Hyde ne pouvait s'être absenté pour très longtemps puisqu'il n'avait que rarement raté ses rendez-vous au *Beachcomber*, le lundi et le mercredi.

Brass commençait à perdre patience.

— Savez-vous où est M. Hyde en ce moment ?

Patrick réfléchit longuement.

— Non. Je ne crois pas qu'il l'ait dit.

— Et que faites-vous en cas d'urgence ?

Le visage du gamin blêmit.

— En cas d'urgence ?

— Oui, en cas d'urgence. C'est lui le patron. Vous n'avez pas un numéro de téléphone pour le contacter au cas où le magasin serait cambriolé, ou si un client était terrassé par une attaque cardiaque ? Ou si un employé de valeur comme vous traversait une difficile crise familiale ?

— Oh, bien sûr, dit Patrick.

— Pourriez-vous me donner ce numéro ?

— Oui, c'est le 911.

Brass regarda le gamin sans rien dire. Le numéro de la police. Découragé, il se tourna vers Grissom :

— Tu veux essayer de l'interroger ?

Grissom leva les mains pour faire comprendre qu'il renonçait.

Warrick reposa le DVD sur l'étagère – *100 % multi-angle !!!* – et fit un pas en avant.

— Ecoutez, sortez et attendez-moi dehors. Je vais discuter avec Patrick.

Les yeux de Sara croisèrent ceux de Warrick ; ils étaient sur la même longueur d'ondes.

— Oui, je reste avec Warrick.

Grissom comprit que ces deux-là tramaient quelque chose.

— Tu n'y vois pas d'objection, Jim ? demanda-t-il à Brass.

— Non. Reconduis-moi à la maison de Barry Hyde.

Après tout, sa voiture et l'inspectrice Conroy attendaient là-bas.

— D'accord. Je repasse vous prendre dans un quart d'heure, ajouta-t-il à l'intention de Sara et Warrick.

Une fois Brass et Grissom partis, Warrick se tourna vers le directeur adjoint.

— Bon. Patrick, action ou vérité : vous êtes complètement stoned.

Les yeux du gamin s'écarquillèrent, mais ses pupilles demeurèrent de la taille d'une tête d'épingle.

— Pas du tout !

— Arrête ton char, petit, intervint Sara. Dragnet a quitté le bâtiment, c'est au Mod Squad que tu es en train de parler… Nous savons ce que c'est d'être stoned, et tu es stoned.

Patrick semblait avoir perdu le sens de la parole. Il restait là, la bouche bée.

— Pourquoi n'irions-nous pas tous les trois dans le bureau du fond, pour décompresser un peu, suggéra Warrick en posant un bras autour des épaules du gamin.

— Pas dans le bureau du fond. Je veux dire… euh… c'est… euh… privé.

— C'est justement pour ça que nous allons y aller, expliqua Sara. Parce que c'est privé ; si des clients entrent, nous ne risquerons pas de les perturber.

Pris entre deux feux, Patrick jeta un regard suppliant à la caissière, mais elle lui tournait le dos, soudain passionnément intéressée par le classement des vidéos rapportées au cours de la journée.

— Euh… je suppose que vous avez raison…

— Cool, dit Warrick.

Il se dirigea vers le bureau du fond et ouvrit la porte. Les trois bâtonnets d'encens que le gosse avait allumés avant de venir dans le magasin ne cachaient pas l'odeur de marijuana. Le « bureau » était meublé d'une vieille table métallique, d'une chaise pivotante bon marché et de quelques étagères en contreplaqué pleines de cassettes de promotion. Sur les murs s'étalaient des affiches publicitaires, la plupart pour des films classés triple X.

— Désolé, bafouilla Patrick, c'est un peu… le bordel ici.

— Et ça sent comme le camion de Cheech et Chong, enchaîna Sara.

— Un vendredi soir, renchérit Warrick.

Le gosse ne put s'empêcher de sourire.

Sara jeta un coup d'œil aux affiches porno.

— Vous louez ce genre de trucs ?

Le sourire niais de Patrick s'effaça pour laisser place

à une mimique qui se voulait professionnelle. Après tout, il était directeur adjoint de A to Z Video.

— *American Booty* et *The Boner Collector* sont nos deux meilleures locations pour adultes. Il faut les réserver deux semaines à l'avance.

— Je laisse tomber, dit Sara.

— Ainsi donc, commença Warrick en s'asseyant sur le rebord de la table, les affaires marchent bien, n'est-ce pas ?

Patrick renifla.

— Ouais, exact, plus ou moins.

— C'est toujours aussi vide qu'aujourd'hui ?

— Souvent, admit Patrick. On a parfois pas mal de monde le week-end, mais il y a un Blockbuster un peu plus loin et un supermarché à l'autre bout du centre commercial. Ils louent des vidéos aussi.

— Est-ce que M. Hyde semble préoccupé par son commerce ?

— Que voulez-vous dire ?

— Je veux dire, si les affaires ne marchent pas trop bien, est-ce que vous organisez des réunions pour mettre au point une stratégie, baisser les prix…

— Non, pas vraiment. Barry est un patron très sympa. Il a un sens de l'humour génial – vraiment noir. Je dirais même assez hard.

Tu m'étonnes, songea Warrick.

— Il ne nous cherche pas d'emmerdes…

Il jeta un regard en biais vers Sara.

— … pas d'histoires au sujet de la dope.

— Est-ce que Hyde vient tous les jours au magasin, quand il est en ville ?

— Oui, oui. Il ne reste pas très longtemps, en général. Il vient, commande de nouvelles cassettes si besoin est, vérifie les comptes et va déposer la recette de la veille à la banque. Oh, et parfois il nous apporte des petits extras : des doughnuts et de l'herbe.

— Combien d'employés travaillent ici ?

— En plus de M. Hyde, quatre. Moi, Sue – elle tient la caisse aujourd'hui – Sapphire et Ronnie. Sue et moi, on travaille ensemble généralement, Sapphire et Ronnie aussi. On alterne chaque semaine entre l'horaire de jour et l'horaire de nuit. Cette semaine, Sue et moi, on fait la journée et la semaine prochaine, on sera de nuit. Comme ça, on ne s'ennuie pas, et chacun peut avoir sa vie privée, vous comprenez ?

— Plutôt cool comme rythme de travail, dit Warrick. Nous, on travaille seulement la nuit.

— Mais on est en pleine journée ! s'exclama Patrick.

— On préfère faire preuve d'une certaine souplesse en ce qui concerne les heures de travail. Vous êtes payé combien pour travailler ici, Patrick ?

— Huit dollars cinquante de l'heure. Enfin, Ronnie et moi, parce qu'on est tous les deux directeur-adjoint. Sapphire et Sue touchent sept dollars cinquante de l'heure.

— C'est pas mal payé pour rester assis à fumer des pétards, constata Sara.

Patrick se demanda s'il devait répondre. Il n'y avait aucun reproche dans le ton de Sara, mais elle était avec les flics.

— Je ne fume que s'il n'y a vraiment rien d'autre à faire, dit-il finalement.

— Ce qui arrive assez souvent, non ?

Le haussement d'épaules que lui renvoya Patrick équivalait à une réponse affirmative.

Sentant que Sara s'éloignait du sujet, Warrick reprit l'interrogatoire.

— Vous souvenez-vous exactement des périodes pendant lesquelles M. Hyde s'est absenté ?

— Oh, tous ses voyages sont marqués dans le calendrier.

Warrick échangea un regard avec Sara.

— Quel calendrier, Patrick ?

— Celui-ci, dit le gamin en montrant du doigt la playmate de juillet qui surplombait le bureau.

— Je peux jeter un coup d'œil ? demanda Warrick.

— Oui, mais… y a pas besoin d'un mandat ou d'un truc comme ça ?

— Non, pas si vous n'y voyez pas d'inconvénient, répondit Warrick sur un ton décontracté.

— Oh, bon, bien sûr. Allez-y.

Warrick feuilleta les pages du calendrier avec un stylo et lut les dates à voix haute pour que Sara les recopie. Quand ils eurent terminé, elle tira un petit appareil photo de son sac pour photographier le calendrier. Simple précaution supplémentaire. La voyant faire, Patrick devint un peu nerveux et Warrick mit son bras sur les épaules du jeune homme.

— Patrick, je vais faire un marché avec vous.

— Un marché ?

— Oui. Si vous ne dites pas à M. Hyde que nous vous avons interrogé, je ne vous ferai pas d'histoires.

— Pas d'histoires… ?

— Vous savez, pour détention de stupéfiants.

— Détention de stupéfiants ? Mais j'ai seulement un demi…

Il se figea, réalisant ce qu'il était en train de dire. Ses yeux implorèrent Warrick et Sara.

— Je veux dire… je croyais que vous étiez sympas…

La voix de Warrick se fit plus froide.

— Alors, Patrick, ce marché ? Conclu ?

— Marché conclu, répondit le gosse à contrecœur.

Warrick et Sara ressortirent dans la lumière éclatante du soleil.

— Il y a quelque chose de pas clair là-dessous, dit Warrick.

— Oui, ça sent autre chose que la marijuana. Le directeur n'est jamais là, il ne s'occupe pas de son commerce et vit dans un luxueux pavillon neuf dans un quartier huppé.

— Et il s'absente régulièrement – pour des voyages de brève durée.

— Tu veux dire : comme si le Deuce n'était pas à la retraite ?

— Difficile de ne pas interpréter ça comme ça. On ferait mieux d'aller faire quelques recherches sur M. Barry Hyde.

A ce moment, Grissom vint les reprendre avec la Tahoe et, sur le chemin du retour, ils lui expliquèrent ce qu'ils avaient appris – et ce qu'ils en pensaient.

— Je veux cette liste des dates où Hyde n'était pas en ville, dit Grissom.

A part ça, il ne prononça plus un seul mot de tout le voyage. Ce qui rendait toujours Warrick très, très nerveux.

Culpepper attendait dans le bureau de Grissom. L'agent du FBI n'avait pas hésité à s'asseoir sur le siège du superviseur et ses pieds étaient nonchalamment posés sur un coin du bureau.

— Salut, mon pote, comment va ?

Sentant la colère monter en lui, Grissom respira profondément pour garder son calme.

— Ma foi, très bien, agent spécial Culpepper – et vous, comment allez-vous ?

A ce moment, Brass entra dans le bureau et vit l'agent du FBI se prélassant sur le fauteuil de Grissom.

— Notre gouvernement nous paye pour travailler.

Les pieds de Culpepper quittèrent le bureau et il se redressa sur sa chaise, mais resta de longues minutes sans rien dire. Enfin, il se tourna vers Grissom.

— J'ai entendu dire que vous aviez quelque chose sur le Deuce.

Grissom se demandait d'où Culpepper avait reçu l'information, mais son visage demeura impassible.

— On vous aura mal renseigné.

— Je poireaute ici depuis une demi-heure. Où étiez-vous, Grissom ?

— Pause déjeuner. Je ne me souvenais pas avoir pris rendez-vous avec le FBI.

— On dit que vous faites preuve de tant de zèle que vous prenez à peine le temps de manger.

— Aujourd'hui, il a déjeuné, intervint Brass. Avec moi. Nous vous aurions volontiers invité si vous aviez pris la peine de nous prévenir de votre arrivée.

— Y a-t-il une raison à votre visite, Culpepper, ou vous êtes seulement venu à la pêche ? demanda Grissom.

Un sourire crispé aux lèvres, l'agent du FBI resserra son nœud de cravate en cherchant une réponse.

— Je voulais simplement vous prévenir que nous avions appris que le Deuce avait quitté la région.

Grissom laissa transparaître son scepticisme.

— Si vous pensez qu'il est parti, pourquoi traînez-vous encore dans le secteur ?

— Simplement pour écumer toutes nos pistes, mon pote. Cette affaire me concerne autant que vous et je suis simplement venu informer mes collègues de la police. Vous devriez le savoir.

— Ecumer vos quoi ? demanda Brass.

Culpepper se leva, contourna le bureau et marcha jusqu'à la porte. Là, il s'arrêta et se retourna, posant un regard rayonnant sur Grissom.

— Dommage que vous n'ayez rien trouvé, mon pote. Je pensais que si quelqu'un devait capturer ce type, ce serait vous. On dit que votre équipe est la meilleure de tout le pays… A part le FBI, bien sûr.

— Ouais, dit Brass, votre labo a la réputation que nous aimerions tous avoir.

— Pfttt… souffla Culpepper. Ça doit être dur de ne pas être le numéro un…

— On va essayer de se surpasser, dit Grissom.

— Il va falloir, mon pote. Bonne chance, messieurs ! Gardez le moral.

Et Culpepper disparut.

— Merde ! s'exclama Brass en se penchant dans le couloir pour vérifier que l'agent du FBI était bien parti. Comment a-t-il su ?

— Peut-être qu'il ne sait rien.

— Peut-être qu'il sait.

Grissom haussa les épaules.

— Tu as parlé au greffier du comté, aux compagnies d'eau et d'électricité et à je ne sais quels autres organismes publics.

— Il ne cherche pas à nous aider, de toute façon. Il se contente de nous observer. Pourquoi ?

— C'est sans doute plus facile que de résoudre l'affaire tout seul ; il intervient au bon moment et récolte les lauriers.

Grissom secoua la tête d'un air dégoûté.

— Tu parles d'une motivation ! soupira-t-il. Il y a deux minutes à peine, j'étais prêt à lui communiquer la liste des dates que m'a donnée Warrick.

— La liste des jours où Hyde a quitté la ville cette année ?

— Oui. Vérifie quelles affaires de meurtres ou de personnes disparues correspondent à ces dates.

— Passe-moi cette liste, je vais voir ce que je peux faire. Tu penses que le tueur est encore sur le pied de guerre ?

Grissom lui remit la liste et alla s'asseoir à son bureau.

— Nous savons qu'il l'est – il a tué Dingelmann. Il a peut-être cessé de travailler pour la mafia et remplit maintenant des contrats pour des particuliers. Cela pourrait expliquer pourquoi il n'a pas réapparu sur le radar du FBI au cours des quatre dernières années.

— Tu es convaincu que Hyde est le Deuce ?

— Non. Il est encore trop tôt pour le dire. Sacrée piste, pourtant. Warrick a gagné le trophée du meilleur employé du jour.

Au moment où il disait cela, la silhouette de Warrick

se détacha sur la porte du bureau, aussitôt suivie de Sara ; Grissom leur fit signe d'entrer.

— Le très estimé agent Culpepper a l'air de se faire de la bile, dit Warrick.

— Tant mieux, commenta Brass.

— Nous venons de le croiser sur le parking, dit Sara. Qu'est-ce que vous lui avez dit ?

Brass baissa humblement les paupières.

— Nous nous sommes efforcés de partager avec lui autant d'informations qu'il en a partagé avec nous.

— Trois fois rien ? demanda Warrick.

— Oh, moins que ça, dit Brass.

Warrick se laissa tomber sur une chaise devant Grissom.

— Il y a quelque chose qui sent mauvais dans ce magasin de vidéos.

— En plus du cannabis ? demanda Grissom d'un air innocent.

Warrick et Sara sourirent, évitant le regard de leur chef.

— Tu veux parler de la foule des clients qui faisaient la queue là-bas ? enchaîna Brass.

— Même pour une heure creuse, dit Warrick, c'était quand même lugubre.

Sara poursuivit avec un clin d'œil.

— Et Patrick – qui était très décontracté, comme on peut l'être face à des gens jeunes et sympas comme nous – a lui-même admis qu'ils ne travaillaient pas beaucoup.

— Et pourtant, les quatre gosses qui bossent là-bas sont relativement bien payés et Barry Hyde ne semble pas préoccupé par des soucis de rentabilité.

— Blanchiment d'argent, avança Brass.

Grissom ignora la suggestion et s'adressa à ses CSI.

— Bon. Je pense qu'il est temps qu'on lui fasse cracher ce qu'il a dans le ventre, ce Barry Hyde. Sara, tu te charges de sa vie privée.

— Pas de problème, à condition qu'il en ait une…

— Tiens, tu peux photocopier ça, dit Brass en lui montrant quelques pages de son calepin, et rapporte-le-moi… C'est ce que j'ai pu apprendre sur Hyde en téléphonant à droite et à gauche.

Elle parcourut vivement les notes.

— Pas grand-chose pour le moment.

— C'est un point de départ, dit Grissom. A toi d'en trouver plus. Warrick ?

— Oui ?

— Tu enquêtes sur sa vie professionnelle.

— Compris.

Sara, Warrick et Brass partirent chacun dans une direction différente, laissant Grissom perdu dans ses pensées. Il cherchait à comprendre l'attitude de Culpepper. Pour quelqu'un qui était censé partager ses informations, l'agent du FBI n'avait absolument rien fourni qui pût les aider dans leur enquête – juste un vague tuyau indiquant que le Deuce n'était plus dans la région, sans la moindre preuve à l'appui.

Grissom ignorait depuis combien de temps il réfléchissait à tout ça lorsqu'il fut tiré de sa rêverie par quelques coups discrètement frappés à sa porte. Il leva les yeux et vit Sara.

— Tu as l'air désemparée, dit-il

— Je suis désemparée.

Elle entra et s'assit en face de lui.

— Cette affaire Barry Hyde devient de plus en plus étrange.

— Comment ça, étrange ?

Elle se tortilla, ramena un pied sous elle et s'assit dessus.

— Prenons ses années d'études, par exemple.

— Eh bien ?

Elle lui décocha un sourire espiègle.

— On trouve des tonnes de choses dans l'Internet, Grissom.

— J'ai entendu dire ça. Il paraît même que certaines sont accessibles légalement…

— Absolument ; des tonnes d'archives et de dossiers qu'on a le droit de lire.

— Arrête de tourner autour du pot, dit-il en s'accoudant au bureau. Tu es tombée sur le dossier universitaire de Barry Hyde ?

— Façon de parler, dit Sara en fronçant le nez. Barry Hyde a un diplôme d'anglais de l'université d'Idaho.

— Notre Barry Hyde ?

Elle fit signe que oui.

— Le seul problème, c'est que j'ai vérifié le site Internet de l'université en question et qu'il n'y a aucune trace d'un soi-disant Barry Hyde.

— Tu veux dire qu'ils refusent de te communiquer son dossier ?

— Non. Je veux dire qu'il n'y a pas de dossier et qu'aucun Barry Hyde n'a jamais été étudiant là-bas.

— Il a peut-être interrompu ses études.

— Le dossier d'inscription n'a rien à voir avec l'obtention d'un diplôme, Grissom. Il n'y a jamais fichu les pieds, c'est tout.

— Autre chose ?

— Oh oui. Tout ce qui le concerne durant ces cinq dernières années est parfaitement lisse. Barry Hyde est un citoyen modèle. Emprunts bancaires remboursés en temps et en heure, jamais d'impayés, membre du Rotary Club, de la chambre de commerce d'Henderson, ce type paye même ses titres de transport.

— C'est tout à son honneur !

— Mais avant ça ? D'après son livret militaire, il aurait fait son service à l'étranger, or, j'ai trouvé un dossier médical où il prétend ne jamais avoir quitté le pays. Une salade invraisemblable. Soit l'information manque, soit elle est contredite ailleurs. On dirait que le passé de ce type a été mouliné dans une centrifugeuse.

— Ou peut-être qu'il y a été fabriqué, dit Grissom en plissant les paupières.

14

Surgissant de la cafétéria avec une tasse de café, Catherine se heurta à O'Riley qui était justement à sa recherche, un classeur à la main.

— Oh, bonjour, dit-elle.

O'Riley souriait béatement.

— J'ai un pote au commissariat central de Los Angeles. Tavo Alverez.

— Je me réjouis pour vous, sergent.

— Pas seulement pour moi, pour nous tous : il a retrouvé Joy Petty.

— Génial ! Venez avec moi… il faut que je passe voir Nick…

O'Riley lui emboîta le pas.

— Tavo est allé chez cette Petty, à Lakewood ; elle est au chômage pour le moment, mais je vois qu'elle bosse la plupart du temps comme serveuse. Célibataire, elle vit avec quelqu'un, un routier.

— Bon, elle est vivante… Mais vous êtes sûr que c'est bien Joy Starr ?

— Oh ça, sûr et certain, elle l'a admis sans difficulté. Tavo dit qu'elle paraissait même assez fière de sa carrière dans le show business. Joy Starr, Monica Petty, Joy Petty – c'est la même fille.

Catherine s'arrêta brusquement, le bruit de leurs pas sur le dallage du couloir résonnait comme des coups de feu. Elle planta son regard dans les yeux fatigués de O'Riley.

— Puisque son identité est établie, il faudrait qu'on aille interroger cette Joy Petty d'une manière plus approfondie.

Le détective haussa ses épaules massives.

— Je peux m'arranger avec Tavo, c'est un brave gars.

— Vous pourriez peut-être y aller en avion, ou même en voiture ?

— Je pense qu'il vaut mieux laisser faire Tavo. Il est prêt à nous rendre service, et il est très compétent.

— Alors rappelez-le, dit Catherine en repartant vers le labo où travaillait Nick. Il faut qu'il interroge Joy Petty en détail au sujet de sa relation avec Marge Kostichek.

— D'accord. Mais Tavo se trouvait sur les lieux d'un meurtre lorsqu'il a téléphoné pour me prévenir. Vous savez, il est à Los Angeles et, là-bas aussi, il leur arrive d'avoir des crimes de temps en temps.

— Insistez, sergent.

— Okay. Tenez, c'est pour vous.

Il lui tendit le classeur.

— Il y a là-dedans tout ce que j'ai pu réunir comme informations sur Gerry Hoskins.

— Parfait !

— J'ai l'impression que ce type est régulier, il a sa propre entreprise, une société de service sur contrats d'entretien et aménagements divers, enfin, ce genre de trucs, quoi…

— Merci, O'Riley. Bon travail.

Il sourit et s'éloigna. Catherine retrouva Nick au laboratoire, penché sur les empreintes digitales.

— Quoi de neuf ? demanda-t-elle en s'approchant de lui.

— Il semblerait que Gerry Hoskins n'ait rien à voir là-dedans.

Nick se redressa sur son tabouret. L'écran de l'ordinateur montrait deux empreintes digitales : l'une provenait du message de Joy Starr adressé à Fortunato, l'autre appartenait à Hoskins.

— Ce n'est pas lui.

Catherine hocha la tête et brandit le classeur.

— O'Riley vient de me remettre ça. Des renseignements sur le passé de Hoskins.

— Et alors ?

Elle ouvrit le classeur, parcourut le contenu en lisant l'essentiel à voix haute.

— Charpentier… travaille à son compte… résidait à Scott's Bluff dans le Nebraska jusqu'à il y a sept ans. Divorcé, déménagement à Las Vegas. Son entreprise marche assez bien. Il vient habiter chez Annie Fortunato…

Elle fit rapidement le calcul

— … il y a cinq ans et demi.

— Bon, dit Nick. Un de moins.

Catherine rapporta ce que O'Riley lui avait dit de Joy Petty.

— Une interview en règle avec cette fille pourrait vraiment remplir quelques cases blanches, dit Nick.

— Nous ne saurons rien avant que le copain de O'Riley rappelle, et ça peut durer des heures. Pour le moment, concentrons-nous sur ce que nous avons.

L'empreinte digitale suivante appartenait à Annie Fortunato.

— Celle-là ne correspond pas non plus, dit Nick.

Catherine remercia le ciel en silence ; elle avait souhaité du fond du cœur qu'Annie Fortunato soit innocente. Grissom pouvait bien prêcher la science, la science, et encore la science : c'était malgré tout à des êtres humains qu'ils avaient affaire. Et les CSI étaient humains, eux aussi – même Grissom. Enfin, probablement.

— Cette empreinte, par contre, correspond exactement, s'exclama Nick.

Catherine regarda de qui il s'agissait.

— L'ex-tenancière du *Swingers* ?

— Ouais, Marge Kostichek.

Le sourire de Nick était teinté d'amertume.

— Dommage. Elle a une grande gueule, mais c'est un sacré personnage.

— Personnage ou pas, dit Catherine, c'est elle qui a écrit la lettre pour Malachy Fortunato.

— Je ne crois pas vraiment que ce message ait été écrit pour que Malachy le lise.

— Non. Notre ami M. Fortunato était vraisemblablement déjà sous la caravane lorsque ce petit mot a été écrit – un cadavre un peu plus frais que celui que nous avons retrouvé, mais un cadavre quand même.

— Mais pourquoi Marge signerait-elle « Joy Starr » sur ce genre de billet ? Et quel motif pouvait-elle avoir de tuer Fortunato ?

— De le faire tuer, corrigea Catherine. A l'époque, Las Vegas était aux mains de la pègre. En tant que patronne d'un club de strip-tease, Marge pouvait facilement entrer en contact avec quelqu'un comme le Deuce.

Nick demeura un moment silencieux, digérant les nouvelles données de l'affaire.

— Je crois que nous allons avoir besoin d'un mandat de perquisition, dit-il finalement.

— Moi aussi.

Nick bondit de son tabouret.

— On ferait mieux d'embarquer O'Riley avec nous ; tu l'as vu récemment ?

— A l'instant, dit Catherine. Il est sans doute retourné à son bureau… Va chercher tes affaires pendant que je préviens Grissom.

Dix minutes plus tard, Catherine et Nick entraient à la volée dans la salle commune où s'entassaient les inspecteurs de la Criminelle. Elle comportait trois rangées de tables métalliques du même gris que la momie de Malachy Fortunato, une au centre, les deux autres accotées aux murs extérieurs de la pièce. Les policiers y travaillaient assis sur des sièges pivotants déglingués. Les voyous, mécréants et pauvres hères qui composaient leur clientèle, eux, devaient se contenter de simples chaises de cuisine en métal, fixées au plancher pour empêcher qu'ils puissent s'en servir comme d'une arme.

Aucune trace de O'Riley ; son bureau – le troisième en partant du fond sur le mur opposé – ressemblait à un pont de porte-avions. Les deux piles de corbeilles à courrier figuraient la tour de contrôle, le téléphone perché dans un coin évoquait un avion de chasse au repos, et le reste de la table était aussi vide et lisse qu'une piste d'atterrissage déserte. Nick fit glisser un doigt sur le plateau de la table.

— Je me demande s'il fait aussi les carreaux…

Catherine se tourna vers Sanchez, assis au bureau situé juste derrière celui de O'Riley.

— Vous savez où il se planque ?

Sanchez ne daigna pas quitter des yeux le clavier sur lequel il tapait avec un seul doigt.

— Vous trouvez que je ressemble à sa mère ?

— Un peu, oui, autour des yeux, et aussi quand vous souriez.

Le policier la gratifia d'une moue sarcastique et reprit son pénible labeur.

— Laisse-lui un message, dit Nick à Catherine. On lui téléphonera de la voiture.

Il n'y avait pas un seul Post-it sur ce bureau immaculé. Catherine se retourna vers Sanchez.

— Vous n'auriez pas un…

Un petit bloc jaune vola dans les airs, qu'elle attrapa dc justcssc.

— Merci.

Elle écrivit le message, colla le Post-it en évidence sur le téléphone et, sans un regard, renvoya le bloc par-dessus son épaule en direction de Sanchez avant de repartir à grands pas vers la porte d'entrée, Nick sur ses talons. Quand elle était en situation d'urgence, comme maintenant, Catherine était facilement exaspérée par les contingences de la vie quotidienne…

A mi-chemin de la maison de Marge Kostichek, son portable sonna.

— Willows, dit-elle.

— C'est O'Riley. J'ai trouvé votre message. J'arrive, mais il fallait bien que quelqu'un aille chercher ce mandat, non ?

— Ah. Vous sortez de chez le juge ?

— Oui, j'ai... peut-être cinq minutes de retard sur vous ?

— Bon. Voulez-vous que nous vous attendions, sergent ?

Nick freina à un feu rouge.

— O'Riley ? demanda-t-il.

Elle hocha la tête.

— Il a le mandat ?

Elle hocha de nouveau la tête.

— Dis-lui qu'il se dépêche s'il veut être là quand on commencera à l'interroger.

O'Riley avait entendu.

— Répondez-lui d'attendre que j'arrive.

Et il coupa la communication. D'une voix neutre, Catherine répéta à l'intention de Nick.

— Il veut que nous l'attendions.

— Merde !

— C'est la procédure, Nick. C'est son boulot – pas le nôtre.

— Mais c'est notre enquête...

Le feu passa au vert et Nick traversa le carrefour. Devant eux, le soleil disparaissait derrière l'horizon, laissant derrière lui une traînée pourpre et orange qui dansait contre des cumulus joufflus.

— Il veut que nous l'attendions, répéta Catherine.

— Je ne vois pas pourquoi. La vieille m'a à la bonne. On va juste bavarder avec elle jusqu'à ce que O'Riley arrive. Ça va un peu la détendre.

Catherine préféra ne pas répondre. Cinq minutes plus tard, Nick garait la Tahoe devant le petit bungalow décrépit de Marge Kostichek. La nuit était tombée, mais il n'y avait pas de lumières aux fenêtres. Sans savoir pourquoi, Catherine sentit son estomac se nouer. Nick ouvrit la portière et défit sa ceinture de sécurité.

— Attendons O'Riley, dit-elle. Il ne va pas lui falloir bien longtemps pour arriver ici.

— Pourquoi attendre ?

— Il faut qu'on attende O'Riley. On n'a pas de mandat.

Mais Nick s'était déjà élancé et, avant de frapper à la porte du bungalow, il lui décocha un de ces sourires irrésistibles dont il avait le secret.

— Tout se passera bien.

C'est une erreur, songea Catherine. Etant le plus ancien membre de l'équipe, elle aurait dû réagir. Mais, en vérité, elle était aussi impatiente que Nick ; et elle savait que, même lorsque O'Riley serait sur place, c'est elle qui conduirait l'interrogatoire.

Alors pourquoi cette appréhension, ce sale pressentiment ?

N'obtenant pas de réponse, Nick frappa une seconde fois et appela :

— Madame Kostichek ? C'est Nick, du labo du crime !

Derrière les rideaux de la fenêtre, Catherine vit une silhouette bouger dans la pénombre, quelqu'un avec quelque chose à la main – *cette forme... une arme ?*

Elle bouscula Nick à gauche du porche et plongea derrière lui juste au moment où une balle transperçait la porte pour aller se perdre dans la nuit. Presque aussitôt, un autre coup de tonnerre, un second trou dans la porte, plus bas, et une seconde balle alla s'enfoncer dans l'allée.

Catherine et Nick étaient étalés sous l'arbrisseau mort à gauche de la porte d'entrée.

— Tout va bien ? demanda-t-elle.

Un peu sonné, Nick parvint à articuler :

— Je crois. Comment as-tu…

Catherine roula sur elle-même pour se dégager des branchages, l'arme à la main – elle ne se rappelait même pas l'avoir dégainée.

— Retourne à la voiture, je te couvre… Surtout ne te relève pas.

Elle était à plat ventre sur la pelouse desséchée, son arme braquée sur la porte d'entrée. Choqué, Nick avait l'air à la fois terrifié et angoissé pour elle.

— Non, c'est moi qui te couvrirai, dit-il. Tant pis pour la Tahoe, fichons le camp d'ici.

— Bon sang, Nick, on ne part pas, on fait blocage ! Va te mettre à l'abri derrière la voiture et préviens les autres. Maintenant, vas-y !

Cette fois, Nick n'insista pas – il roula hors des buissons et, bondissant comme un sprinter hors des starting-blocks, traversa la cour plié en deux. Un autre coup de feu traversa la porte et Catherine faillit riposter, mais y renonça. Elle ne pouvait tirer en aveugle sur cette maison au risque de blesser un innocent.

— Lâchez votre arme ! cria-t-elle, son pistolet toujours pointé sur la porte d'entrée. Sortez, les mains en l'air, et sans arme !

Rien.

Nick était déjà derrière la Tahoe, son pistolet à la

main. Une sirène se déclencha dans le lointain et Catherine comprit que les renforts arrivaient. Un voisin avait dû appeler le 911.

— Viens, Cath, cria Nick. Je t'ai…

Mais une balle perça la nuit et vint fracasser la vitre du conducteur de la Tahoe. Nick se courba et Catherine profita de l'occasion pour rouler sur elle-même, se relever et courir se plaquer contre le côté de la maison. Le cœur battant, les oreilles encore bourdonnantes des coups de feu, elle jeta un coup d'œil vers Nick pour vérifier qu'il n'avait rien. Mais, de là où elle était, elle ne pouvait pas le voir.

— Nicky ? Tout va bien ? cria-t-elle.

— Ça baigne !

Le hurlement de la sirène s'amplifiait. Glissant le long du mur, Catherine progressa vers l'arrière du bungalow. Il n'y avait que deux fenêtres de ce côté, la fenêtre panoramique du living-room et une autre plus petite qui pouvait être la chambre à coucher. Par l'angle de la fenêtre du living-room, elle jeta un regard derrière le rideau, mais il faisait trop sombre. Elle longeait le pignon de la maison lorsqu'elle entendit un crissement de pneus à l'avant. O'Riley.

O'Riley poussa un juron et la voix de Nick lui répondit, plus basse, incompréhensible. Puis il y eut trois autres coups de feu – tirés par O'Riley cette fois.

Elle franchit d'un pas hésitant le coin arrière du bungalow. Si elle réussissait à se glisser par la porte de derrière, elle parviendrait peut-être à maîtriser la vieille Marge – si c'était bien elle qui tirait. Pliée en deux pour passer sous une fenêtre, Catherine s'apprêtait à faire un second pas lorsque la porte de derrière s'ouvrit d'un seul coup. Catherine s'immobilisa. Une haute silhouette – masculine – entièrement vêtue de noir se détacha de la porte et partit en courant dans la cour. Catherine braqua automatiquement son pistolet, mais comme elle ne voyait pas d'armes dans les mains de l'homme, elle ne tira pas.

Elle s'élança derrière lui.

L'homme courait avec la souple élégance d'un athlète, mais Catherine parvint à soutenir son rythme jusqu'à la barrière grillagée de la maison voisine, que le fugitif franchit d'un bond ; il s'immobilisa une fraction de seconde, puis repartit comme une flèche, traversa la cour et sauta la clôture de l'autre côté avant de disparaître dans la nuit.

— Merde ! jura-t-elle, stoppée par la première clôture.

Elle rengaina son arme et retourna au bungalow en essayant de reprendre son souffle. Dans la cour de Marge Kostichek, O'Riley était en train de parlementer avec deux officiers en uniforme dont le véhicule blanc et noir garé sur le trottoir éclairait la nuit en rouge et bleu.

— Où est Nick ? demanda Catherine.

— A l'intérieur… la femme est morte.

— Quoi ?

Il secoua la tête.

— Ce n'est pas joli à voir, Catherine – deux balles dans la tête, exactement comme Fortunato et Dingelmann.

Elle lui rapporta brièvement la fuite du criminel et pénétra dans le bungalow pour aider Nick à faire les premiers relevés.

Marge Kostichek était couchée sur le ventre en plein

milieu du living-room. La tête posée sur la tempe droite, une grande auréole empourrait sa joue gauche. Elle avait les yeux fermés. Une écharpe nouée autour de sa tête lui bloquait la mâchoire. A l'emplacement de la bouche, ce bâillon improvisé était taché d'écarlate. Il y avait tellement de sang sur le sol qu'il était difficile de trouver une place où mettre les pieds.

— C'est lui, dit Nick. Il nous a pris de vitesse. Il lui a même coupé les doigts, comme à Fortunato. Deux, en tout cas – nous avons dû l'interrompre.

Le visage de Nick était d'une pâleur maladive. Il déglutit avec difficulté.

— A en juger par le bâillon, elle a dû se mordre la langue.

Ils entendirent un autre véhicule freiner devant la maison. Quelques secondes plus tard, Grissom – assez semblable au meurtrier dans sa tenue noire – franchit la porte.

— Que faisiez-vous ici sans O'Riley ? demanda-t-il aussitôt.

— O'Riley était en route avec le mandat de perquisition, répondit Catherine pour justifier la gaffe de Nick. Nous ne pouvions pas savoir que le Deuce serait ici.

— Raconte-moi ce qui s'est passé.

Une fois que Catherine lui eut expliqué la situation, Grissom respira profondément.

— Bon. Voyons si nous trouvons quelque chose.

Catherine indiqua le sol.

— S'il utilise toujours la même arme, nous devrions commencer par chercher les douilles.

Hochant la tête en signe d'assentiment, Grissom tira son portable pour appeler Brass.

— Jim, retourne immédiatement chez Barry Hyde. Quelqu'un vient de tuer Marge Kostichek… Je sais, il est peut-être en train de rentrer chez lui à l'heure qu'il est… Pas encore, nous nous chargeons de ça maintenant.

Il pressa FIN puis, visiblement sur les nerfs, se tourna vers Catherine et Nick.

— Bon, ratissez-moi le secteur, tous les deux.

Catherine était déjà occupée à récupérer les douilles. Debout à la porte d'entrée, O'Riley l'appela. Grissom vint avec elle.

— J'ai une petite bonne nouvelle, annonça le sergent. Mon pote, Tavo, à Los Angeles, vient d'interroger Joy Petty.

Catherine et Grissom se regardèrent.

— Et alors ? demanda Grissom.

— Il semblerait que la Kostichek ait autrefois recueilli Joy alors que celle-ci était en fugue. Elle l'a élevée comme sa propre fille. Joy dit que sa « maman » considérait Malachy Fortunato comme une « mauvaise influence » : un homme marié, joueur invétéré, la mafia sur le dos… Après la disparition de Malachy, Joy dit qu'elle a eu peur de se faire descendre à son tour par la mafia, alors elle s'est enfuie, pour leur échapper.

— Où est-elle en ce moment ? demanda Grissom.

— Toujours au poste, avec Tavo – mon contact à Los Angeles.

— Dites-lui de continuer à l'interroger – mais, cette fois, qu'il lui révèle que Marge Kostichek a été assassinée.

Catherine lui lança un regard interrogateur.

— Vraiment ? Pourquoi ? demanda O'Riley.

Catherine avait compris la pensée de son chef.

— Parce que Joy cessera peut-être de vouloir protéger sa maman quand elle saura qu'elle est morte, expliqua-t-elle. Surtout si elle apprend *comment* elle est morte.

O'Riley les regarda à tour de rôle.

— Sans lui épargner aucun détail ?

— Aucun, dit Grissom. La police de Los Angeles enregistre bien leurs interrogatoires sur cassettes digitales, non ?

— Je suppose que oui.

— Bon. Dites à votre ami Tavo de balancer le plus tôt possible la cassette de l'interrogatoire sur notre serveur, pour que nous puissions la regarder.

O'Riley hocha la tête et s'éloigna. Grissom revint surveiller les opérations dans le bungalow. Grâce à la méthode électrostatique, Nick releva une empreinte de chaussure de sport sur le lino de la cuisine. Après quoi, ils photographièrent le cadavre, le living-room, la cuisine et une penderie ouverte dans la chambre à coucher. Ils examinèrent tout ce que le tueur avait pu toucher. Nick se chargea des surfaces planes ; Catherine passa les poignées de porte au Mikrosil, mais elle avait vu que le tueur portait des gants. Elle n'espérait pas obtenir grand-chose et, de fait, ils ne trouvèrent aucune empreinte. Elle rangea ensuite toutes les chaussures de Marge Kostichek dans des sachets de plastique pour être en mesure de prouver, plus tard, qu'aucune ne correspondait à l'empreinte relevée dans la cuisine.

Sortant du bungalow par la porte de derrière, elle inspecta l'arrière-cour et l'allée sans rien trouver. Puis, faisant courir le faisceau de sa lampe de poche sur la partie supérieure de la barrière grillagée qui lui avait bloqué le passage, elle vit miroiter quelque chose. Elle s'approcha et distingua quelques fibres de textile noir et une petite tache de sang dont elle prit plusieurs photos. Ensuite, avec une paire de cisailles, elle découpa et récupéra deux morceaux du haut de la barrière.

De retour au bungalow, elle renseigna Grissom sur ce qu'elle avait trouvé et il la conduisit dans la cuisine pour lui montrer un couteau posé sur la table et, sur le sol, quelques gouttes de sang et des mèches de cheveux gris. De là, ils rejoignirent le living-room où Grissom indiqua un espace vide sur le secrétaire encombré.

Maintenant, Grissom demeurait immobile, les yeux fixés sur le mur.

— Tu penses avoir compris comment ça s'est passé ? murmura Catherine qui connaissait ce regard.

— Oui.

Le Deuce savait qu'ils ne le lâcheraient plus. Tout ce qu'il pouvait faire, c'était d'effacer ses traces autant que possible. Il avait lu l'article dans le Las Vegas Sun *et savait qu'ils avaient découvert la momie de Malachy Fortunato. Si les flics avaient Fortunato, combien de temps leur faudrait-il pour trouver la femme ?*

Contrairement à ce que pensait la vieille, il était au courant pour la jeune. C'était son boulot de tout savoir. La strip-teaseuse couchait avec Fortunato, donc il savait. D'après l'annuaire, la vieille, Marge Kostichek, habitait toujours à la même adresse. Ça facilitait les choses. Il n'avait pas la moindre idée de l'endroit où se cachait la danseuse, mais il la trouverait. C'était aussi pour ça qu'il devait rendre visite à la vieille.

Il se gara deux rues plus loin, sur le parking d'une épicerie. Pas question de commettre un impair maintenant. Sans se presser, il longea quelques immeubles avant de couper par l'allée qui passait derrière le bungalow. Le soleil commençait à décliner, mais il était encore brûlant. Ses habits noirs absorbaient la chaleur comme une éponge et il sentait la sueur couler dans le creux de son dos, derrière ses genoux et sous ses bras. Une couleur plus claire aurait été plus confortable, mais il savait qu'il serait encore ici après la tombée de la nuit, et le noir lui permettrait de repartir sans se faire remarquer.

Parvenu derrière le bungalow, il enfila des gants de cuir noir. Regardant prudemment autour de lui, il s'assura que personne ne l'avait vu et retira de sa poche le silencieux qu'il vissa sur le pistolet. Puis il frappa discrètement à la porte de derrière et se plaça sur le côté pour que la femme soit obligée d'ouvrir le battant intérieur et la porte moustiquaire pour le voir. Tendant le bras, il frappa une seconde fois, un peu plus fort.

— Jésus Marie Joseph, j'arrive ! hurla une voix à l'intérieur.

La femme ouvrit la porte, demanda « Qui est là ? », puis ouvrit la porte moustiquaire et le vit. Elle voulut refermer mais il était beaucoup plus fort et se fraya un passage. Reculant, elle chercha à lui fermer la porte intérieure au nez, mais encore une fois, il fut le plus fort. Toujours à reculons, elle se heurta à la cuisinière, fit volte-face et tira un couteau du bloc posé sur la table. Il pressa le silencieux sur sa joue et elle resta pétrifiée. Levant son arme, il la frappa au visage et elle s'effondra sur le sol. Il la saisit par les cheveux et la tira malgré sa résistance jusque dans le living-room.

— Où est-elle ? questionna-t-il en s'agenouillant sur elle.

La vieille fit comme si elle ne comprenait pas.

— Qui ?

— La danseuse. Où est-elle ?

— Va te faire foutre !

Décontracté, il tira de sa poche un sécateur de jardin.

— Je le saurai de toute façon. Tu peux me faciliter la tâche, sinon ça sera douloureux pour toi.

Les yeux de la femme se remplirent de larmes, mais elle serra la mâchoire, décidée à ne pas parler.

— Alors, ça sera douloureux.

Il déposa le sécateur et attrapa une écharpe qui traînait sur le dossier d'une chaise. Il bâillonna la femme avec l'écharpe, reprit le sécateur et coinça le petit doigt de sa main gauche entre les deux lames. Les larmes coulaient sur les joues de la vieille, ses sanglots luttaient pour franchir l'obstacle du bâillon. Elle ferma les yeux.

— Ce petit cochon…

Il pressa sur le sécateur et un peu de sang se mit à couler.

— Tu es sûre que tu veux en passer par là ?

Elle resta muette, toujours secouée de sanglots.

— … va au marché.

Le sécateur se referma et la phalange se détacha avec un vilain craquement. Il n'aurait pas cru qu'elle pouvait crier si fort à travers le bâillon. Elle essaya de lui échapper en rampant, mais il la gifla, agrippa une touffe de cheveux et la tira violemment en arrière. Elle gémissait maintenant, la main droite ramenée sur la gauche. Le seul risque était que la douleur et le choc la fassent s'évanouir... mais elle était solide comme une vieille carne. Ecartant d'un brusque revers la main valide, il cala les lames du sécateur sur l'annulaire gauche.

— Ce petit cochon est resté à la maison... Prête à parler ? Tu n'as qu'à faire un signe de tête.

Elle secoua la tête d'un air de défi, mais cette fois elle hurla dans le bâillon avant qu'il eût fait quoi que ce soit. Cela ne l'arrêta pas. Il entendit le même craquement et regarda la phalange tomber à terre.

— Et maintenant ?

La vieille s'était roulée en boule pour protéger sa main. Il lui tordit le bras et plaça le sécateur sur le majeur. Les yeux de la femme se dilatèrent et prirent une expression hagarde. De la main droite, elle indiqua le secrétaire.

— Quoi ? demanda-t-il.

Elle ne pouvait pas parler ; le bâillon était poisseux de sang. Elle s'était mordu la langue, retirer le bâillon ne servirait à rien.

— Tu essaies de me dire que l'information se trouve sur ce meuble ?

Elle hocha faiblement la tête. Il alla jusqu'au secrétaire et se retourna pour regarder la femme. Il souleva les piles de lettres l'une après l'autre jusqu'à ce que la femme lui fît un signe. Un paquet de lettres retenues par un élastique. L'adresse de l'expéditeur : Joy Petty. *Fourrant le paquet dans sa chemise, il revint vers la femme. Elle tenta de fuir, mais en vain. Penché sur elle, il tira à bout portant dans la nuque. Une balle, puis une deuxième, deux centimètres plus bas.*

Il venait de dévisser le silencieux lorsqu'une portière de voiture claqua à l'extérieur. Il vit un homme et une femme gravir les marches du porche. L'homme frappa à la porte. Tout d'abord, il ne fit pas un mouvement. Puis l'homme frappa une seconde fois et annonça qu'il était de la police !

Se déplaçant imperceptiblement sur la droite, le tueur tira à travers la porte. Une fois droit devant lui, une fois vers le bas. Il retourna sur la gauche, aperçut la femme qui visait la maison et l'homme traverser la cour. Il tira encore une fois sur l'homme qui courait, puis la femme hurla qu'ils étaient de la police... Comme s'il ne le savait pas déjà !

Il entendit l'homme crier quelque chose derrière le gros véhicule noir garé devant la maison. Tirant par la fenêtre de façade, il fit voler en éclats la vitre du conducteur. Une sirène retentit au loin. Il n'y avait plus de temps à perdre. Il enfila sa cagoule, rejoignit la porte de derrière, l'ouvrit silencieusement et, prenant une profonde respiration, s'élança à toute allure à travers l'arrière-cour. Il crut entendre des pas derrière lui, mais sans en être certain. Il sauta par-dessus le grillage d'une maison voisine, s'égratignant une main au passage. La douleur inattendue le fit hésiter une fraction de seconde, mais, voyant une silhouette se précipiter sur lui, il fila à travers la cour, sauta la barrière et disparut.

Deux heures plus tard, ils avaient passé le bungalow au peigne fin, ne s'interrompant que pour regarder les ambulanicers des urgences charger le cadavre de Marge

Kostichek sur une civière et l'évacuer. Grissom avait trouvé deux autres paquets de lettres de Joy Petty dans le secrétaire. Nick les mit sous plastique en maugréant.

— Ras le bol de ce mec.

— Personne n'aime se faire tirer dessus, Nick, dit Grissom.

— Mais on dirait qu'il a toujours une longueur d'avance sur nous !

— Il a simplement lu le *Sun*, c'est tout, dit Catherine.

Un nuage passa sur le visage de Grissom.

— Qu'est-ce qu'il y a ? demanda Catherine.

— Rien. Juste une drôle d'impression.

Elle lui fit un petit sourire en coin.

— J'avais cru comprendre que tu ne croyais pas aux impressions mais uniquement aux preuves.

— En l'occurrrence, il s'agit d'une impression née des preuves dont nous disposons, ou, du moins, de quelque chose que je sais déjà et à quoi je n'ai pas attaché assez d'importance jusqu'à présent. Il faut que je reprenne tout ça.

O'Riley entra en trombe.

— Mon pote Tavo a appelé. Il a une vidéo sur laquelle Joy Petty déclare que Marge Kostichek a engagé le Deuce pour tuer Malachy Fortunato.

Grissom et Catherine échangèrent des regards stupéfaits.

— C'est aussi simple que ça ? demanda Nick.

— Il n'y a pas que des bonnes nouvelles, ajouta O'Riley. Joy Petty s'est fait la belle.

— Quoi ?! éructa Grissom.

Le sergent haussa les épaules.

— Elle a demandé à aller aux toilettes. Elle n'était

pas suspecte, pas même témoin, une simple citoyenne qui accepte de coopérer de son plein gré. Elle a flairé le danger. Elle s'est tirée.

— Ils sont allés voir chez elle ?

— Oui. Tous ses vêtements ont disparu, elle a même embarqué son chat. On dirait qu'elle attendait ce jour depuis des années.

Evidemment, pensa Catherine.

— Bon, mais ils essaient de la retrouver au moins ? demanda Grissom d'une voix tranchante. En prenant la fuite, elle se rend complice d'un meurtre quand même !

— Oh oui. Enfin, je veux dire, je ne sais pas quelle priorité ils accordent à ce problème – ce n'est pas leur enquête. C'était juste un petit service que Tavo avait accepté de me rendre.

— Appelez sur-le-champ votre ami, sergent, dit Grissom. Nous retournons au quartier général et, dans une demi-heure, je veux être en mesure de télécharger cet interrogatoire.

— Je vais essayer.

— N'essayez pas. Faites-le.

Moins de trois quarts d'heure plus tard, Grissom avait réuni Catherine, Nick et O'Riley dans son bureau. L'écran de l'ordinateur montrait l'image d'une salle d'interrogatoire. Une femme d'une quarantaine d'années aux cheveux noirs mi-longs et au visage émacié était assise face à la caméra. Le policier qui menait l'interrogatoire n'était pas dans le champ de la caméra mais le haut-parleur diffusait sa voix.

— Votre nom ?

— C'est Tavo, mon pote, chuchota O'Riley.

Grissom lui fit signe de se taire. La femme sur l'écran était déjà en train de répondre.

— Joy Petty.

— Votre adresse ?

Elle donna une adresse à Lakewood.

— Vous êtes ici de votre plein gré, sans contrainte ?

Elle fit oui de la tête.

— Répondez par oui ou non, je vous prie.

— Oui, excusez-moi. Oui, je suis ici de mon plein gré, sans contrainte.

Ils remarquèrent que la femme devenait de plus en plus nerveuse. Elle prit un paquet de cigarettes dans son sac. Tavo devait être en train de consulter ses notes, car elle eut le temps d'en allumer une avant qu'il ne réagisse.

— Veuillez ne pas fumer, s'il vous plaît.

Faisant la moue, elle écrasa la cigarette dans un cendrier noir posé devant elle.

— Vous avez changé de nom plusieurs fois au cours de votre vie, n'est-ce pas ?

— Oui. Joy Starr, Joy Luck, Monica Leigh quand j'ai posé pour le magazine *Swank*. Mon vrai nom, c'est Monica Petty.

Sans même y penser, elle alluma une autre cigarette et prit une longue bouffée. Tavo ne dit rien. Elle prit une seconde bouffée, souffla la fumée par le nez et réalisa finalement qu'elle était en train de fumer dans un lieu où c'était interdit. Elle écrasa la seconde cigarette dans le cendrier et demanda sur un ton mi-ennuyé, mi-curieux :

— Pourquoi y a-t-il un cendrier si on n'a pas le droit de fumer ?

— Il a toujours été là, répondit Tavo.

Au cours des minutes suivantes, Tavo lui fit raconter son histoire. Elle était en fugue lorsque Marge Kostichek l'avait recueillie. Marge l'avait élevée comme sa propre fille (enfin, une fille qu'on fait travailler dans un club de strip-tease). Catherine se demanda si une relation sexuelle avait pu se nouer entre les deux femmes, mais le policier ne posa pas une seule question dans ce sens.

Finalement, Tavo lâcha le morceau.

— Mademoiselle Petty, je crains d'avoir une bien triste nouvelle à vous annoncer.

— Quoi ? Et puis, d'ailleurs, pourquoi suis-je ici ? De quoi s'agit-il ?

— Marge Kostichek a été assassinée ce soir.

— Non… non, vous dites ça pour me…

Tavo lui assura qu'il disait la vérité.

— Je suis navré mais je dois vous dire aussi qu'il s'agit d'un meurtre particulièrement atroce, mademoiselle Petty, ajouta-t-il.

Les lèvres de la femme tremblaient.

— Dites-moi. Dites-moi… j'ai le droit de savoir.

Tavo lui raconta les événements de la soirée.

— Mademoiselle Petty, savez-vous qui a tué Malachy Fortunato à Las Vegas en 1985 ?

— Je… je sais comment on le surnomme.

— Comment ?

— Ce Deuce. A cause des deux balles dans la tête, comme Marge.

— Le Deuce est-il un tueur professionnel ?

— Oui. J'ignore son vrai nom.

— Savez-vous qui l'avait engagé ?

— Je… je sais qui l'avait engagé, oui.

— Qui ?

La femme garda sa contenance pendant quelques secondes, puis elle sombra, la tête affalée sur la table, secouée de longs sanglots nerveux. La main de Tavo apparut dans le champ de la caméra et vint lui toucher le bras. Ce geste parut lui redonner du courage et elle se ressaisit.

— J'ai… je suis désolée.

Un sanglot l'interrompit, puis elle se remit à parler.

— Je l'aimais, mais Malachy n'était pas un homme fort. Il n'avait pas la force de choisir entre sa femme et moi. Et ni l'une ni l'autre n'étions prêtes à le lâcher non plus. C'était un tendre, Malachy. Mais il était égoïste, et faible, aussi… C'est ce qui l'a conduit à voler dans la caisse du *Sandmound*, vous savez… le casino où il travaillait.

Tavo ne dit rien, préférant la laisser parler à son propre rythme, à sa façon.

— A l'époque, j'étais strip-teaseuse dans un bar appelé le *Swingers*. Je bossais là depuis que la patronne, Marge Kostichek, m'avait recueillie quand j'avais quinze ans. Marge savait que la mafia éliminerait Malachy dès qu'ils apprendraient qu'il les avait escroqués. Et pas seulement Malachy, mais toute personne ayant affaire avec lui. Alors, elle les a pris de vitesse. Elle a engagé ce gars qui remplissait des contrats pour la mafia. Je ne sais pas d'où elle le connaissait, ni comment elle a pu entrer en contact avec lui ; j'ai entendu dire que la mafia contrôlait aussi le *Swingers* et s'en servait pour blanchir de l'argent… J'ai juste entendu dire ça, vous savez… alors ça s'est peut-être passé comme ça. En tous les cas, engager ce type a coûté à Marge pratiquement tout l'argent qu'elle avait pu mettre de côté au cours des années précédentes. Elle m'a donné le reste avec un ticket d'autobus pour Los Angeles.

— Excusez-moi, mademoiselle Petty, je voudrais vous rappeler que je vous ai prévenue de vos droits.

— Je sais. Vous comprenez, j'ignorais que c'était Marge qui avait monté le coup. Je ne l'ai appris que des années plus tard. Je croyais… Je pensais que les gangsters avaient liquidé Malachy. Marge m'avais dit que j'étais en danger aussi, et elle m'a poussée dans cet autobus. Et j'ai accepté de partir. Je crevais de trouille, croyez-moi.

— Ainsi… vous êtes restée en contact avec Marge pendant toutes ces années ?

— Oui, nous nous écrivions régulièrement. Elle est même venue quelquefois me rendre visite.

— Etes-vous revenue à Las Vegas ?

— Je ne suis pas si courageuse.

— Alors comment avez-vous découvert la vérité ?

— Environ cinq ans plus tard, lorsqu'elle est venue me voir. J'habitais à Reseda, à l'époque. Nous avons passé une longue soirée à boire en évoquant le passé… et elle m'a tout avoué. Je crois qu'elle était rongée de remords. Elle avait porté ce secret dans son cœur pendant toutes ces années et, quand elle m'a parlé, elle pleurait, elle n'arrêtait pas de pleurer, et elle m'a demandé de lui pardonner.

— Lui avez-vous pardonné ?

— Bien sûr. Elle avait fait ça pour me sauver la vie. Ces truands auraient pu me tuer aussi, et la femme de

Mal… je veux dire, s'ils avaient pensé que l'une de nous était complice de l'escroquerie ?

— Je vois.

— Vraiment ? A la fin de cette soirée, je l'aimais sacrément plus que cette chiffe molle de Malachy… Ecoutez, monsieur l'inspecteur, j'ai besoin d'aller aux toilettes.

La cassette vidéo s'arrêtait là. O'Riley crut devoir prendre la défense de son ami Tavo.

— Hé, elle n'était pas sous le coup d'un mandat d'arrêt ni rien. Elle était venue de son plein gré. Il s'est laissé surprendre. Quand il a envoyé quelqu'un vérifier les toilettes, la fille s'était envolée depuis quinze bonnes minutes.

— Assez de temps pour faire ses valises et s'envoler en fumée, dit Nick. Mais pourquoi ? Pourquoi fuir ?

Grissom fixait l'écran vierge.

— C'est la seule chose qu'elle sache faire, dit Catherine. Elle a fait ça toute sa vie. A quinze ans, elle s'est enfuie de chez ses parents, et depuis elle n'a plus arrêté.

— Et dire que Marge Kostichek essayait seulement d'aider cette pauvre fille… fit Nick d'un ton morne.

— On ne peut pas se faire élire mère de l'année et engager en même temps un tueur professionnel pour commettre un meurtre au premier degré, dit Grissom.

15

A peu près au moment où O'Riley et Nick découvraient le cadavre de Marge Kostichek, Warrick était cloué devant un ordinateur, les yeux brillants, les tempes bourdonnantes et les muscles du cou douloureux. Quelques instants plus tôt, Sara était venue lui raconter le passé nébuleux de Barry Hyde et il avait répondu que sa vie professionnelle était tout aussi chaotique et mystérieuse.

— Quoi que j'apprenne sur lui, quelque chose d'autre vient aussitôt suggérer le contraire.

— Je connais le feeling, avait dit Sara.

Une heure plus tard, les choses étaient encore plus chaotiques et mystérieuses. A to Z Video dépensait de l'argent pour acheter les films les plus récents mais ne faisait presque pas de publicité, et les résultats du magasin étaient les plus mauvais du quartier. Pourtant, Hyde payait chaque mois un loyer exorbitant. D'où venait l'argent ?

Warrick quitta l'écran et se frotta les yeux en se demandant où orienter ses recherches. C'est alors que Brass entra, l'air épuisé et un peu échevelé, à la recherche de Grissom.

— Je ne sais pas très bien où il est, répondit Warrick. Il était ici il y a une minute, et puis O'Riley a téléphoné de chez Marge Kostichek.

— Que s'est-il passé ?

— J'ai cru comprendre que Marge a été expédiée au grand strip-tease du paradis.

Le visage morne de Brass parvint à exprimer un sentiment d'alarme.

— Tu ne crois tout de même pas que c'est ce…

— Si si, c'est bien le Deuce.

Brass s'effondra sur une chaise à côté de Warrick.

— Plus on progresse et plus cette affaire devient bizarre.

— A qui le dis-tu ! C'est comme ce satané magasin de vidéos : pas de clientèle ou presque, apparemment pas de rentrée d'argent, et pourtant Hyde semble rouler sur l'or.

Le détective laissa échapper un rire sans humour.

— Et les petits voyages de Mister Hyde ?

— S'il est bien le Deuce, il exécute peut-être des contrats un peu partout dans notre grand et beau pays.

Brass haussa les épaules.

— Alors il suffit de chercher où il est allé et de vérifier qui a été tué ou a disparu à cet endroit.

— C'est exactement ce que je fais – quel qu'en soit le résultat. Aucune trace de Barry Thomas Hyde sur aucune liste de passager d'aucune compagnie aérienne. Rien.

— Certaines personnes détestent l'avion. Peut-être qu'il se déplace en voiture.

Warrick secoua la tête.

— Le mois dernier, pendant son absence, sa voiture était en réparation dans un garage de Henderson.

— Tu as pensé aux locations de voiture ?

— Rien. Et il ne dispose pas non plus d'un second véhicule – je veux dire, il est célibataire, n'a jamais été marié et n'a pas d'enfants.

— Qu'est-ce que tu essaies de me dire ?

— Que ce type quitte la ville régulièrement. Qu'il ne prend pas l'avion, ne loue pas de voiture et ne conduit pas son propre véhicule.

— Le bus ? Le train ?

— Rien non plus. Pour un type qui voyage, rien n'indique qu'il ait jamais quitté sa maison.

Brass fit la moue.

— Rien d'autre que ce calendrier et le témoignage du fumeur de marijuana.

— Pourquoi Hyde dirait-il à ses employés qu'il quitte la ville s'il ne le fait pas ?

— Bon, alors, il voyage sous une autre identité.

— Notre client de la boîte aux lettres, Peter Randall, par exemple ? C'est la seule solution possible.

Brass regarda dans le vide, puis secoua la tête comme pour écarter des toiles d'araignées.

— Et les hôtels ?

— Ça va prendre une éternité pour vérifier s'il a été enregistré quelque part… Tu comprends, il n'a jamais dit à Patrick où il allait… Mais je peux t'assurer une chose : Hyde n'a jamais payé une chambre d'hôtel ou de motel avec l'une de ses trois cartes de crédit, ni avec un chèque.

Brass se leva et s'étira en faisant craquer ses os.

— Il y a quelque chose de louche là-dedans, quelque chose de très, très louche… Quand Grissom reviendra, dis-lui de passer me voir.

— D'accord.

Brass n'avait pas fait quatre pas dans le couloir que son portable sonna. La conversation fut brève et il repassa presque aussitôt la tête par la porte du bureau, les yeux pétillants.

— Viens avec moi.

— Okay, dit Warrick. Que se passe-t-il ?

Brass le regarda par en dessous.

— Le numéro de Barry Hyde, j'espère.

Sara se réveilla en sursaut. Elle s'était endormie sur le clavier de son ordinateur et personne n'avait rien remarqué. Elle se redressa, fit la grimace en sentant le torticolis qui la faisait souffrir chaque fois qu'elle dormait dans une mauvaise position. Elle essaya de se masser les muscles de la nuque, augmentant progressivement la pression, mais la douleur ne voulait pas partir. Les jambes tremblantes, elle alla se rafraîchir au lavabo du hall d'entrée puis se mit en quête de ses collègues.

Dans le laboratoire d'analyse génétique, Greg Sanders parlait au téléphone, les yeux allumés, un sourire béat sur les lèvres.

— Tu vas faire quoi ? demandait-il. Ohoho, tu es vraiment une grosse coquine…

Sara s'éclaircit la gorge pour signaler sa présence et fit un petit signe de la main à Greg lorsqu'il leva les yeux sur elle. Le sourire du généticien se transforma en grimace.

— Euh, nous poursuivrons cette conversation plus tard. Je dois raccrocher.

— Une relation sérieuse et basée sur la compréhension mutuelle ? s'enquit Sara.

— Hé, ce n'est pas du tout ce que tu penses.

— Mais j'en suis sûre, Greg… Où sont les autres ?

— Catherine et Nick sont sur les lieux d'un crime. Je crois que Grissom les a rejoints, et Warrick est parti avec Brass il y a environ dix minutes.

Sara se sentit soudain tout à fait réveillée.

— Les lieux d'un crime ?

— Je ne connais pas les détails.

— Qu'est-ce que tu sais ?

Il pilota sa chaise à roulettes vers une autre console de travail.

— Je sais que le mégot trouvé avec la momie est trop décomposé pour fournir de l'ADN utilisable.

— Okay. C'est la mauvaise nouvelle – et la bonne ?

— Puisque tu insistes. Cet autre mégot de cigarette, que les enquêteurs avaient retrouvé en 1985 – il est vieux, lui aussi, mais il a passé toutes ces années dans une pochette plastique.

— Et alors ?

— Il ne correspond ni au sang de la momie ni à l'ADN de sa femme.

Emporté par le sujet, Sanders tira une feuille de papier d'un classeur.

— Regarde un peu.

Sara vint s'asseoir à côté de lui.

— Les résultats du test d'ADN, lut-elle avec plaisir. Ainsi, ce mégot aurait été laissé par le tueur ?

— Hé, moi, je me contente de travailler dans ce laboratoire, j'ignore à qui appartient l'ADN. Tout ce que je sais, c'est que ce n'est ni celui de la momie ni celui de sa femme.

— Est-ce que Grissom est au courant ? Ou quelqu'un d'autre ?

— Non. Je n'ai pas eu l'occasion de leur parler.

— Je sais, dit Sara. Tu étais très occupé – tu avais des coups de fil à passer.

— Ecoute, je fais juste des pauses, comme tout le monde…

Elle lui sourit suavement.

— Greg, je te mets en boîte, c'est tout. D'après ce que j'ai entendu, tu avais l'air de bien t'amuser… En tout cas, je communiquerai la nouvelle. Tu vas être très populaire.

— J'adore ça.

— Je m'en doutais.

Warrick était assis à côté de Brass dans la voiture, tous feux éteints. Garée à l'intersection de Fresh Pond Court et de Dockery Place, la Taurus constituait un bon poste d'observatoire pour surveiller le jardin et la maison de Hyde. Les vitres de la voiture étaient baissées, la soirée agréablement fraîche, la nuit noire, sans lune. Des voitures de patrouilles étaient postées sur Eastern Avenue, South Pecos Road et Canarsy Court pour surveiller les côtés et l'arrière de la maison, au cas où Hyde rentrerait à pied.

Sombre et silencieuse, le ranch de Hyde se dressait comme un monument funéraire. Les maisons voisines montraient tous les signes d'une soirée normale : l'éclat bleuté des postes de télévision jouait sur les rideaux des portes-fenêtres ; d'autres baies vitrées, brillamment éclairées, étaient parfois traversées par une silhouette ; ici, une chaîne hi-fi jouait trop fort ; plus loin, quelqu'un avait laissé la porte de son garage grande ouverte et vérifiait amoureusement le moteur d'une Kawasaki. A cette heure tardive – presque dix heures du soir – c'était un peu gonflé.

— Tu penses que Hyde est vraiment le Deuce ? demanda Warrick.

Brass haussa les épaules.

— Si c'est lui, tu crois qu'il va revenir ici, juste après avoir tué quelqu'un ?

Dans la pénombre, le capitaine jeta un long regard sur Warrick.

— Tu sais, Brown, parfois il vaut mieux ne pas trop penser. Attendre et réagir, ça suffit. S'il vient, il vient. N'essaie pas de réfléchir à la place de ces salauds. Laisse-les réfléchir tout seuls et ils commettront une erreur. C'est à ce moment qu'on les cueille.

Warrick savait que Brass avait raison, mais cela le frustrait. Ils demeurèrent ainsi, sans plus échanger un mot – combien de temps ? Warrick n'aurait pas su le dire, il pensa même s'être assoupi deux fois. Le voisin à la moto avait dû finir par se lasser ou bien quelqu'un s'était plaint du bruit. En tout cas, il cessa de faire rugir son moteur et ferma la porte de son garage. Une à une, les fenêtres s'éteignirent.

— Peut-être qu'il nous a repérés.

— Ça ne m'étonnerait pas. On ne survit pas aussi longtemps dans le métier qu'il fait sans être prudent. Mais je doute qu'il nous ait vus, pas une voiture n'est passée par ici depuis qu'on est arrivé.

Juste à ce moment, un véhicule bifurqua de South Pecos Road dans leur direction. Aveuglés par la lumière des phares, ils glissèrent au fond de leurs sièges. Le véhicule – un gros SUV noir – ralentit à hauteur de la Taurus.

— Grissom, constata Brass un peu déçu.

La Tahoe noire vint silencieusement s'immobiliser à côté d'eux et Grissom abaissa sa vitre.

— Alors ?

— Rien, dit Brass. Tout est noir et silencieux depuis que nous sommes arrivés.

— Bon. Quand tu rentreras au bureau, Jim, il faut que tu visionnes la bande d'une interview que nous a envoyée la police de Los Angeles : Joy Petty y confirme que Marge Kostichek avait engagé le Deuce.

Brass émit un sifflement.

— Je retourne au labo, reprit Grissom. Warrick…

Brass lui intima de se taire et désigna la maison de Hyde où une lumière venait de s'allumer dans le living-room. Grissom alla garer la Tahoe sur le trottoir d'en face et revint à pied s'installer sans bruit à l'arrière de la Taurus.

— Une lumière vient de s'allumer dans la maison, dit Brass dans son talkie-walkie.

La réponse vint rapidement. Personne n'avait rien vu.

— Et merde, soupira Brass. Okay – je vais aller jeter un coup d'œil sur cette fenêtre. Vous deux, restez ici.

— Pas question de te laisser y aller tout seul, Jim, dit Grissom.

— Inutile de lever complètement la planque. C'est peut-être simplement une minuterie.

— Et Hyde est peut-être un tueur à gages qui a déjà commis un meurtre ce soir, et une bonne quarantaine au cours de sa carrière, pour autant que nous sachions. Tu veux vraiment y aller tout seul, dit Warrick.

— Qu'est-ce que tu cherches à me dire ? Comment je dois faire mon boulot ?

— Non, je posais simplement une question. Tu veux vraiment y aller tout seul ?

Brass réfléchit quelques secondes.

— Très bien. L'un de vous deux, dit-il finalement.

Warrick ouvrit la portière et bondit hors de la Taurus, devançant Grissom d'une seconde. Les deux hommes traversèrent prudemment la rue, prenant soin d'éviter le halo de lumière projeté par l'unique réverbère. Warrick, beaucoup plus grand que Brass, restait derrière lui, le dos voûté. Parvenus à la limite du jardin de Hyde, ils se glissèrent vers le garage.

— Tu ne vas pas plus loin que l'extrémité de ce mur du garage, murmura Brass.

— Qu'est-ce que tu vas faire ?

— Je vais contourner le garage et faire le tour par derrière pour essayer de regarder par la fenêtre.

— Je t'accompagne jusqu'à l'arrière du garage. Pendant que tu remonteras de l'autre côté, je repasserai à l'avant.

— Okay, fit Brass en tirant son revolver de l'étui qu'il portait sur la hanche.

Il rejoignit l'arrière du garage, suivi de Warrick l'arme au poing. A l'angle, dans l'obscurité, le détective fit un petit signe à Warrick et disparut derrière le mur. Prenant position, Warrick observa Brass traverser prudemment la vaste cour. Le détective était à mi-parcours lorsqu'un projecteur s'alluma, déversant un flot de lumière sur la pelouse… Warrick bondit en position de tir, le pistolet braqué sur la porte arrière de la maison. En pleine lumière, Brass resta pétrifié. Puis, une fois la première stupeur passée, il plongea à droite, roula sur lui-même et se releva pour courir vers la maison, à nouveau dans l'obscurité.

Warrick retourna en sprintant vers l'avant et longea la porte du garage pour rejoindre l'angle opposé. Là, il se posta et attendit de voir réapparaître Brass qui avait dû remonter le long de la maison. Rien. Combattant la panique, Warrick cherchait à calmer les battements de son cœur lorsqu'il vit enfin le visage du détective émerger d'un buisson au coin de la maison. Le CSI ne quittait pas des yeux la silhouette de Brass accroupie sous la fenêtre, essayant de regarder à l'intérieur. Juste au moment où il pensait qu'ils allaient s'en tirer sans encombres, une main s'abattit sur son épaule. Warrick sursauta et fit volte-face, l'arme levée.

Grissom le regardait.

— Bon sang, Griss, murmura Warrick entre ses dents.

Lorsqu'il se retourna pour observer la maison, Brass avait disparu et Warrick se sentit repris par la panique. Où était-il passé ? Il s'apprêtait à repasser la tête derrière l'angle du mur du garage lorsque Brass fit irruption de l'autre côté, à deux mètres de lui. Warrick sursauta une nouvelle fois. Merde !

— Hyde n'est pas chez lui, fit Brass à voix basse, haussant un peu le ton.

— Pas chez lui, répéta Warrick faiblement en écho.

Bien sûr, il aurait voulu capturer le criminel, mais il ne pouvait s'empêcher de se sentir soulagé.

— Ces lumières ont dû être déclenchées par une minuterie. Aucun signe de vie dans le living-room, et tout est éteint dans les autres pièces de la maison.

— Mais pourquoi tu es intervenu ? demanda Warrick à Grissom.

— Des voisins ont demandé l'intervention d'une patrouille dans le secteur. La police de Henderson arrive.

Il n'avait pas fini de parler que trois voitures de police débouchèrent dans la cour, leurs gyrophares éclaboussant la nuit de lueurs rouges psychédéliques. Pas de sirène – cela aurait pu déranger les respectables habitants de ce quartier riche.

Des projecteurs aveuglèrent les trois hommes. Les policiers bondirent hors de leurs véhicules et, accroupis derrière les portières ouvertes comme derrière des boucliers, braquèrent leurs canons sur Brass et Warrick.

— Jetez vos armes ! ordonna l'un d'entre eux, deux ou trois autres hurlant simultanément plus ou moins la même chose.

Warrick et Brass s'agenouillèrent prudemment et déposèrent leurs armes sur le sol devant eux.

— Ils ont compris à qui ils avaient affaire maintenant ? demanda Grissom.

Pendant que Brass expliquait la situation aux policiers de Henderson, Warrick et Grissom observaient la grande maison luxueuse, apparemment vide.

— Il se moque de nous, dit Warrick.

Grissom ne répondit pas immédiatement.

— Quand on aura terminé ici, on passera au magasin de vidéos, dit-il finalement.

— Il est peut-être là-bas.

— Oui, c'est possible.

Brass revint en secouant la tête.

— Ils sont un peu furax.

— Je suppose qu'on aurait dû les prévenir, dit Warrick.

— Evidemment, on ne peut pas dire que ce sont des

relations idéales sur le plan de la coordination des services, admit Brass.

Il regarda les policiers en uniforme regagner d'un air maussade leurs véhicules noir et blanc, gyrophares éteints.

— Ils m'ont aussi informé que le comportement de Barry Hyde est celui d'un citoyen modèle depuis qu'il a emménagé à Henderson… Et que la prochaine fois que nous déciderons de lancer une opération de ce genre dans leur douce cité, il faudra d'abord que nous leur demandions la permission.

— Ils ont vraiment dit ça ? demanda Grissom.

— J'extrapole un peu, mais ça voulait dire ça. Allez, on rentre à la maison.

— Griss veut passer à A to Z Video sur le chemin du retour.

— Pas question, dit Brass.

— Et si j'ai envie de louer un film ? insista Grissom.

Brass cherchait ses mots.

— Tu sais, Warrick, quand ton patron aura bouclé cette affaire, il n'est pas impossible que nous ayons à chercher du travail, toi et moi.

— Ils pourraient peut-être nous embaucher ici, à Henderson, suggéra Warrick. Ça a l'air plutôt sympa, ce joli petit bled, pour y travailler. Mais pour le moment, qu'est-ce que tu dirais d'aller jeter un coup d'œil sur ces vidéos ?

— Ce n'est pas une mauvaise idée, après tout, répondit Brass. Comme ça, j'aurai au moins quelque chose à faire quand je serai au chômage.

16

Au moment où sa nuit de travail allait officiellement commencer, après quatre heures supplémentaires au cours desquelles elle s'était fait tirer dessus et avait dû ratisser la scène d'un crime particulièrement atroce, Catherine Willows restait pleine de vitalité et filait en ligne droite vers le laboratoire d'analyse génétique.

— Hé, attends-moi ! cria une voix derrière elle.

Elle ralentit, regarda par-dessus son épaule et vit Sara se précipiter sur elle, un papier à la main.

— Si tu vas au labo d'ADN, j'ai quelque chose pour toi.

Sara lui tendit le rapport pendant qu'elles reprenaient leur marche.

— J'ai dit à Greg que je te remettrais ça. Ce sont les résultats des tests d'ADN sur les pièces à conviction du dossier Fortunato.

Catherine prit le rapport.

— Qu'est-ce qu'il a trouvé ?

— Le sang est celui de la momie. La cigarette retrouvée il y a quinze ans dans la cour de Fortunato contient de l'ADN qui n'appartient ni au défunt ni à sa femme.

Catherine sourit malicieusement.

— Peut-être celui du Deuce !

Sara découvrit ses dents écartées.

— Peut-être. Mais, du coup, pourquoi est-ce qu'on fonce tête baissée au labo ?

— Parce que c'est pour autre chose que j'y allais.

Catherine communiqua rapidement les dernières informations à Sara, un peu dans le désordre : Marge Kostichek assassinée, apparemment par le Deuce, puis l'échauffourée dans laquelle elle et Nick s'étaient retrouvés, enfin l'interrogatoire au cours duquel Joy Petty affirmait que c'était Marge Kostichek qui avait engagé le meurtrier de la momie.

— Et moi qui étais persuadée que Fortunato avait été liquidé par la mafia !

— C'est ce que nous pensions tous, dit Catherine amèrement. Grissom nous avait bien prévenus, mais nous avons tous mordu à l'hameçon. Sans ça, cette femme ne serait peut-être pas morte à l'heure qu'il est.

— Je suppose que tu as déjà apporté à Greg les pièces à conviction recueillies chez Kostichek…

— Oui, et nous allons peut-être pouvoir identifier l'ADN de cette cigarette : le tueur s'est blessé à la main sur une clôture grillagée pendant que je le poursuivais.

— Tu as du sang ?

— Oui, dit Catherine en poussant violemment la porte du labo.

Sanders sursauta et faillit tomber de sa chaise.

— Bon Dieu ! Vous ne frappez jamais avant d'entrer ?

Catherine s'appuya au comptoir.

— Alors, les trucs que je t'ai apportés ? Tu m'avais dit que tu t'en chargerais dès que possible ?

— Et je vais le faire.

Elle le regarda.

— Il est peut-être temps de définir le « dès que possible ».

Le généticien lança un regard torve aux deux femmes.

— Ecoutez, je suis tellement en retard que je ne pourrais pas m'en occuper avant… disons, lundi. J'ai du boulot à rattraper ; l'équipe de jour a deux meurtres sur les bras, un viol, et…

— L'équipe de jour ? objecta Catherine. Depuis quand tu donnes la priorité à l'équipe de jour ?

— Tu as déjà eu Conrad Ecklie sur le dos ?

— Ta vie privée ne m'intéresse pas, Greg.

— Fais-moi penser à rigoler la semaine prochaine, quand j'aurai le temps, dit-il en se penchant sur son microscope.

Appuyée au chambranle de la porte, Sara croisa les bras.

— En parlant de temps, Cath : pendant qu'on attend cette analyse d'ADN, on pourrait vérifier les notes de téléphone ici… les coups de fil personnels, bien sûr.

Greg leva les yeux sur elle.

— Tu comprends, poursuivit Sara avec un haussement d'épaules, en tant que fonctionnaires conscients de leurs responsabilités, nous devons nous assurer que l'argent des contribuables n'est pas gaspillé.

Sanders se frotta le menton comme si une barbe couvrait son visage de bébé.

— Pour deux fonctionnaires aussi intègres que vous, je vais peut-être pouvoir m'arranger.

— Merci, Greg, tu es le meilleur.

La Taurus et la Tahoe ralentirent sur le parking et se garèrent côte à côte en face du magasin de vidéos. Warrick, habituellement décontracté, semblait un peu nerveux.

— Ce soir, la caissière doit être Sapphire, ce qui veut dire que le directeur adjoint de service est Ronnie. Ni l'un ni l'autre ne nous ont jamais vus, Griss – comment veux-tu t'y prendre ?

Il ne fallut qu'une seconde à Grissom pour décider.

— Jim et moi, on va aller directement au bureau du fond ; toi, tu restes dans le magasin pour surveiller la caissière.

— D'accord.

— Gil, dit Brass, le front barré d'un pli soucieux, je pense que nous commettons une erreur. Il se passe ici des choses que nous ne comprenons pas, du moins pour le moment. Tu crois vraiment que c'est malin de plonger la main dans un trou noir ? Nous pourrions en retirer un moignon sanglant.

— Hyde doit bien être quelque part, dit Grissom. Il n'est pas chez lui et ce magasin lui appartient. Que suggères-tu d'autre ?

Sans attendre la réponse, il ouvrit la porte vitrée et entra dans la boutique.

— Puis-je vous aider, monsieur ? demanda une voix flûtée en provenance du comptoir de la caisse.

Evoluant entre les rayonnages illuminés et les affiches de films, Grissom répondit qu'il jetait simplement un coup d'œil et se rapprocha de l'arrière du magasin. Il sentait la présence de Brass derrière lui. Warrik entra quelques secondes plus tard et marcha droit sur la caisse.

— Salut, dit-il d'une voix forte. Comment va ?

— Bien.

— Avez-vous *Manhunter* dans la version intégrale du metteur en scène ?

Pendant que Warrick discutait avec la caissière, Brass tenta une nouvelle fois de retenir Grissom.

— Tu es uniquement responsable des pièces à conviction, bon sang ! Qu'est-ce que nous sommes censés faire ici qui soit recevable devant un tribunal ?

Continuant d'ignorer les récriminations du détective, Grissom poussa nerveusement la porte à battants, sans se soucier du panneau PRIVÉ. Presque aussitôt, une silhouette lui barra le passage : un gamin du même âge que celui qu'ils avaient déjà rencontré ici.

— Hé ! Vous ne savez pas lire ?

L'adolescent montrait le panneau PRIVÉ. Grissom recula d'un pas et mesura son interlocuteur du regard : un gros garçon aux cheveux terreux, avec des yeux ternes profondément enfoncés dans un visage sans couleurs, vêtu d'un polo bleu brodé A to Z sur la poche.

— Vous n'avez pas le droit d'entrer ici !

Le gosse avait parlé fort – trop fort, comme pour se faire entendre d'un tiers. Grissom se pencha en avant, collant presque son nez contre celui du gamin.

— Nous cherchons votre patron – Barry Hyde.

— Euh… euh…

Une voix s'éleva à l'intérieur du bureau.

— Je suis Barry Hyde !… Laisse entrer ces messieurs, Ronnie.

Déconfit, Ronnie s'écarta et Grissom pénétra dans le bureau. Brass le suivit, la mine sombre.

A droite, derrière la table sur laquelle un moniteur de

surveillance transmettait les images de quatre zones du magasin (dont Warrick en train de s'entretenir avec la caissière), un homme se leva. Entièrement vêtu de noir, il était grand – environ un mètre quatre-vingt-cinq – et mince, quoique visiblement musclé. Il avait plus de cinquante ans, mais conservait une allure juvénile. Sa main droite était enveloppée dans un gros pansement de gaze.

— Je suis Gil Grissom de…

— C'est une habitude chez vous de faire irruption dans un lieu privé sans prévenir, monsieur Grissom ? demanda Hyde d'une voix aimable mais légèrement acide.

— … du Bureau de Criminalistique de Las Vegas, termina Grissom. Voici le capitaine Brass. Nous voudrions vous poser quelques questions.

— Nous aurions dû frapper, maugréa Brass. Veuillez nous excuser.

— Excuses acceptées, dit Hyde. Je suis toujours prêt à coopérer avec les forces de l'ordre, mais je suis sûr que vous comprendrez si je vous demande de me montrer vos papiers.

— Certainement, dit Brass.

Hyde observa longuement le badge de Brass et la photo d'identité de Grissom. Un peu trop longuement au goût de ce dernier – la moue ironique qui flottait sur la bouche de Hyde montrait bien que cet homme n'avait pas peur et que leur présence ne l'impressionnait nullement : il paraissait plutôt amusé !

— Bien, messieurs, fit Hyde en leur rendant leurs papiers. Et maintenant, que puis-je faire pour vous ? Je tiens d'abord à vous préciser que toutes les cassettes pour adultes qui sont à louer dans ce magasin respectent la réglementation en vigueur.

Grissom sourit imperceptiblement.

— Monsieur Hyde, je vois que vous portez un bandage à la main droite – il a l'air récent. Pourriez-vous nous dire comment vous vous êtes blessé ?

La moue de Hyde exprimait toujours l'ironie, mais son front se crispa.

— Y a-t-il… un contexte à ces questions ?

— Contentez-vous de répondre, s'il vous plaît, dit Brass.

Les lèvres de Hyde se retroussèrent sur de petites dents régulières. Son sourire avait quelque chose de vaguement animal. Il leva la main, présentant son pansement comme un badge d'honneur.

— Blessure de guerre contre les étagères. Ronnie – le jeune homme que vous intimidiez à l'instant – Ronnie et moi, nous avons remis de l'ordre dans les rayonnages et je me suis blessé à la main.

— Pourrais-je voir cette blessure ?

— Pourquoi, vous êtes médecin ?

— Eh bien, oui… en un sens.

— Impossible, dit Hyde fermement mais amicalement. La plaie vient juste de s'arrêter de saigner et je ne vais pas défaire ce bandage simplement parce que vous désirez observer ma blessure, pour une raison inconnue. C'est hors de question, messieurs.

Grissom luttait pour réprimer la colère qui montait en lui. Cela devait se voir, car Brass décida de reprendre l'interrogatoire.

— Pouvez-vous nous dire où vous étiez en début de soirée ?

— Je pourrais, oui, mais, encore une fois, il va falloir vous montrer plus précis sur le contexte de cet interrogatoire, messieurs, si vous voulez que je coopère.

— Nous enquêtons sur un meurtre, dit Grissom sans hésiter.

Toute personne normale aurait été secouée par une telle affirmation, mais Hyde rétorqua du tac au tac :

— Et cela vous autorise à être grossier ?

Grissom ne répondit pas.

— Je vous en prie, monsieur Hyde, dit Brass, dites-nous où vous étiez un peu plus tôt cette soirée.

— A une heure précise ?

— Disons à partir de cinq heures.

— Du matin ou du soir ? demanda Hyde, les yeux posés sur Grissom, un sourire en coin lui tordant la joue.

— Du soir, précisa Brass en tirant un petit calepin de sa poche.

— Très bien.

Hyde haussa les épaules.

— J'étais ici, au magasin.

— Depuis cinq heures ?

— Même plus tôt. Depuis environ quatre heures.

Leur première visite au magasin datait du milieu de l'après-midi : avaient-ils raté leur homme de quelques minutes ?

— Vous avez des témoins ? demanda Brass, décontracté.

— Ronnie et Sapphire. Ils sont tous deux arrivés à quatre heures, aujourd'hui.

— N'est-ce pas un peu tôt ? demanda Grissom. Vous ouvrez à dix heures et fermez à minuit. Je pensais que la journée de travail était partagée également entre vos deux équipes d'employés.

Un sourire hypocrite fendit le visage vérolé de Hyde.

— Cela semble logique, n'est-ce pas ? Oui, mais aujourd'hui Patrick et Sue avaient des projets. Ils sortent ensemble, vous comprenez… Evidemment, une amourette entre collègues de travail, ce n'est pas l'idéal, mais ça peut arriver. Et je ne veux pas passer pour une vieille peau de vache.

Le fumeur de hasch avait en effet parlé de Hyde comme d'un patron plutôt compréhensif. Néanmoins, Grissom préféra ne pas mentionner l'autre directeur adjoint : Warrick avait négocié le silence du gamin. Mais peut-être Hyde avait-il visionné une vidéo de sécurité montrant la scène entre Warrick et le fumeur de hasch ?

— Les amoureux sont partis une heure plus tôt, reprit Hyde, et Sapphire et Ronnie sont venus les remplacer.

— Vos deux autres employés vous ont-ils vu aujourd'hui ? demanda Brass.

— Non, ils sont partis à quatre heures précises, je suis arrivé quelques minutes plus tard.

— Etiez-vous au courant de leur projet ?

— Ils avaient ma permission. Comme je disais, j'essaye d'être un bon patron pour ces mômes.

Grissom était absolument fasciné par le sang-froid de son interlocuteur : si ce type était bien le Deuce, il était un remarquable spécimen de sociopathe. Il ferait un magnifique sujet d'étude pour Grissom, à condition qu'ils parviennent à le piéger.

— Etes-vous sorti pour manger ou autre chose ? Une promenade peut-être ? demanda Brass.

— Non, tout s'est passé exactement comme je vous l'ai dit.

Son ton était aussi condescendant que s'il s'était adressé à un enfant.

— Je suis resté ici toute la soirée. Demandez aux gosses, ils vous le diront. Oh ! Ronnie est allé nous chercher quelque chose au restaurant italien – une pizza pour eux, une salade pour moi. Je pense qu'il devait être neuf heures. Nous avons mangé tous les trois ensemble. L'emballage de la pizza et la boîte en styropore de la salade sont dans la poubelle derrière le magasin. Si vous voulez vérifier…

Grissom avait rarement rencontré un tel degré d'assurance chez un homme suspecté de meurtre.

— Quel restaurant italien ? demanda Brass.

— Le *Godfather's*… Ce n'est pas la porte à côté, mais ils ont la pizza préférée de Ronnie.

Le capitaine notait consciencieusement toutes les informations.

— Vous n'avez pas mangé de pizza ? questionna Grissom.

— Non. Il y avait du salami – je suis végétarien.

— Je vois ; c'est pour des raisons de santé, monsieur Hyde, ou par conviction morale ?

— Les deux. J'essaye de vivre sainement… et, bien sûr, je suis contre tout massacre injustifié.

Grissom ne pouvait s'empêcher d'admirer le cran de Hyde : comment pouvait-il dire une chose pareille sans broncher ?

— Et les produits laitiers ?

— Quel rapport avec l'enquête ?

Grissom haussa les épaules.

— Simple curiosité. La diététique m'intéresse. Vous ne voyez pas d'inconvénient à me renseigner ?

— Aucun. Je suis allergique au lactose. Pas de fromage dans ma salade, rien que des bons légumes frais et craquants. Mais j'apprécie une sauce un peu piquante.

— Merci.

Brass lui lança de côté un regard « t'es aussi-con-que-lui » et reprit l'interrogatoire.

— A quand remonte votre première visite à Las Vegas, monsieur Hyde ? Je veux dire, avant que vous veniez vivre ici.

Hyde réfléchit.

— C'était il y a six ans, je crois, environ un mois avant d'emménager ici. Je suis tombé amoureux de cette ville – j'étais venu pour affaires : un congrès de propriétaires de magasins de vidéos – et j'ai décidé de m'installer ici.

— Jamais auparavant ?

— Jamais. Je n'ai pas de goût particulier pour le jeu. C'est le climat qui m'a séduit, la beauté du désert, les couchers de soleil. Ce genre de choses.

— Très bien, dit Brass en consignant l'information. Connaissez-vous une femme nommée Marge Kostichek ?

Hyde n'hésita pas une seconde.

— Non. Je devrais ?

— Et Philip Dingelmann ?

— Non.

— Malachy Fortunato ?

— Non… et je dois dire que ce petit jeu commence à me fatiguer. Qui sont ces personnes ? Et pourquoi présumez-vous que je pourrais les connaître ?

Brass lui fit un sourire énigmatique de sphinx.

— Ce sont nos victimes, monsieur Hyde.

La moue sarcastique de Hyde disparut et ses yeux se durcirent.

— Et vous suggérez que je connaissais ces personnes ?

— Nous vous posons la question, répondit Brass.

Hyde semblait irrité, mais Grissom se demanda s'il ne s'amusait pas simplement à jouer au chat et à la souris.

— Vous pensez que j'ai tué ces personnes, n'est-ce pas ? C'est absolument ridicule… Cet entretien est terminé, messieurs.

— Très bien, dit Brass.

Mais Hyde poursuivit.

— J'ai essayé de vous aider, de coopérer, malgré votre grossièreté, et vous récompensez ma bonne volonté en m'accusant de meurtre ? Et ce jusque dans les murs de mon propre établissement ?

Il marcha jusqu'à la porte, l'ouvrit et attendit. Brass fit un mouvement pour sortir mais Grissom le retint gentiment par le bras.

— Songez qu'il est sûrement plus confortable pour vous de parler ici, dans votre… établissement…

— Plus confortable que quoi ? Le poste de police ?

Les deux policiers restèrent muets. Lâchant la porte, Hyde retourna s'asseoir à son bureau.

— Très bien, poursuivez votre interrogatoire. Mais si vous m'accusez de meurtre, dit-il en désignant le téléphone, et même si vous ne faites que suggérer cette possibilité, je mets fin à cet entretien, j'appelle mon avocat et je vous fais poursuivre pour harcèlement policier.

Grissom remarqua que le système de surveillance ne montrait ni le bureau ni l'entrepôt adjacent.

— Vous avez mentionné le jeu, monsieur Hyde, dit Brass. Ainsi donc, vous ne jouez pas ?

— J'ai dit ne pas avoir de goût particulier pour le jeu. Je vis dans la banlieue de Las Vegas, la capitale américaine du jeu, peut-être même la capitale du jeu du monde occidental. Il est bien évident que je tente ma chance de temps à autre.

— Parfois au *Beachcomber* ?

Grissom pouvait voir les rouages tourner derrière la façade parfaitement contrôlée de Hyde.

— Cela m'est arrivé. J'ai fréquenté la plupart des casinos sur le Strip et autour du Strip, pour dîner, pour m'amuser, parfois pour jouer. Il y a plus de cinq ans que je vis ici.

— Nous y reviendrons, dit Brass. Utilisez-vous parfois le distributeur automatique de billets qui se trouve dans le hall du *Beachcomber* ?

Grissom crut voir Hyde flancher l'espace d'une fraction de seconde, mais tout alla si vite qu'il ne pouvait en être sûr.

— Non, je ne crois pas.

— Mais vous n'en êtes pas certain ?

— Non, euh… oui, j'en suis certain.

C'était la première fois que Hyde bafouillait.

— Une vidéo du service de sécurité du *Beachcomber* vous a filmé en train d'utiliser le distributeur automatique, il y a presque sept semaines de ça.

Un sourire incrédule tordit les lèvres de Hyde.

— Une vidéo qui m'a filmé ? J'en doute fort…

C'était presque avouer qu'il évitait les caméras du casino. Il s'empressa d'ajouter :

— Je n'ai jamais utilisé ma carte de crédit…

Sa voix resta en suspens et il parut se perdre dans ses pensées.

— Vous disiez ? demanda Grissom.

— Vous devez avoir vu l'homme qui me l'a volée.

Brass mit une main derrière son oreille, comme s'il entendait mal.

— Comment dites-vous ?

— Sur la vidéo. La vidéo de surveillance du casino – vous devez avoir vu l'individu qui m'a volé ma carte de crédit.

Brass poussa un soupir.

— Vous dites que quelqu'un vous a volé votre carte de crédit ?

Hyde acquiesça.

— Oui, aux environs du 1er mai.

— Et quand avez-vous prévenu la police ?

— A l'instant, je le crains, dit Hyde en secouant la tête d'un air embarrassé. J'ai dû quitter la ville pour affaires juste après le vol de ma carte, et j'ai tout simplement oublié de le déclarer depuis.

— Vous avez oublié que votre carte de crédit avait été volée ? demanda Grissom.

Brass n'attendit pas la réponse.

— Comment a-t-elle été volée ?

— Je ne sais pas vraiment.

Grissom sentit la colère le submerger ; le mépris de cet homme était incroyable.

— Vous ne savez pas, dit-il.

— Un jour, j'ai voulu m'en servir… j'ai cherché dans mon portefeuille… et elle avait disparu.

— Alors, vous l'avez perdue, dit Brass. Monsieur

Hyde, ce n'est pas la même chose que si elle avait été volée.

Hyde les contemplait sans chercher à dissimuler son dédain.

— Je ne l'ai jamais retrouvée et la banque n'a jamais téléphoné pour me prévenir qu'ils l'avaient retrouvée. Elle doit donc avoir été volée… Je l'ai probablement oubliée dans un distributeur et quelqu'un l'aura récupérée.

Maintenant, c'était au tour de Grissom de se sentir en position forte.

— Et comment pensez-vous que cet individu a obtenu votre code secret ?

Le sourire de Hyde se fit encore plus condescendant si possible.

— Le code secret était inscrit au dos de la carte, à côté de ma signature. Je dois vous dire que j'ai une mémoire exécrable.

— Vous ne vous en êtes pourtant pas trop mal sorti ce soir, remarqua Brass.

— Les chiffres, les noms, ce genre de choses, je n'arrive pas à me les mettre dans la tête. J'ai donc inscrit mon code secret au dos de la carte. Vous savez, encore aujourd'hui, je n'ai toujours pas encore réussi à mémoriser mon numéro de Sécurité sociale.

Grissom se demanda si c'était parce qu'il en avait plusieurs.

— Ainsi, vous avez omis de signaler la perte de votre carte de crédit, dit Brass.

— Oui, c'est ça, j'ai omis de le faire. Quel idiot je suis !

Hyde glissa les mains derrière sa nuque, écarta les

coudes et s'enfonça dans son siège, l'air parfaitement content de lui.

— Parlons de votre vie avant que vous veniez vous installer ici, il y a cinq ans, reprit Brass en tournant une page de son calepin.

— Si vous voulez.

— Où habitiez-vous avant d'emménager à Henderson ?

— Oh ! J'ai tellement bourlingué, vous savez !

— Par exemple ?

— Coral Gables, en Floride… Rochester dans le Minnesota… Moscow dans l'Idaho – j'ai même vécu à Angola, dans l'Indiana, à une certaine époque.

— Parlons de l'Idaho – quand avez-vous vécu là-bas ?

— Pendant mes études. Il y a plus longtemps que je ne voudrais l'admettre.

— Vous avez donc fréquenté l'université d'Idaho ?

Hyde acquiesça.

— Diplôme d'anglais.

Il retira les mains de derrière sa nuque et montra les affiches qui ornaient les murs.

— Voilà où cela m'a mené.

— Vous semblez ne pas vous être trop mal débrouillé, commenta Brass.

— L'enseignement est une chose admirable…, déclama Grissom.

— … mais il est bon de se souvenir de temps en temps que rien de ce qui mérite d'être connu ne peut s'enseigner, conclut Hyde.

— Oscar Wilde, fit Grissom en échangeant un petit sourire complice avec Hyde.

— A propos d'enseignement, reprit Brass, pas

impressionné pour deux sous, comment expliquez-vous que l'université d'Idaho n'a jamais entendu parler d'un Barry Hyde ?

Il prit un air surpris.

— Je ne sais pas. Je suppose qu'ils ont dû perdre mon dossier. Cela fait pas mal d'années après tout... Et bon nombre de ces institutions, en passant au système informatique... J'ai dû être emporté dans la tempête électronique.

— Y a-t-il quelqu'un parmi vos anciennes connaissances de l'université à qui nous pourrions parler aujourd'hui ?

— Vous plaisantez ? Mes anciens copains de fac ?

— Oui, commençons par les « copains ».

— Je n'ai pas la moindre idée. Je ne suis pas retourné là-bas depuis mon diplôme. Cela va peut-être vous étonner, mais j'étais très timide et renfermé.

— Et parmi vos professeurs ?

Hyde réfléchit un moment.

— Je ne sais pas s'ils sont toujours là-bas, mais Christopher Groves et Allen Bridges, de l'institut d'anglais, se souviennent peut-être de moi.

Grissom avait l'intime conviction qu'il s'agissait des noms de deux professeurs décédés.

Brass griffonna les noms sur son carnet et se tourna vers Grissom.

— D'autres questions, Gil ?

— Deux, fit Grissom d'un ton détaché. Avez-vous fait votre service militaire, monsieur Hyde ?

— Dans l'armée des Etats-Unis, monsieur Grissom. Pourquoi ?

— Je me demandais où vous aviez été affecté ?

Hyde répondit sans sourciller.

— J'ai suivi mon premier entraînement à Fort Bragg, en Caroline-du-Nord, puis une spécialisation en communications à Fort Hood, au Texas, et j'ai passé neuf mois à Ansbach en Allemagne.

— C'est étrange, dit Grissom, votre dossier médical mentionne que vous n'avez jamais quitté le pays.

Les yeux de Hyde se rétrécirent.

— Avez-vous l'habitude de fouiller dans la vie privée des bons citoyens, monsieur Grissom ?

— Pas dans celle des bons citoyens, non.

— Dans ce cas, vous devez avoir lu les dossiers d'un autre Barry Hyde.

Il consulta sa montre – une Rolex.

— Maintenant, si ces messieurs veulent bien m'excuser. Cette conversation a été plus intéressante que je n'aurais osé espérer, mais il est l'heure de fermer le magasin.

Il se leva, ouvrit la porte et les reconduisit sans un mot jusqu'à la sortie. Warrick avait disparu, Sapphire était en train de fermer la caisse.

— A bientôt, monsieur Hyde, dit Grissom.

Hyde rit – une seule fois ; il y avait quelque chose d'intime dans ce rire.

— Permettez-moi d'en douter, monsieur Grissom.

Il rentra et ferma la porte à clef. Par la vitrine, ils le virent prendre la caisse des mains de Sapphire et rejoindre le bureau.

— Qu'a-t-il voulu dire ? demanda Brass. Tu crois qu'il va essayer de prendre la fuite ?

— Peut-être.

— Le fumier !

Warrick était assis au volant de la Tahoe.

— Je me suis fait foutre dehors. Et vous, vous avez pu obtenir quelque chose ?

— Il était plutôt réticent, dit Grissom.

— C'est le moins qu'on puisse dire, fit Brass. Qu'as-tu appris de ton côté, Brown ?

— Quand vous êtes passés dans le bureau, j'ai montré mes papiers à Sapphire et à Ronnie. Ils ont bien voulu coopérer – ils m'ont dit que Hyde était arrivé au magasin un peu après seize heures et qu'il était resté là toute la soirée. Evidemment, il y a le moment où Ronnie est allé chercher des pizzas, vers neuf heures – pendant son absence, Hyde est resté dans le bureau et Sapphire à la caisse, un poste qu'elle ne pouvait pas quitter. Quand Ronnie est revenu, ils ont mangé les pizzas ensemble. Et c'est tout.

— En fait, dit Grissom, Hyde a mangé une salade. Sans fromage, rien que des légumes… ce qui risque de changer l'affaire du tout au tout.

— Hein ? fit Brass en clignant des yeux.

Warrick, qui avait compris, souriait.

— On aurait été dans les choux si Hyde avait mangé cette pizza au salami.

Décidément, Brass ne voyait pas où ils voulaient en venir.

— De quoi parlez-vous ?

Warrick lui expliqua.

— Pas d'ADN animal dans la salade.

— Rendez-vous à la poubelle, dit Grissom à Warrick.

17

Après avoir punaisé diverses photos des lieux du crime – à gauche celles de la momie, à droite celles de Dingelmann – sur deux grands tableaux, Grissom avait expédié Nick pour qu'il réunisse toute l'équipe. Catherine était déjà assise à l'une des tables, buvant un café et grignotant un croissant. Nick revint et s'assit à côté d'elle, un Coca-Cola light à la main. Tout autour, des écrans d'ordinateur éteints posaient sur eux un regard accusateur – comme s'il était temps de régler définitivement ces deux affaires.

Grissom était de cet avis.

Warrick entra, une tasse de café à la main, se frottant le visage de l'autre main ; il avait l'air fatigué, les paupières gonflées, les yeux rouges.

— Alors, patron, quoi de neuf ?

L'air tout aussi épuisée, Sara entra derrière Warrick. Elle portait un verre de jus d'orange et un petit pain au fromage frais à moitié mangé.

Grissom leur fit un topo de la situation et Nick posa la première question.

— Bon. Marge Kostichek a engagé le Deuce pour supprimer Malachy Fortunato, pour des raisons désormais connues même de ceux d'entre nous qui restaient à la traîne…

— Oh, ça va ! dit Sara.

Nick lui adressa un sourire narquois avant de terminer sa question.

— Mais pourquoi avoir tué l'avocat – Dingelmann ?

— Parce que Hyde l'a reconnu, dit Grissom.

— Pardon ? demanda Nick.

— Si tu regardes attentivement la vidéo du casino, tu verras que le langage corporel ne laisse aucun doute – Dingelmann reconnaît l'homme assis au poker-vidéo… et vice versa.

— Tu veux dire qu'il ne s'agissait pas d'un meurtre sur contrat, dit Catherine, mais de quelque chose de moins prémédité ?

— Non, non, fit Nick en secouant la tête. Un automatique avec un silencieux, deux balles à l'arrière de la tête ? Le Deuce est un tueur professionnel… il tue pour de l'argent.

— L'argent n'est qu'une des raisons pour lesquelles il tue, dit Grissom patiemment. Sinon pourquoi aurait-il assassiné Marge Kostichek ?

— N'importe quel animal attaque pour se défendre lorsqu'il est acculé, répondit Sara en haussant les épaules.

— Exactement, dit Grissom en pointant un doigt sur elle. Rassemblez les pièces du puzzle, mes enfants. Nous avons un tueur à gages avec une signature très reconnaissable.

Ils étaient tous d'accord.

— Une signature qui n'a pas réapparu depuis plus de cinq ans.

— Depuis qu'il est à Henderson, précisa Warrick.

— Il est donc à la retraite, conclut Sara.

Nick n'était toujours pas convaincu.

— Mais ses voyages ?

— Pour l'instant, laissons ça de côté, reprit Grissom. Voyages ou pas, il y a cinq ans, il est venu s'installer ici pour commencer une nouvelle vie, sous un nouveau nom. Le passé louche mis à jour par Nick et Sara le confirme.

— Or, Philip Dingelmann était un visage ressurgi de son passé, poursuivit Catherine, un homme lié au milieu de la mafia auquel, pour une raison quelconque, le Deuce a tourné le dos.

Grissom sourit.

— Bingo. Pendant cinq ans, Hyde a vécu paisiblement à Henderson, propriétaire d'un magasin de vidéos qui marche apparemment très mal. Et, pour autant que nous sachions, sa seule récréation était de venir deux fois par semaine à Las Vegas pour jouer un peu.

— Au *Beachcomber*, enchaîna Warrick. Aux heures creuses. Afin que personne ne le reconnaisse.

— Exact, dit Grissom, satisfait par la perspicacité des membres de son équipe.

— C'est dingue ! dit Nick qui continuait à résister. Las Vegas s'est peut-être refait une virginité autour de la défense des valeurs familiales, mais ses racines sont toujours aussi pourries. En plus, des tas de gens viennent ici de tous les Etats-Unis pour passer leurs vacances. Pourquoi un tueur professionnel qui s'est rangé des voitures, bien planqué à Henderson, viendrait-il deux fois par semaine dans la capitale du vice ?

— Il ne peut pas s'en empêcher, expliqua Warrick. Il

est accro à l'adrénaline. Après toutes ces années passées à tuer pour de l'argent ! Alors, deux fois par semaine, il retrouve un arrière-goût, le petit shoot qui lui permet de survivre dans le train-train du monde normal. Il y a des gens qui jouent uniquement pour ce frisson-là.

— Ce n'est pas un hasard si, chaque année, on arrête plus de criminels à McCarren que dans n'importe quel autre aéroport des Etats-Unis, remarqua Grissom.

— Ainsi, reprit Catherine, l'avocat de la mafia est entré par hasard dans le casino où Hyde jouait ?

Grissom montra du doigt une photo du cadavre de l'avocat dans le couloir du *Beachcomber*.

— Dingelmann avait loué une chambre à l'hôtel, oui. Sans doute pour prendre un peu de bon temps avant de se lancer dans un long procès difficile.

— Coïncidence ? demanda Sara, taquine.

— Circonstance, rectifia Grissom. Il y a une différence.

Nick demeurait sceptique.

— Et, comme par hasard, Hyde avait un pistolet et un silencieux avec lui ? Arrêtez de délirer, les gars !

Grissom vint se percher sur le coin de la table à laquelle Nick et Catherine étaient assis.

— Réfléchis à la manière dont Hyde s'y prenait quand il voulait jouer. Il choisissait toujours des moments où il y avait peu de monde dans le casino. Il savait qu'un jour quelqu'un pouvait le reconnaître… et qu'il devait être prêt à toute éventualité. C'est pour ça qu'il portait l'arme et le silencieux.

— Ça lui donnait même peut-être un frisson supplémentaire, ajouta Warrick.

— Grissom, dit Catherine, je suis sûre que tu peux imaginer comment ça s'est passé. Décris-nous la scène.

Le contact de l'étui du .25 automatique dans le creux de ses reins lui donnait un sentiment de sécurité… Comme ce spot publicitaire pour la carte de crédit : ne jamais sortir de chez soi sans elle ! Il lui était arrivé à plusieurs reprises de franchir la porte d'entrée sans prendre son arme mais, chaque fois, comme si elle l'appelait, il retournait la chercher.

On ne sait jamais : peut-être aujourd'hui serait le jour où il en aurait besoin. Il avait survécu jusqu'à aujourd'hui en étant prudent – jamais anxieux, seulement prudent. Situations dangereuses, organisation, planification. Un homme prudent peut surmonter pratiquement n'importe quelle situation.

Au cours de sa carrière, il avait rempli un certain nombre de contrats à Las Vegas et il aimait cette ville – les excursions à Las Vegas avaient toujours été comme un rayon de soleil. Désormais, ses deux excursions hebdomadaires de Henderson à Las Vegas étaient des oasis dans la morne routine de son existence. Il tirait un grand plaisir de ses visites au Beachcomber, *dont le casino était grand comme un terrain de football. Mais il s'y sentait en sécurité : à cinq heures et demie du matin, le lundi, il n'y avait jamais plus de deux cents joueurs à tenter leur chance.*

Dans une salle de cette taille, au petit matin, les joueurs étaient dispersés, le casino semblait presque désert. Les touristes – les rares qui s'aventuraient à l'écart du Strip – s'étaient déjà éclipsés, à moins d'être complètement soûls, et il ne restait plus que les enragés du jeu, pour la plupart des habitants de la ville qui ne lui accordaient jamais un regard.

De temps en temps, une clochette sonnait, une machine à sous retentissait ou bien la demi-douzaine de joueurs réunis autour de la table la plus proche poussaient des exclamations étouffées ; sinon, le casino restait généralement aussi calme qu'un vestiaire. Il aurait préféré un peu plus d'action, d'éclat, de splendeur, mais il avait gardé l'habitude d'être prudent, même lorsqu'il prenait des risques.

Il venait toujours à cette heure tardive de la nuit : moins de monde, moins de bruit. Même les serveuses ne l'importunaient plus depuis qu'elles avaient compris qu'il voulait avoir la paix et qu'il ne donnait pas de pourboire. Il jouait le lundi et le mercredi, les jours des retraités au Beachcomber, *quand les points d'un joueur abonné étaient multipliés par quatre. Il n'avait que cinquante ans, mais ses papiers d'identité lui en donnaient cinquante-six et ses tempes grisonnantes rendaient cette imposture crédible.*

Il venait d'insérer sa carte d'abonné dans un poker-vidéo qui se trouvait juste à côté du vestibule. Normalement, il s'installait au fond du casino, loin du vestibule, mais la chance ne lui souriait pas, là-bas, ces derniers temps, et, quelques mois plus tôt, il avait gagné un paquet de fric sur cette machine. Il s'était donc assis là, face au vestibule (le dos tourné à la caméra de sécurité, bien sûr).

Il pressa le bouton de pari maximal et glissa cinq jetons dans la machine. Sa première main présentait un trois de carreau et un trois de trèfle, plus le six, le neuf et le valet de carreau. Pas terrible, *songea-t-il en sacri-*

fiant le trois de trèfle pour tenter d'obtenir une couleur à carreau. Il lança la machine et obtint le trois de cœur. Naturellement.

Il jura entre ses dents et misa cinq nouveaux jetons. Depuis plus d'un mois qu'il n'avait rien gagné, il se demandait qu'est-ce qui pourrait faire tourner la chance ? Il leva les yeux et vit un fêtard rejoindre les ascenseurs, sans doute après une longue nuit à écumer les nombreux lieux de réjouissances de la ville. L'homme portait un costume noir et avait desserré sa cravate à dessins géométriques qui bâillait comme une fleur étrange sur sa poitrine.

Le poker-vidéo donnait la main : deux rois, un valet, une dame, un sept. Il garda les deux rois, renvoya les autres.

Lorsqu'il vit le visage de l'homme, il comprit que la chance ne tournerait plus aujourd'hui. Il voulut se cacher derrière la machine, mais il était trop tard, l'homme en costume l'avait vu, reconnu : Dingelmann.

L'avocat. Son *avocat, dans une autre vie…*

Inconsciemment, la main du joueur glissa au dos de son pantalon, sous son blouson de sport. Il interrompit son geste en voyant l'avocat détaler vers les ascenseurs – et probablement vers le téléphone qui l'attendait dans sa chambre.

Pas ici, *pensa le joueur*, trop de public. Sois patient, la patience est la clef de la réussite. *Il se leva, fit un pas, se sentit retenu par la chaîne en plastique qui le rattachait à sa carte d'abonné.*

Il retira la carte et, sans même s'en rendre compte, jeta un coup d'œil sur la machine qui commençait à déverser des pièces. Quatre rois. Merde ! Sans réfléchir, il s'élança derrière Dingelmann.

Ses pensées s'enchaînaient à la vitesse de l'éclair, ses nerfs étaient aux aguets, ses veines parcourues par des émotions depuis longtemps oubliées. L'avocat, qui courait maintenant, parvint au pied des ascenseurs et appuya plusieurs fois sur le bouton d'appel. Le tueur allait le rejoindre lorsqu'une porte s'ouvrit. L'avocat s'engouffra dans l'ascenseur et la porte se referma sur lui.

Cognant du poing contre la porte, il resta les yeux fixés sur l'indicateur lumineux qui rapportait la progression de l'ascenseur à travers les étages. Avant d'entrer dans l'ascenseur voisin qui venait de s'ouvrir, il nota que l'avocat s'était arrêté au troisième.

Il appuya sur le bouton du troisième étage. Au second, des gouttes de sueur perlaient sur son front et il tournait comme un animal en cage ; au troisième, il tenait son pistolet dans la main droite, la gauche fouillant dans la poche de son blouson à la recherche du silencieux. Quand la porte s'ouvrit au troisième, il sortit en vissant le silencieux.

Il tendit l'oreille. Il connaissait l'hôtel pour y avoir passé quelques nuits avec des prostituées, et il se souvenait qu'une caméra vidéo était suspendue au plafond à l'autre bout du couloir. Les portes des chambres étaient installées au fond de petits renfoncements, si bien que le couloir semblait vide ; mais le Deuce savait ce qu'il devait faire.

Tête baissée, il avança rapidement de porte en porte. Finalement, il trouva Dingelmann, terrifié, cherchant la carte-clef de la chambre 410.

Le Deuce appuya le silencieux contre la nuque de l'avocat et entendit l'homme gémir faiblement. Une pression sur la détente, et la balle projeta Dingelmann contre la porte. Il glissa le long du battant et s'effondra – mort.

Alors, par précaution, et cédant à son rituel, le Deuce tira une seconde balle.

Un bruit derrière lui – un cri de surprise – le fit se retourner. Un garçon d'hôtel aux cheveux noirs portait un repas sur un plateau. Le garçon hurla de nouveau en lâchant le plateau qui alla s'écraser sur la moquette, et se précipita vers l'ascenseur. Le Deuce partit dans la direction opposée, vers la caméra vidéo à l'autre bout du couloir. Comme il prenait son élan, son pied droit glissa dans le sang de l'avocat et il faillit perdre l'équilibre, mais il se rétablit et se remit à courir. Après deux pas, le sang qui tachait sa semelle avait été essuyé sur la moquette.

Il courait un bras levé à hauteur du visage pour ne pas être filmé par la caméra. Il disparut par la sortie de secours et descendit l'escalier quatre à quatre. Au rez-de-chaussée, il s'arrêta pour dévisser le silencieux et le ranger dans sa poche. Le pistolet disparut dans une autre poche et le tueur vérifia soigneusement qu'il n'avait pas reçu de gouttes de sang. Il découvrit une petite tache écarlate au bout de sa chaussure droite et l'essuya avec un mouchoir, reprit son souffle, essuya de la main gauche la sueur qui coulait sur son front et respira profondément. Il était prêt. Il ouvrit la porte et quitta la cage d'escalier.

De l'autre côté du vestibule, à la réception, il recon-

nut le garçon d'étage qui criait et gesticulait en montrant les ascenseurs.

Le Deuce décida d'éviter le vestibule et rentra dans le casino. Une blonde d'une vingtaine d'années était installée à son poker-vidéo, dont le tiroir était toujours rempli des pièces que lui avaient rapportées son carré de rois. Maudissant le sort, il espéra qu'elle reperdrait tout le même soir.

Prenant soin d'éviter toutes les caméras de sécurité, longeant les murs, il traversa le casino en ne marchant ni trop vite, ni trop lentement, et sortit sur le parking où l'attendait sa voiture.

Le Deuce était libre, l'avocat était mort, et Barry Hyde ne savait pas trop s'il devait ranger cette journée dans la catégorie des jours de chance ou de malchance.

— Alors pourquoi n'arrêtons-nous pas ce type sur-le-champ ? demanda Nick.

— Sur quelle preuve ? demanda Grissom.

— La vidéo du *Beachcomber*, dit Sara.

— Elle ne permet pas une identification définitive.

— Et le distributeur automatique ? intervint Warrick.

— Hyde prétend que sa carte a été volée. Brass est en train de vérifier l'information.

— Nous pouvons identifier ses empreintes digitales sur les douilles, proposa Catherine.

— C'est un bon point, admit Grissom. Mais nous n'avons pas l'arme du crime. Et rien ne relie Hyde aux meurtres de Fortunato et de Kostichek, hormis la signature.

Greg Sanders passa la tête par la porte.

— Excusez-moi… Catherine ?

— Oui ?

— J'ai pensé que tu aimerais savoir pour l'ADN du mégot de cigarette retrouvé il y a quinze ans : il correspond au sang que tu as récupéré sur la barrière.

— Parfait ! dit-elle en sautant sur ses pieds.

Voyant que la nouvelle provoquait une satisfaction générale, Greg entra dans la pièce, les yeux pétillants.

— Mais ce n'est pas tout !

Il se tourna vers Grissom.

— Merci pour la salade composée.

Grissom s'amusa à poursuivre le petit jeu.

— Elle t'a plu ?

— Je crois que c'est à toi qu'elle va plaire : la salive correspond à l'ADN du sang et de la cigarette.

— Quelle salade ? demanda Sara.

— Celle que j'ai récupérée dans la poubelle de A to Z Video, expliqua Grissom. Hyde lui-même m'a invité à fouiller dans ses ordures.

— Sympa, le type ! commenta Sara.

— Eh bien, j'ai fait ce qu'il me disait, avec l'aide de Warrick, et nous avons maintenant l'ADN de Barry Hyde sur le lieu du crime de Fortunato… dix ans avant la date à laquelle il prétend être venu pour la première fois à Las Vegas… et le même ADN sur la clôture par-dessus laquelle il a sauté en s'échappant de la maison de Marge Kostichek.

— Que nous faut-il de plus ? demanda Nick.

— Pour le moment, rien – nous avons tout ce qu'il faut pour obtenir le mandat qui nous permettra d'obtenir des preuves supplémentaires.

— Chez lui, conclut Nick, enfin convaincu.

— Et au magasin de vidéos, ajouta Catherine.

— J'appelle Brass, dit Grissom. Avec un peu de chance, nous aurons le mandat dans une demi-heure… Nick, Sara, Warrick, allez chercher votre matériel, tout ce dont nous pourrons avoir besoin. On y va dans cinq minutes.

Ils se levèrent tous en même temps. Plus aucune trace de fatigue sur leurs visages, rien que de l'enthousiasme et de la détermination. Alors qu'il sortait de la pièce, Warrick croisa le regard de Grissom.

— Griss, Barry Hyde peut essayer de prendre la fuite…

— Mais il ne peut pas se cacher, dit Grissom.

18

Dans ce quartier chic, il aurait été pratiquement impossible de ne pas se faire remarquer. Jim Brass n'essaya donc pas même d'être discret : les deux Tahoe et la Taurus étaient garées devant la maison de Hyde, les deux véhicules blanc et noir de la police de Henderson de l'autre côté de la rue (soucieux de ne pas réitérer son faux-pas, le capitaine avait non seulement prévenu mais invité la police locale).

Les voisins – certains encore en robe de chambre, d'autres déjà habillés – observaient la petite armée des CSI qui quittaient leurs lunettes de soleil et enfilaient des gants de latex. Pour un matin de juillet, il faisait relativement frais et Warrick et Nick portaient des pardessus sombres marqués POLICE SCIENTIFIQUE – c'était un moyen d'informer les badauds que l'affaire était sérieuse et qu'ils devaient se tenir à l'écart.

Grissom avait chargé chacun de ses coéquipiers d'une tache particulière. Warrick devait s'occuper des chaussures, Nick des empreintes, Sara des photos. Catherine et Grissom fouilleraient le moindre recoin à la recherche des indices les plus minimes. Quant à Brass, le seul à ne pas porter des gants de latex, il s'occuperait de Hyde.

— Vous pensez qu'il va tenter de résister ? demanda Nick en repensant à l'incident chez Marge Kostichek.

Warrick secoua la tête, s'efforçant de prendre un air décontracté.

— A mon avis, non ? Cet imbécile se prend pour Superman.

Brass était d'accord avec Warrick, mais restait malgré tout prudent. Il tenait le mandat de la main gauche et avait laissé sa veste ouverte pour pouvoir atteindre facilement l'étui de son pistolet. Derrière lui, Grissom fit signe à son équipe de se poster devant le garage. Leurs mallettes à la main, ils ressemblaient à des parents éloignés venus, à l'improviste, rendre visite à la famille.

Jetant un regard par-dessus son épaule, Brass s'assura que les CSI étaient hors de la ligne de tir ; puis, il s'avança lentement. La porte d'entrée, placée dans un renfoncement entre le living-room à gauche et le garage à droite, lui rappela les portes des chambres du *Beachcomber*. Elle posait un petit problème : si les choses tournaient mal, Grissom serait le seul à voir ce qui se passait.

La question de Nick résonnant dans sa tête – « vous pensez qu'il va tenter de résister ? » –, Brass se plaça à droite de la porte et frappa, avec force et insistance.

Rien.

Il attendit…

… il pressa la sonnette…

… et toujours rien.

Brass se tourna vers Grissom, haussa les épaules et frappa une nouvelle fois.

Toujours pas de réponse.

Grissom rejoignit prudemment le capitaine, suivi du reste de l'équipe.

— J'ai l'impression que notre homme n'est pas chez lui, dit Brass.

Grissom tendit sa main gantée de latex et tourna la poignée de la porte. Celle-ci s'ouvrit en grinçant. Brass et Grissom firent signe aux autres de rester à l'abri.

— Ouvert ? Il a laissé ouvert ?

— Le chat et la souris, fit Grissom. C'est son jeu préféré…

Ils tendirent l'oreille mais ne perçurent rien d'autre que les bruits habituels d'une maison habitée : le ronronnement du frigidaire, le chuintement de l'air conditionné, le tic-tac d'une pendule. Dégainant son pistolet, Brass entra dans le hall de la maison vide.

— Va dire à la brigade de Henderson de nous couvrir et de nous rejoindre ensuite à l'intérieur, ordonna Grissom à Warrick qui s'exécuta au galop.

Devant eux, un grand escalier menait à l'étage ; de chaque côté, des couloirs parallèles à l'escalier conduisaient vers l'arrière de la maison où devaient se trouver la cuisine et une salle commune. A droite, une porte communiquait avec le garage ; à gauche, une ouverture donnait directement sur le living-room.

Le silence n'était troublé que par la respiration lourde de Brass et les couinements des semelles sur le parquet.

D'une voix forte, Brass appela :

— Barry Hyde ! Ici capitaine James Brass de la police de Las Vegas ! Nous avons un mandat de perquisition pour votre domicile ! Si vous êtes ici, manifestez-vous immédiatement !

Ses mots résonnèrent dans la cage d'escalier.

— Simon et Garfunkel, dit Sara.

Brass la regarda sans comprendre

— « *Sounds of silence* », répondit-elle en haussant les épaules.

Brass tourna à gauche dans le living-room, l'arme au poing. C'était une grande pièce froide avec une fenêtre panoramique, une cheminée en acier au milieu et quelques éléments de décoration dans le style du Sud-Ouest, dont la reproduction d'un crâne de vache par Georgia O'Keefe au-dessus d'un sofa à deux places de couleur rouille.

— Personne ! dit Brass en revenant dans le hall.

Warrick avait déjà rejoint Nick, Sara, Catherine et Grissom qui commençaient à se disperser, l'arme au poing, un accessoire certes indispensable compte tenu du contexte, mais plutôt inhabituel pour ces enquêteurs des services scientifiques de la police.

Nick ouvrit la porte du garage, manœuvra le commutateur et entra, prêt à tirer. Après un rapide regard alentour, il prévint les autres qu'il n'y avait personne.

Brass, Nick et Warrick inspectèrent l'une après l'autre toutes les pièces du rez-de-chaussée tandis que Grissom et Catherine restaient postés au pied de l'escalier pour s'assurer que Hyde ne les surprendrait pas d'en haut. Le rez-de-chaussée était désert et ils passèrent à l'étage.

— Tout est vide, dit Brass du haut de l'escalier en rengainant son pistolet. L'oiseau s'était envolé.

— Okay, fit Grissom, visiblement heureux de ranger son arme. Au travail. Vous savez ce que vous avez à faire.

Sara saisit son appareil-photo, Nick son matériel

pour relever les empreintes, et ils se mirent au travail. Catherine et Warrick disparurent dans d'autres pièces de la maison.

— Ce salaud n'aurait pas pu avoir la courtoisie de nous ouvrir la porte en s'indignant de cette intrusion dans sa vie privée et de ses droits bafoués ? ronchonna Brass en descendant l'escalier.

— Tu regrettes encore la belle époque où l'on pouvait tirer sur un criminel et puis crier « Que personne ne bouge ! » dit Grissom.

— C'est une approche qui n'est pas sans mérite, observa le capitaine.

— Alors, est-ce qu'il n'est pas encore rentré chez lui… ou est-ce qu'il s'est fait la belle ?

— Je l'avais bien dit qu'il pouvait prendre la fuite !

Grissom hocha la tête en gravissant les premières marches de l'escalier.

— Je vais vérifier ses vêtements et ses affaires de toilette ; regardez s'il y a des valises dans la maison.

Brass entra dans le living-room que Sara était en train de photographier – une vue de la pièce à trois cent soixante degrés à partir de la cheminée. Lorsqu'elle eut terminé, Brass inspecta les lieux. Le mur de façade était occupé par une énorme fenêtre panoramique donnant sur la rue et l'arbrisseau isolé au centre de la pelouse. Une gigantesque télévision tapissait presque entièrement le mur de gauche. A côté de la télé, des rayonnages supportaient tout un équipement vidéo, dont plusieurs magnétoscopes, un lecteur de DVD et deux appareils électroniques que Brass ne parvint même pas à identifier. Une autre étagère était consacrée à une impressionnante collection de films sur DVD, la plupart inconnus de Brass. *Je devrais aller plus souvent au cinéma*, songea-t-il.

Un peu plus loin, un grand divan recouvert de cuir vert et un fauteuil à dossier réglable assorti encadraient deux guéridons de chêne supportant des lampes vert pâle de style moderne coiffés d'abats-jour blancs. Devant le divan, une table basse en chêne était encombrée de magazines portant l'adresse de Barry Hyde sur l'étiquette de la poste, ainsi que de plusieurs lettres ouvertes et de papiers divers.

— Aucun vêtement ne semble manquer, mais c'est difficile d'être sûr, dit Grissom en entrant dans le living-room. Le placard où sont rangées les valises semble en ordre, et les affaires de toilette aussi : dentifrice et brosse à dent, after-shave, déodorant – tout est là.

— Il est peut-être simplement sorti prendre un petit déjeuner. Ou tirer deux ou trois balles dans le crâne de quelques concitoyens.

— Tu as trouvé quelque chose ?

Brass montra la collection de films au-dessus de la télévision.

— J'ai trouvé que je n'avais plus vu un seul film depuis la mort de John Wayne.

— Et quel rapport avec l'affaire ? demanda Grissom sans sarcasme.

C'était pour ça que Brass appréciait Grissom : le scientifique ne s'intéressait pas plus que lui au monde extérieur. Son univers se résumait à son boulot et à ses collègues de travail ; rien d'autre ne semblait pouvoir capter son attention.

— Aucun, répondit Brass. Simple constatation.

S'agenouillant, Grissom passa en revue les magazines

qui traînaient sur la table basse. Brass s'effondra sur le divan pour le regarder faire. Plusieurs guides touristiques, un *Hustler* et un *Forbes*.

— Lectures variées, constata Grissom.

— Voyage, sexe, argent, dit Brass. Le rêve américain.

Parmi les papiers, ils trouvèrent divers comptes rendus du magasin de vidéos, un exemplaire récent du *Las Vegas Sun* et un bloc-notes marqué A to Z. Sur la première feuille, une adresse était griffonnée au stylo noir.

— Une adresse connue ? demanda Grissom en prenant le bloc.

— Celle de Marge Kostichek ?

— Exact. Pourquoi Barry Hyde a-t-il l'adresse de Marge Kostichek chez lui, à ton avis ? A côté du journal qui contient un article sur la découverte d'un certain cadavre momifié ?

— Je crois pouvoir trouver une raison.

— Mais s'il nous attendait – s'il sait que nous sommes à ses trousses – pourquoi laisser traîner ça ?

Brass réfléchit.

— Toujours le chat et la souris ?

Grissom fronça les sourcils.

— Il n'est peut-être pas rentré chez lui depuis notre dernière rencontre. Va chercher Sara, veux-tu, Jim ? Je veux une photo de ces papiers.

A ce moment, un Klaxon retentit et ils virent par la fenêtre un énorme semi-remorque apparemment bloqué par les deux Tahoe garées sur le trottoir. Le conducteur klaxonna une seconde fois et les policiers de Henderson s'approchèrent du camion.

— Que se passe-t-il dehors ? cria Sara de la cuisine.

Brass et Grissom échangèrent un regard. Le détective lut dans l'expression du scientifique qu'un même pressentiment devait lui nouer l'estomac…

— Allons voir, dit-il d'une voix faible.

Brass se sentait pris de vertige. Chaque fois qu'ils progressaient d'un pas dans cette affaire, tout leur glissait entre les mains avant qu'ils aient pu aboutir à quelque chose de concret. Et son intuition lui disait que la même chose était en train de se passer…

Le conducteur du camion, un jeune homme corpulent aux mèches noires collées sur le front par la sueur, était descendu de la cabine pour parler aux policiers de Henderson. Ceux-ci s'écartèrent pour laisser passer Grissom et Brass. Assis dans la cabine sur le siège du passager, un autre type – un déménageur – arborait l'air contrarié d'un ouvrier au début d'une longue journée de travail.

Brass montra son badge.

— Que faites-vous ici, messieurs ?

Pas plus impressionné que ça, le déménageur répondit :

— Qu'est-ce que vous croyez ? On est venu chercher les meubles.

— Quels meubles ?

Le type montra la maison de Hyde.

— Ces meubles-là.

— Il doit y avoir une erreur, fit Brass.

Le déménageur tira un papier de la poche de son bleu de travail.

— 53 Fresh Pond Court.

Brass et Grissom se regardèrent.

— Montrez-moi ce papier, dit Brass.

Le document avait l'air parfaitement en règle.

— Comment deviez-vous entrer ? Quelqu'un était censé vous attendre ? demanda Grissom

Le déménageur haussa les épaules.

— Le type au téléphone a dit que la police serait là pour nous ouvrir la porte… et vous êtes là.

— Quand avez-vous reçu ce bon de commande ?

— A l'instant – un coup de fil au service vingt-quatre heures sur vingt-quatre. C'était une urgence. La note est plutôt salée mais, croyez-moi, ils peuvent se le permettre !

— Le salaud ! cracha Grissom et il se précipita vers la Tahoe la plus proche.

— Evacuez-moi ce camion de là – tout de suite ! ordonna Brass au conducteur.

— Mais…

— Police criminelle. Si vous touchez à ces meubles, vous vous rendez coupable d'entrave à la justice.

— Il faudrait peut-être que je…

— Fichez le camp ! hurla Brass.

Le conducteur remonta enfin dans le camion et passa la marche arrière. Le semi-remorque commença à reculer lentement. Grissom avait démarré la Tahoe ; il ralentit à la hauteur de Brass.

— Tu viens ?

Il semblait calme, mais Brass remarqua une sauvagerie inhabituelle dans ses yeux. Le détective sauta dans la Tahoe et Grissom mordit sur le gazon pour contourner le camion. Pendant qu'ils descendaient la rue adjacente à toute vitesse, Brass boucla sa ceinture de sécurité.

— Tu veux que je conduise ?

— Non.

— Tu veux la sirène d'alarme ?

— Non.

Appuyant sur l'accélérateur, Grissom braqua à gauche pour éviter une Dodge Intrepid. Brass ferma les yeux. Lorsqu'ils grillèrent un feu rouge, le capitaine appuya sur le bouton de mise en marche du gyrophare. Quelques secondes plus tard, Grissom dut freiner brusquement pour ne pas aller s'encastrer dans un bus et Brass remercia le ciel d'avoir placé le magasin de vidéos à proximité du domicile de Hyde.

Les pneus crissèrent sur le parking et la Tahoe s'immobilisa devant A to Z Video. Avant même que Brass ait pu détacher sa ceinture, Grissom entrait en trombe dans le magasin.

— Où est Hyde ?

— M. Hyde n'est pas ici pour le moment, répondit la caissière.

Grissom coupa à travers le magasin par l'aile centrale, Brass sur les talons, et ouvrit la porte du bureau d'un geste brusque.

— Où est-il ?

Patrick leva sur eux des yeux dilatés par la peur et se brûla les doigts à son pétard. Poussant un cri de douleur, il bondit de sa chaise et recula dans un coin.

— Barry Hyde, rugit Grissom. Où est-il ?

— Pas… pas ici. Je vous l'ai déjà dit… il ne sera pas de retour avant lundi !

Grissom poussa la porte qui menait à l'entrepôt. Brass le suivit. Des rayonnages couverts de vidéos, des cartons, des étagères vides, mais pas de Barry Hyde. Le criminaliste et le capitaine retournèrent dans le bureau où le directeur adjoint tremblait de terreur dans un nuage de fumée de haschich.

— Je serai bientôt de retour, lui dit Brass, et si je trouve la moindre trace de dope ici, tu peux numéroter tes abattis.

Grissom s'approchait de la caisse lorsqu'un grand blond vêtu d'un élégant costume bleu marine déboucha de derrière une étagère, une vidéo à la main.

Un homme au sourire de cobra : Culpepper.

— Vous aimez les films de Harrison Ford, Grissom ? demanda l'agent du FBI, parfaitement décontracté.

— Le pire, c'est que je ne suis pas surpris de vous trouver ici, dit Grissom avec mépris.

— C'est un classique moderne, Gil, poursuivit Culpepper. Vous devriez l'essayer – en plus, vous bénéficiez d'un tarif de location très bon marché, puisque c'est un vieux titre, vous comprenez.

Culpepper lui montra la vidéo : *Témoin sous surveillance*.

Brass fit la grimace, incapable de comprendre où l'agent voulait en venir.

— Je ne l'ai pas vu, dit Grissom. Je suppose qu'il y est question d'un tueur à gages évoluant dans le cadre du Programme fédéral de protection des témoins ?

Et merde ! pensa Brass qui venait de comprendre.

— Non, dit Culpepper. Mais cela ferait un bon scénario, n'est-ce pas ?

La voix de Grissom était calme, détachée, mais le capitaine remarqua qu'il serrait les poings, les phalanges blanchies.

— Vous ne cherchiez pas le Deuce, Culpepper, vous l'aviez déjà… Vous l'avez depuis bientôt cinq ans.

Vous vous contentiez de traîner dans nos bureaux pour vérifier ce que nous savions, afin de toujours garder une longueur d'avance.

Adossé au rayon des comédies, un sourire d'autosatisfaction au coin de la bouche, Culpepper le regardait.

— Je ne peux rien vous dire à ce sujet. C'est un dossier sensible au niveau du gouvernement. Classé « top secret ».

— Vous ne pouvez rien dire surtout parce que, sinon, je pourrais vous faire arrêter pour obstruction.

Le sourire de Culpepper s'effaça.

— Vous êtes un excellent criminaliste, Grissom. Vous et votre équipe, vous avez fait un travail remarquable sur cette affaire. Mais il est temps de ranger vos petites mallettes argentées et de rentrer chez vous. La comédie est terminée.

Grissom regarda Brass.

— Ces petits voyages que faisait Hyde, Jim, ce n'était pas pour remplir des contrats. Le Deuce est bel et bien rangé des voitures. Barry Hyde quittait régulièrement la ville pour aller témoigner dans des procès contre les grands parrains de la mafia… N'est-ce pas, agent Culpepper ?

— Sans commentaire.

— Vous avez conclu un marché avec un criminel et vous continuez à le protéger maintenant qu'il a assassiné deux autres personnes !

Culpepper se tourna vers Brass.

— Peut-être pouvez-vous expliquer les choses de la vie à votre naïf associé… Lorsqu'il est question de faire condamner ceux qui tirent les ficelles du crime organisé – le genre d'individus qui sèment la mort sur leur passage, à travers la drogue et le vice sous toutes ses formes –, il faut être prêt à signer un pacte avec le diable. N'importe quel homme structuré sait ça, Grissom : de deux maux il faut savoir choisir le moindre.

— Faites autant de compromis qu'il vous plaira, Culpepper, dit Grissom. La preuve, elle, ne fait pas de quartiers – la science ne connaît pas d'autre loi que la vérité.

L'agent éclata de rire.

— Avez-vous jamais songé à vous recycler dans la fabrication d'autocollants publicitaires, Grissom ? Vous pourriez peut-être aussi rédiger quelques jolies maximes pour embosser des moules à gaufrettes ? Vous êtes assez doué.

— J'aime le boulot que je fais et je n'en suis qu'au début de cette affaire…

— Non, Grissom, enfoncez-vous bien ça dans la tête : c'est terminé.

La voix de Grissom se durcit.

— Quand ça le sera, Culpepper, vous le saurez : vous serez inculpé et Barry Hyde sera sur le banc des condamnés à mort.

— Barry Hyde ? Vous devez faire erreur – il n'y a pas de Barry Hyde. Dans quelques jours, la maison du 53 Fresh Pond Court sera vide et, d'ici une semaine, la boutique de A to Z Video sera à louer.

— Appelez Hyde comme vous voudrez, dit Grissom. J'ai suffisamment de preuves pour le faire arrêter pour les meurtres de Philip Dingelmann, Malachy Fortunato et Marge Kostichek.

— Mais il n'y a personne à arrêter. Barry Hyde

n'existe pas. Comme c'est triste de voir un homme de votre valeur perdre son temps à se battre contre des moulins à vent !

— Barry Hyde est un dangereux sociopathe, Culpepper. Qu'est-ce que vous avez à répondre à ça ?

Culpepper se pencha en avant et planta son regard dans celui de Grissom.

— Laissez-moi vous donner un conseil d'ami : laissez tomber.

— Vous n'êtes pas mon ami.

Culpepper haussa les épaules, fit demi-tour et sortit à grands pas du magasin.

— Charmant personnage, n'est-ce pas ? glissa Brass à l'oreille de Grissom.

— Un charmeur de serpents.

— Tu crois qu'il a raison ? Qu'on est out cette affaire ?

— Ce n'est pas à Culpepper de décider à ma place ce que j'ai à faire ! Et en ce qui te concerne, Jim ?

— Bon Dieu, certainement pas !

— Heureux d'entendre ça. Allez, viens, on retourne travailler.

Ils rejoignirent en silence le domicile de Hyde. Le camion bloquait toujours la cour et Grissom dut se garer au coin de la rue. La cabine du semi-remorque était vide.

— Où sont-ils passés ?

L'autre Tahoe et la Taurus de Brass étaient toujours là ; les policiers de Henderson, assis sur le capot de leur véhicule, buvaient quelque chose dans des gobelets en plastique. En entrant dans la maison, ils trouvèrent les deux déménageurs installés sur les marches de l'escalier, les mêmes gobelets à la main.

— Chérie, je suis de retour ! lança Grissom à tue-tête.

Sara surgit de la cuisine, son appareil photo à la main.

— Où étiez-vous passés ?

— Au magasin de vidéos du coin.

— Hyde a quitté le poulailler, précise Brass.

— Où sont les autres ? demanda Grissom.

— Nick relève les empreintes dans la salle de bains. Catherine est dans le garage. Warrick a trouvé trois paires de chaussures de sport. Je crois qu'il est…

— … ici.

Warrick descendait l'escalier. Parvenu à hauteur des déménageurs, il leur proposa un autre verre de limonade. Ils refusèrent et s'écartèrent pour le laisser passer.

— Je suis convaincu qu'une de ces paires de chaussures est la bonne, Griss. Il a l'air de vraiment les aimer : il en a trois paires identiques.

— Autre chose ?

Nick répondit de la salle de bains.

— J'ai toute une série d'empreintes… et j'ai trouvé ça dans le bureau de Hyde.

Il tenait une pochette plastique contenant un paquet de lettres.

— Les lettres de Monica Petty Marge qu'il a volées chez Kostichek.

— J'espère que la police de Los Angeles a remis la main sur cette fille, dit Brass, ou qu'elle connaît une bonne planque. Sinon, pour peu que Hyde ait des amis à Los Angeles, on pourrait bien avoir bientôt un quatrième cadavre sur les bras.

Grissom demanda aux déménageurs de patienter dans le jardin et réunit toute son équipe – à l'exception de Catherine qui n'avait pas terminé de fouiller le garage – dans le hall pour leur raconter la scène avec Culpepper.

— Le fumier ! dit Warrick.

— Tu veux dire qu'il a purement et simplement aidé Hyde à disparaître ? demanda Sara.

— Après notre visite au magasin de vidéos, hier soir, tout était déjà terminé. Il a passé un coup de fil et ils l'ont évacué hors de la ville. Il n'est même pas repassé chez lui, par peur de nous tomber dessus.

— Et maintenant, ils vont le réinstaller ailleurs, ajouta Brass.

Sara était outrée.

— Comment peuvent-ils faire une chose pareille ?

Bras lui fit un sourire désabusé.

— Les fédéraux ont leurs propres règles du jeu. Ils se moquent complètement des nôtres.

— Alors, c'est tout ? demanda Nick d'un air écœuré. On s'est donné tout ce mal et le FBI se contente de nous couper l'herbe sous le pied ? C'est… fini ?

— Je sais que Gil veut continuer, et moi aussi, dit Brass. Mais nous devons regarder les choses en face : nous nous sommes fait baiser par ceux-là mêmes qui étaient censés être nos alliés. Comment pourrait-on envisager de se battre contre l'Oncle Sam ?

— Avant de marcher sur Washington, dit Grissom, passons en revue ce que nous avons réussi à obtenir jusqu'à présent, hormis une bonne quantité de preuves circonstancielles. Si Barry Hyde entrait dans cette maison, nous pourrions l'arrêter, mais pourrions-nous prouver sa culpabilité ?

— Oui, c'est tout à fait possible, fit la voix de Catherine à la porte du garage.

Tous les regards se tournèrent vers elle. Elle tenait dans la main droite un sachet plastique contenant un colt .25 automatique de 1930.

— Est-ce ce à quoi je pense ? demanda Brass.

— Ce n'est pas un pistolet à eau, en tout cas. Et, si mon chef m'autorise à faire une supposition, je vous prédis que le canon de ce joli petit joujou va correspondre aux balles retrouvées dans le crâne de Marge Kostichek. Et les rayures des douilles retrouvées sur les lieux des trois meurtres devraient resserrer autour de M. Barry Hyde un nœud coulant dont il lui sera fort difficile de se défaire.

Etonné mais ravi, Grissom prit le sachet qui contenait l'arme.

— Où l'as-tu trouvé ?

— Je vais vous montrer.

Catherine les conduisit au garage et s'arrêta devant une boîte à fusibles sur le mur du fond. La boîte de métal gris ressemblait à n'importe quelle autre boîte à fusibles, avec un conduit montant le long du mur et disparaissant dans le plafond.

— J'avais remarqué une boîte à fusibles dans la cave, expliqua-t-elle, et il m'a paru étrange d'en trouver une autre dans le garage, où il n'y a pas de gros outils et seulement deux prises de courant en 110 volts.

— Bien vu, dit Grissom.

Elle ouvrit la petite porte grise, qui ne contenait ni

fusibles ni disjoncteurs. Rien que l'extrémité du conduit creux. De sa main gantée de latex, elle retira le colt du sac et le glissa précautionneusement dans le conduit pour montrer où elle l'avait trouvé.

— C'est presque le classique « Cachez-le bien en vue », dit Sara avec un sourire rayonnant.

— Et les fédéraux ont embarqué Hyde si rapidement qu'il n'a pas eu le temps d'emporter son joujou préféré, dit Warrick.

— Nous devrions chercher le costume de Black Ninja, remarqua Sara. Manifestement, après avoir tué Marge Kostichek, Hyde a fait un saut ici avant de rejoindre le magasin de vidéos.

Ils souriaient tous, fiers de Catherine. Brass se chargea de les ramener à la réalité.

— Bon, nous avons la preuve. Mais nous n'avons toujours pas de Barry Hyde. Il est blotti, bien au chaud, dans les bras protecteurs du FBI, qu'il aide à faire tomber les gros bonnets de la pègre.

— Oh, non, je t'en prie, fit Sara en grimaçant, je voudrais bien avoir encore quelque chose à me mettre sous la dent à l'avenir !

Grissom ne paraissait pas déprimé par la remarque de Brass.

— Retournons au boulot. Sara a raison, cherchons ces vêtements… Nous avons un objectif à remplir : capturer un assassin.

— Mais Brass a dit que c'était fini, objecta Nick.

— Nous devons réunir nos preuves, dit Grissom calmement, les analyser, les préparer pour un éventuel procès de Hyde. Et, bien sûr, Sara va jouer le rôle principal.

— Moi ? demanda-t-elle, interloquée.

— Ne sois pas modeste, lui dit Grissom avec un petit sourire énigmatique. Finissons ce que nous avons à faire ici et, une fois de retour au bureau, je vous expliquerai comment nous allons épingler Barry Hyde à notre tableau de chasse non fédéral.

19

En parfaite harmonie avec le froid mordant de décembre, la cour fédérale de justice de Kansas City semblait avoir été taillée dans la glace par un sculpteur obsédé de géométrie. L'intérieur du bâtiment, même s'il était bien chauffé, était tout aussi froid et aseptisé. Pas de chaises en bois dans le box des jurés, mais des sièges pivotants bien rembourrés et des moniteurs vidéo individuels – ces derniers étant toutefois rarement allumés, puisque les avocats de la défense passaient leur temps à négocier avec les juges avant l'ouverture des débats pour réduire la gravité des charges. La justice rendue ici semblait dépourvue de compassion, d'humanité et, d'une certaine manière, de châtiment – rien d'autre que des jugements aussi glacés que l'acier et le verre d'une architecture qui se présentait comme un monument érigé à la bureaucratie… et à l'opportunisme.

Dans une des salles du second étage, Gil Grissom – veste noire sur chemise grise et cravate noire, un pardessus gris sur les genoux – était assis au dernier rang, les yeux posés sur le paravent à trois volets de toile blanche qui dissimulait le box des témoins. Un autre paravent cachaient l'entrée du témoin du côté de la tribune du juge. Le public n'occupait qu'un tiers de la galerie.

Les douze jurés – six hommes et six femmes – étaient tranquillement assis dans leur box, mais certains paraissaient mal à l'aise ; l'un d'entre eux aurait, de toute évidence, préféré être assis dans le fauteuil de son dentiste. Derrière le banc, le juge tournait la tête de gauche à droite et d'avant en arrière, apparemment pour se débloquer le cou.

Au bureau du procureur, une femme en tailleur gris était assise à côté d'un procureur fédéral de forte corpulence. Au pupitre de la défense, un avocat de renom national – au moins aussi connu que le défunt Philip Dingelmann, dont CNN avait enfin diffusé la nouvelle de l'assassinat, le jour où le patron de A to Z avait disparu – agitait comme un panache les mèches grises et rebelles de sa longue chevelure d'ancien hippie ; c'était un personnage – le genre d'avocats dont Geraldo [1] aimait s'entourer pour assurer sa défense. Pour le moment, il suçotait un crayon comme s'il s'était agi d'une Pall Mall sans filtre et parlait à voix basse à son client. L'avocat avait débuté dans la carrière en défendant des planteurs de cannabis et des jeunes accusés de détention de drogue douce. Et puis, au fur et à mesure que ses clients passaient de la marijuana à la cocaïne et fondaient des cartels, il avait évolué lui aussi et pris de l'envergure.

De là où il était assis, Grissom ne pouvait voir que le profil de l'avocat et celui de son client, Eric Summers,

1. Geraldo Rivera. Journaliste et présentateur de télévision sur Fox News. Il a longtemps animé le « Geraldo Show », un talk-show très populaire aux Etats-Unis. Les sujets abordés au cours de ses émissions, mi-reportage, mi-TV réalité, lui ont aussi valu de nombreux procès.

dont les cheveux noirs mêlés de gris étaient noués en une courte queue de cheval derrière son visage anguleux au menton pointu et proéminent. Malgré son costume strict et sa cravate, il ressemblait plus à une rock star sur le retour qu'à un accusé dans un grand procès mafieux. Et d'ailleurs ce n'était pas très loin d'être le cas. Grâce à ses incursions dans la distribution de produits strictement contrôlés, l'organisation de réseaux de prostitution et l'arnaque à grande échelle sur le Web – les journaux locaux parlaient de lui comme « la figure emblématique de la nouvelle génération de truands à Kansas City » –, il avait pu mener le train de vie d'une rock star.

Un peu plus loin, juste derrière le bureau du procureur, une tête blonde conversait avec la femme en tailleur gris. Grissom se pencha pour mieux voir – Culpepper, parfait.

Des ombres mouvantes se dessinèrent sur le paravent lorsqu'on introduisit le témoin – il était sans doute escorté par un agent fédéral. Il s'assit sur la chaise d'honneur et l'huissier, l'appelant simplement « monsieur X », lui demanda de prêter serment.

Grissom se pencha en avant, sans respirer, sans cligner des yeux, concentré uniquement sur les trois mots qui allaient être prononcés – les mots qu'il était venu entendre, la voix qui allait justifier le travail supplémentaire fourni par ses CSI au cours des six derniers mois, parallèlement aux autres affaires criminelles dont ils étaient responsables.

Lorsque le témoin fut sommé de dire la vérité, rien que la vérité, il répondit selon la formule consacrée : « Je le jure ».

Ce ton arrogant, suffisant… la voix de Barry Hyde.

Grissom sourit. Il pouvait à nouveau respirer. Il cligna même plusieurs fois des yeux. Des heures de travail, des semaines de recherches, des mois de patience touchaient à leur fin. A l'extérieur, ses collègues – Warrick Brown et Sara Sidle devant les entrées latérales du bâtiment, Jim Brass couvrant l'arrière, Nick Stokes surveillant l'entrée principale – affrontaient des températures polaires, les pieds dans cinq centimètres de neige.

Grissom et Catherine Willows – en blouse de soie noire, pantalon de cuir noir, un manteau anthracite plié sur les genoux – assistaient au procès, tels deux citoyens intéressés par la justice de leur ville. Assis à côté de Catherine, un colosse noir casait à grand-peine son grand corps musclé entre les deux rangées de sièges. Il s'agissait de Huey Robinson, un inspecteur de police de Kansas City qui avait fait l'armée avec O'Riley. Brass l'avait recruté pour les aider dans leur opération.

Cette expédition à Kansas City coûtait beaucoup d'argent, mais le shérif Brian Mobley avait été si fou de rage d'apprendre ce qu'avait fait Culpepper qu'il aurait volontiers consacré la moitié de son budget annuel pour régler son compte à l'homme du FBI.

— C'est lui, murmura Grissom à Catherine.

Elle hocha la tête tout en observant l'assemblée, cherchant à identifier d'éventuels agents du FBI cachés parmi les citoyens.

— Votre témoin, maître Grant, dit le juge.

Le procureur se leva lentement, pour instaurer un climat dramatique, et prit la parole.

— Monsieur X, vous avez accompli certaines missions pour M. Summers, n'est-ce pas ?

— Oui, monsieur.

— En quoi consistaient ces missions ?

— Je tuais des gens.

Le procureur se tourna vers les jurés et attendit quelques secondes avant de poser la question suivante.

— En plusieurs occasions ?

— Oui. Trois fois.

— Vous a-t-il payé pour assassiner l'un de ses rivaux, un certain Marcus Larkin ?

— Oui.

Le procureur se mit à aller et venir devant le paravent.

— A quand remonte cet événement, monsieur X ?

— Il y a environ huit ans… cela fera huit ans en février.

Trois heures et demies durant, le procureur fit décrire à Hyde la manière dont il avait assassiné Marcus Larkin, ancien souteneur et dealer de drogue. Lorsque le juge annonça la pause du déjeuner, Grissom et Catherine quittèrent la salle pour éviter d'être reconnus par Culpepper. Huey Robinson, que l'agent du FBI ne connaissait pas, resta pour surveiller les lieux.

Catherine suggéra d'alpaguer Hyde pendant la pause, mais Grissom savait que cela pourrait leur attirer des ennuis non seulement avec le FBI, mais avec le juge fédéral.

— Il vaut mieux attendre que Hyde ait fini de témoigner et que le juge n'ait plus besoin de lui.

Ils allèrent donc s'installer dans leur minibus de location et mangèrent leurs sandwichs en tournant le chauffage du véhicule au maximum : ces habitants du désert n'avaient pas l'habitude d'affronter un climat aussi froid et neigeux.

— Voilà Culpepper, dit Catherine en montrant l'agent du FBI qui remontait l'allée menant au palais de justice.

Ils le virent disparaître dans le bâtiment.

— C'est notre signal, dit Grissom.

— Oui, mais n'oublie pas que, d'abord, nous avons des livraisons à faire.

Grissom porta les sandwichs et Catherine le plateau de tasses de café – nécessaire à la survie des CSI par cette température – jusqu'à l'endroit où Sara montait la garde. La capuche de sa parka noire ne laissait passer que le bout de son nez et lui donnait l'air d'un Esquimau grognon. Dans leurs grosses mitaines noires, ses mains ressemblaient à des ailes de manchots.

— Oh, bon sang, dit-elle en sautillant d'un pied sur l'autre, je croyais que vous ne viendriez jamais ! Je suis gelée. Comment les gens peuvent-ils vivre dans un pays pareil ?

— Arrête de te plaindre, dit Grissom. Comment astu survécu à Boston ?

— L'alcool. Beaucoup, beaucoup d'alcool.

— Tu devras de contenter de caféine, dit Catherine en lui tendant une tasse.

— Mmmmmer-ci

— Va t'asseoir un moment dans le minibus, dit Grissom. Ça risque de durer tout l'après-midi. Le procureur a eu besoin de toute la matinée et l'avocat de la défense mettra encore plus longtemps. Quand tu seras réchauffée, va relever Nick devant l'entrée principale.

— Je ne me réchaufferai jamais, gémit-elle en fourrant les clefs du minibus dans sa poche.

— Il ne fait pas plus froid qu'à Harvard, si ?

Sara fit mine de le gifler mais les mitaines transformèrent son geste en caresse. Elle prit un sandwich et partit en direction du minibus.

— Elle a travaillé comme une folle sur cette affaire, dit Grissom en la regardant s'éloigner.

— C'est le moins qu'on puisse dire, approuva Catherine.

Au cours des six derniers mois, en plus de toutes ses autres obligations, Sara avait tenu un registre de tous les procès mafieux dressés sur l'ensemble du territoire américain, afin de déterminer où et quand Hyde apparaîtrait pour témoigner.

— Quelqu'un devrait prendre son poste, dit Catherine.

— Oui.

— Toi ou moi ?

— Toi, répondit-il en lui prenant le plateau de tasses de café.

— Le pouvoir corrompt, tu sais.

— Absolument.

— Surtout, ne te gêne pas, tu reviens quand tu veux, lui cria-t-elle alors qu'il s'éloignait.

Elle resserra la capuche de son manteau gris et fourra ses mains gantées dans ses poches.

En fait, Grissom alla relever Brass, qui à son tour releva Warrick. Une heure plus tard, Nick et Warrick avaient remplacé Catherine et Grissom dans la salle du palais de justice. Enfin, vers trois heures et demie, Catherine et Grissom regagnèrent leurs places à côté de Robinson.

L'avocat de la défense attaquait la crédibilité de monsieur X.

— Monsieur X, n'est-il pas vrai que vous seriez

aujourd'hui sur le banc des condamnés à mort si le gouvernement n'était pas intervenu et n'avait pas conclu un marché avec vous ?

Derrière le rideau, l'ombre vacilla un peu et l'on entendit Hyde glousser.

— Non, ce n'est pas vrai. Les autorités ont essayé de me coincer pendant des années. La vérité, c'est que la plupart des agents fédéraux sont incapables d'attraper quoi que ce soit, ne serait-ce qu'un rhume.

Un rire nerveux parcourut l'assistance, interrompu par le coup de marteau du juge.

— C'est moi qui ai pris la décision de me ranger, poursuivait Monsieur X. J'en avais assez de cette existence pourrie. Et vous voyez – je suis revenu à la vie.

Cela fit sourire Catherine. Quant à Grissom, malgré toute l'antipathie que Hyde lui inspirait, il riait intérieurement de voir l'avocat de la défense chercher en vain une issue pour ressortir de l'impasse dans laquelle il venait de se fourvoyer.

Réalisant trop tard son erreur, l'avocat abandonna la partie.

— Je n'ai plus de questions, Votre Honneur.

Le procureur se rassit, un peu moins tendu qu'auparavant.

Grissom se leva et marcha jusqu'à la sortie, suivi de Catherine et Robinson.

— Voulez-vous reprendre la parole, maître Grant ?

— Non, Votre Honneur.

Grissom sortit dans le couloir au moment où Culpepper se levait. Il enfila son pardessus et tira un talkie-walkie de sa poche.

— Ils viennent de terminer. Tout le monde à l'intérieur. Chambre des juges, au premier étage.

Il sprinta dans le couloir pour être à la porte lorsque Hyde sortirait. Derrière lui, il entendait les pas de Catherine et Robinson.

La porte s'ouvrit sur un marshal d'une cinquantaine d'années, avec une tête ronde, des cheveux coupés en brosse et une veste marron défraîchie et étriquée. Barry Hyde le suivait, très élégant dans un luxueux costume gris et un blouson de Kevlar assorti. Fermant la marche, un second marshal plus jeune, la trentaine, avec de longs cheveux bruns plaqués en arrière, portait un costume anthracite plus seyant que celui de son acolyte.

Grissom leur barra le chemin en brandissant quelques feuilles de papiers pliées en quatre.

— Police municipale de Las Vegas – j'ai un mandat de comparution à l'encontre de votre témoin.

Les trois hommes s'immobilisèrent. Le premier marshal fronça les sourcils tandis que le plus jeune glissait machinalement une main sous sa veste.

— Monsieur Grissom, si je ne m'abuse, fit Hyde en souriant d'un air méprisant. Comment allez-vous ? Vous auriez pu trouver un endroit plus chaud pour vos vacances d'hiver !

Le vieux marshal lui jeta un regard pour le faire taire et se tourna vers Grissom.

— Monsieur, je crains que vous ne vous aventuriez hors de votre domaine de compétence…

— Ce mandat est légal, marshal, dit Grissom en montrant le papier.

Le jeune marshal s'approcha pour le lire.

— Vous vous trompez de client, dit-il. Ce n'est pas

le nom de notre témoin… Maintenant, si vous voulez bien nous excuser.

Sa main droite était toujours sous sa veste. Catherine et Robinson formaient un mur derrière Grissom. A ce moment, la voix de Culpepper résonna dans le couloir.

— Qu'est-ce que c'est que cette mascarade ?

Mais le jeune marshal ne pouvait retenir sa curiosité.

— De quoi est-il accusé ?

— Triple meurtre au premier degré.

Les regards des deux marshals se croisèrent et le sourire de Hyde tourna au vinaigre.

— Vous n'avez aucune raison légale, Grissom, aucune compétence, gronda Culpepper en s'interposant. Cet homme est un témoin fédéral, assuré d'immunité pour ses crimes.

Warrick, Nick, Sara et Brass firent tous irruption au même moment. Dans leurs épais manteaux, ils avaient l'air aussi menaçants qu'une petite armée d'envahisseurs.

Grissom savait que Culpepper utiliserait cet argument et il proclama à voix haute :

— Cet homme n'a pas d'immunité pour les meurtres qu'il a commis après avoir conclu un pacte avec le gouvernement – c'est-à-dire les meurtres de Philip Dingelmann et de Marge Kostichek.

Brass vint se glisser entre Culpepper et le reste du groupe pendant que Grissom tendait le mandat au vieux marshal.

— Lisez ce mandat, marshal – je pense que vous n'y trouverez rien à redire.

Le vieux marshal tira une paire de lunettes en demi-lunes de sa poche intérieure et lut le document. Culpepper écumait de rage.

— Si vous livrez mon témoin à ce crétin, vous pouvez mettre une croix sur vos carrières !

Intrigués par l'incident, les gens commençaient à former un attroupement autour du petit groupe. La basse profonde de Robinson couvrit le brouhaha. Il se présenta à Culpepper et montra son badge.

— Si vous ne livrez pas votre témoin à ces officiers, vous m'accompagnerez tous au poste de Locust Street.

— Après quoi, vous pourrez rentrer avec nous à Las Vegas, où vous serez accusés d'entrave à la justice, ajouta Brass.

— Officier Robinson, cracha Culpepper, nous sommes ici à la cour fédérale de justice. Vous perdez la tête.

Sans lui prêter la moindre attention, Robinson se posta derrière Grissom et planta son regard dans celui du jeune marshal à qui il montra son badge.

— Quant à vous, monsieur, vous feriez bien de retirer immédiatement votre main de sous votre manteau.

Le jeune marshal interrogea son collègue du regard. Le vieux lui fit signe d'obéir.

— Merci, monsieur, dit Robinson.

Cramoisi, Culpepper s'adressa sur un ton impérieux aux marshals.

— Nous devons évacuer le témoin. Escortez-le à l'extérieur du bâtiment.

Robinson se tournait vers l'agent du FBI lorsque Brass, qui était plus près, leva une main comme pour lui dire « Je t'en prie… laisse-moi faire. » Il saisit rudement Culpepper par le bras.

— Vous voulez vraiment être le prochain agent du FBI à plonger pour entrave à la justice ? Je n'aurai aucun scrupule à vous y aider.

Culpepper le dévisagea sans répondre, perdant enfin de sa superbe. Le vieux marshal se tourna vers Grissom en indiquant Hyde.

— Vous pensez vraiment que cet homme a assassiné Philip Dingelmann ?

— Je ne le pense pas, j'en ai la preuve.

— Je mourrai de vieillesse avant que vous le prouviez, fulmina Hyde sans plus songer à jouer l'arrogance. Vous n'avez rien contre moi !

— Non seulement nous avons quelque chose, rétorqua Brass, mais nous avons la peine de mort.

— Vous n'êtes pas loin de la vérité, Barry, enchaîna Grissom. Nous n'avons pas grand-chose. Rien que votre image sur les vidéos du casino, les balles et les douilles correspondant à votre arme, avec vos empreintes digitales, vos empreintes de semelles, votre ADN sur les lieux du meurtre de Fortunato et de Kostichek…

Le visage de Hyde devint blanc comme un linge.

— … mais pourquoi gâcher le plaisir de votre avocat ? On va garder un peu de suspense pour la bonne bouche.

La main de Culpepper glissa vers son pistolet.

— Cet homme est mon témoin, glapit-il. Tout ceci n'est qu'une tentative illégale pour détourner un témoin protégé par le gouvernement ! Reculez tous.

Culpepper ne vit pas le vieux marshal dégainer son arme, mais il sentit certainement le froid du canon contre sa nuque.

— Lâchez cette arme, agent Culpepper. Bon sang,

bougre d'imbécile, vous n'avez donc pas tiré la leçon de l'affaire Ruby Ridge ?

Le visage de Culpepper devint livide et il écarta sa main en tremblant. Déjà, Brass s'avançait, le poing serré, prêt à le frapper, mais Grissom le retint.

— Du calme, tout le monde ! cria-t-il.

— Vous êtes responsable de ma sécurité, Culpepper, lâcha Hyde. N'oubliez pas, vous êtes responsable !

— Agent Culpepper, poursuivit Grissom, soit nous sortons d'ici avec Hyde sous bonne garde, soit vous descendez cet escalier avec nous et vos affrontez la presse. Comment allez-vous expliquer au peuple américain que vous protégez un meurtrier ? Un délit d'entrave à la justice n'est rien, comparé à une accusation de complicité de fait.

Ils virent l'agent du FBI se décomposer devant leurs yeux.

— Culpepper, ils bluffent ! cria Hyde.

Le temps parut s'arrêter pendant que les deux hommes se mesuraient du regard, comme deux cowboys devant un saloon. Mais Grissom avait déjà gagné la partie, sans autre arme que son intelligence.

— Très bien, dit Culpepper. Il est à vous.

Réalisant qu'il venait d'être vendu, Hyde tenta de s'échapper et courut vers la foule assemblée au bout du couloir, mais il n'avait pas fait six pas que Warrick et Nick le saisissaient chacun par un bras. Avant qu'il ait eu le temps de réagir, Robinson lui avait passé les menottes.

— Sage décision, agent Culpepper. C'est juste un peu triste de voir un homme de votre valeur se battre contre des moulins à vent !

— Va te faire foutre, Grissom.

— Drôle de façon de parler à un « collègue et ami »...

— On se retrouvera, murmura Culpepper entre ses dents.

Il tourna les talons et fila rapidement dans le couloir, presque au pas de course – loin de la foule. Loin de son témoin.

— Culpepper ! hurla Hyde. Vous allez me laisser tomber ?

— En fait, il vient de signer votre arrêt de mort, constata Brass.

— Culpepper ! couinait Hyde.

Mais Culpepper avait disparu.

— Vous savez, pour quelqu'un qui sourit aussi souvent, Culpepper ne semble pas avoir un sens de l'humour très développé, remarqua Catherine.

— Il a eu de la chance que je ne lui règle pas son compte, gronda Robinson. Il était prêt à dégainer...

Le vieux marshal tendit la main à Grissom.

— Beau travail, même si nous étions du mauvais côté... Excusez-moi, comment avez-vous dit que vous vous appeliez ?

— C'est le justicier solitaire, répondit Warrick solennellement.

Nick éclata de rire.

— Gil Grissom, du Bureau de Criminalistique de Las Vegas.

— Enchanté, monsieur Grissom.

Le vieux marshal montra Hyde, qui baissait la tête entre Warrick et Nick.

— Nous avons choyé cette ordure trop longtemps. Ça fait du bien de savoir qu'il va payer ses crimes, à son tour.

Il se tourna vers son compagnon.

— Viens, Ken. Nous avons de quoi remplir des rapports pendant les cent prochaines années.

Ken ne semblait pas aussi enthousiaste que son partenaire. Il lui emboîta le pas, la mine sombre, cherchant probablement à évaluer les dommages qu'il venait de causer à sa carrière.

— Eh bien, dit Catherine en se tournant vers Grissom, tu l'as eu. Tu es content ?

— *Nous* l'avons eu, corrigea Grissom. Et je suis content, oui.

— Tu n'as pas l'air !

— Pourtant, je le suis.

Le tueur avait été arrêté, mais Grissom pensait au carnage que ce sociopathe avait provoqué…

Nick et Warrick conduisirent leur prisonnier jusqu'à l'ascenseur, escortés par Robinson. Brass, Sara, Catherine et Grissom les suivaient, à quelques pas de distance.

— Alors, qu'est-ce qu'on fait maintenant ? demanda Catherine.

Tous les regards – à l'exception de Hyde – se posèrent sur Grissom, qui leur accorda un sourire.

— Que diriez-vous de retourner là où il fait chaud ?

Achevé d'imprimer sur les presses de

BUSSIÈRE

GROUPE CPI

à Saint-Amand-Montrond (Cher)
en mars 2003

FLEUVE NOIR
12, avenue d'Italie
75627 Paris Cedex 13
Tél. : 01-44-16-05-00

— N° d'imp. : 31187. —
Dépôt légal : mars 2003.

Imprimé en France